醉里挑灯看

刘晓蕾 ⊙ 著

红楼

图书在版编目（CIP）数据

醉里挑灯看红楼 / 刘晓蕾著． —北京：生活·读书·新知三联书店，
2019.6 （2023.9 重印）
ISBN 978 - 7 - 108 - 06293 - 2

Ⅰ．①醉… Ⅱ．①刘… Ⅲ．①《红楼梦》研究 Ⅳ．① I207.411

中国版本图书馆 CIP 数据核字（2018）第 077686 号

责任编辑 张 荷
装帧设计 刘 洋
责任印制 董 欢
出版发行 生活·讀書·新知 三联书店
（北京市东城区美术馆东街 22 号 100010）
网 址 www.sdxjpc.com
经 销 新华书店
印 刷 河北松源印刷有限公司
版 次 2019 年 6 月北京第 1 版
2023 年 9 月北京第 3 次印刷
开 本 635 毫米 × 965 毫米 1/16 印张 17.5
字 数 200 千字
印 数 15,001 - 18,000 册
定 价 39.00 元
（印装查询：01064002715；邮购查询：01084010542）

目 录

黛玉的明媚
与哀愁

　　年少时读《红楼梦》，对黛玉的印象是爱哭。等到读多了，年岁
也见长了，看到的反而是黛玉的明媚动人。

　　是的，你没看错，就是明媚。

　　黛玉的天性，其实很活泼、跳脱。她听明白宝玉胡诌"林子洞"
里的耗子偷香芋的故事，原来是在打趣自己，便笑着要去撕宝玉的
嘴；学湘云咬舌，笑她"二哥哥"和"爱哥哥"不分；宝玉、袭人
和晴雯闹别扭，她来了，说一句：大节下的，"难道是为争粽子争吃
恼了不成？"①让气氛顿时轻松了许多；贾母让惜春画园子，宝钗洋
洋洒洒开列出一堆绘画工具，又有排笔，又有水箱，她悄悄跟探春
咬耳朵：宝姐姐糊涂了？怎么把嫁妆单子都写上了？

　　打趣当丑角的刘姥姥是"母蝗虫"，更给惜春的画起名曰"携蝗
大嚼图"，引得众人大笑，湘云更是笑得差点从椅子上栽下来，她却
一本正经地拉住李纨："这是叫你带着我们做针线教道理呢，你反招

---

① 曹雪芹著，脂砚斋评，黄霖点校，《红楼梦》，齐鲁书社，1994年版。下同。

我们来大顽大笑的。"

你看，群体生活中的黛玉简直就是一枚开心果。

给别人带来欢乐的人，首先自己要有趣，这跟知识无关，关乎心性。林语堂说："幽默是心灵的光辉和智慧的丰富。"的确，幽默不是人人玩得起的。看，贾政自告奋勇说笑话，当着贾母以及一众姑娘小辈，他却讲醉鬼回家晚了，老婆逼他喝自己的洗脚水……不得体，不好笑，倒是蛮恶心人的。大家笑，估计也是尬笑，难怪贾母老撵他走。

幽默的人，谁不爱呢？除了黛玉，王熙凤也是搞笑能手，她擅长插科打诨，反应敏捷，口才也一流，堪称高级段子手。不过，和凤姐相比，黛玉的幽默，走的是文艺路线，俏皮雅致。按宝钗的注解，凤丫头不识字，讲的笑话有三俗嫌疑，还是颦儿有文化，有格调。

林妹妹的明媚与可爱，宝玉最懂。爱过的人都知道，恋爱中的误会是常态，宝黛也是小吵不断，但黛玉的特点是从不记仇，误会一经澄清，她就雨过天晴，破涕为笑。

那一天，春光明媚，宝黛二人在桃树下共读西厢。宝玉情不自禁，对着黛玉说："我就是个'多愁多病身'，你就是那'倾国倾城貌'。"她听了，不禁薄面含嗔。不怪黛玉多心，这话是张生说给崔莺莺的，原有些轻薄。宝玉吓得连连道歉，还发起了誓。黛玉嗤的一声笑了："呸！原来是'苗而不秀，是个银样镴枪头。'""你说你会过目成诵，难道我就不能一目十行么？"

有一次，黛玉敲怡红院的门，晴雯心情不好正在院里发牢骚，也没听出黛玉的声音，懒得开门，恰好宝钗的笑声又从里面传来，她很郁闷，未免生宝玉的气。但宝玉把误会澄清后，她知他并非故意为之，便道："今儿得罪了我的事小，倘或明儿宝姑娘来，什么贝姑娘来，也得罪了，事情岂不大了。"说着抿着嘴笑。宝玉听了，"又是咬牙，又是笑"。颦儿颦儿，怎不让人爱煞！

很多人拿黛玉和宝钗比，说她小性，不好相处，而宝钗人见人爱，口碑好。这种逻辑，就像因一个人有上千个微信好友，另一个只有几十个，就断言前者比后者有人缘，未免武断。

黛玉的世界简单明了，一个恋人，几个知己，以及相伴的诗书。宝钗藏愚守拙，善于隐藏自我，很会做人，黛玉却永远是她自己，心直口快，一路真诚到底。对宝玉自不必说，湘云脱口说她长得像戏子，她并不记仇，当天拿了宝玉写的偈子回去跟湘云同看。她和紫鹃那么贴心，紫鹃会提醒她，也会责备她。哪个小姐和丫鬟相处得像闺蜜一样呢？香菱终于住进了大观园，想学诗，是她主动请缨，积极教香菱写诗。因为行酒令一事，宝钗审她，又告诫她，她便和宝钗尽释前嫌，掏心掏肺，又对自己深刻反省，坦言自己以前对宝姐姐不公平，从此更是把宝钗当亲姐姐看。

所谓黛玉的尖刻，不过就是她的嘴有点快，抢白了送宫花的周瑞家的，"别人不挑剩下的也不给我"；随口说说不让宝玉喝酒的李嬷嬷。可是，那时黛玉还小，谁小时候不任性？何况也并没有说错。荣国府的媳妇婆子可不简单，人人都长着一对势利眼，小算盘打得啪啪响，连王熙凤都要忌惮三分。

黛玉从小家教好，也懂分寸，知礼节。刚进荣国府，她步步留心，不合自家习惯的也都一一改过来；见赵姨娘能含笑让座；佳蕙去潇湘馆刚好黛玉在给小丫头分钱，随手抓一把给佳蕙；宝钗让老婆子送来燕窝，她嘘寒问暖，还赏了五百钱。那些说黛玉不好相处的人，你真的没看见这些？她懂得人情世故，只是不世故罢了。

黛玉长得美。关于黛玉的容貌，有好几个版本，单单眼睛就有"似喜非喜含情目""似泣非泣含露目""似笑非笑"等不同说法，更有"两弯似蹙非蹙罥烟眉"。不像宝钗"脸若银盆，眼如水杏"那么具体亲切。这个少女，在曹公的笔下，全是意态、风致，像雨像雾又像风，是虽不见花，却已花香细生，摇曳动人。

她的具体装扮，书中极少描画，只有"琉璃世界白雪红梅"，写黛玉"换上掐金挖云红香羊皮小靴，罩了一件大红羽纱面白狐狸里的鹤氅，束一条青金闪绿双环四合如意绦，头上罩了雪帽"，立在白皑皑的雪地上，竟是如此的明艳俏丽！

大观园遍地芳华，女儿们个个都如神明般，美丽而聪慧。宝玉总是惊异于她们的清净、洁白和美好，在她们面前低下头来，心悦诚服，自惭形秽。毫无疑问，黛玉是其中最出类拔萃的一个。

园子里最重要的娱乐活动，就是诗社。人人都是诗翁，都有雅号，大家争当文青。连不会写诗的迎春，也安静地在树荫下串茉莉花，像一首清新的诗。曹公大费周折，安排薛蟠出门做生意，以便让香菱搬进大观园，跟黛玉学诗。宝玉说：女孩子不作诗，岂不俗了！

诗是什么？诗是一种自我拯救，可以让她们暂时远离阴冷、卑污和压抑的现实，保有内心的柔软天真和自由通透的个性，让她们更是自己，活得更有尊严。海棠社，菊花诗，桃花社，咏絮词，让大观园灵性十足，成了一个独立而诗意的自由王国。

黛玉是诗人中的诗人，骨灰级的文青。海棠诗社，宝钗的"珍重芳姿昼掩门"，因道德形象出众，符合主流审美，被李纨推为第一，黛玉的"半卷湘帘半掩门"屈居第二。宝玉一百个不服气，为颦儿抱不平，在他的心里，黛玉的诗是最顶尖的。

这有什么！林妹妹是天生的诗人，她连写三首菊花诗，"一从陶令平章后，千古高风说到今"，"孤标傲世偕谁隐，一样花开为底迟？"把菊花问得无言以对，全场惊艳，宝玉更是心花怒放。还有她的《秋窗风雨夕》《五美吟》，首首都是好诗！待到《桃花行》，宝玉读着，禁不住流下泪来，宝琴骗他是自己写的，他怎么会信？！

他太懂她了！这两个人的气质与心性是如此接近。所以，当听到黛玉吟出"一朝春尽红颜老，花落人亡两不知"时，宝玉不禁恸倒在山坡之上。他因美而想到美的凋谢，因爱而想到爱的消逝，因生而想到死，因今日欢会而想到永恒的孤寂，正所谓"人生天地间，忽如远行客"。人，终有一死，这巨大的虚无感，瞬间击中了他。

黛玉初见他，"面如桃瓣，目若秋波。虽怒时而若笑，即嗔视而有情"。这"情"，是一切痛苦的源头。这块补天不成，被遗弃在青埂峰下的石头，被命运选中，幻形入世。注定要目睹青春、生命的消逝，以及一切美好事物陨落的悲剧，最后收获大破败大荒寒。

他于冥冥中，感受到了这惘惘的威胁。他不是一个好诗人，诗社里，他写的诗总是垫底，但他内心却是一个真正的诗人，无比的敏感。傅家婆子说他：经常自哭自笑，看见燕子就跟燕子说话，看见鱼就跟鱼说话，见了星星月亮不是长吁短叹，就是咕咕哝哝的，真真有些呆气！

见秦可卿病势沉重，他失声痛哭；待死讯传来，他更是"哇"的一下，吐出一口鲜血；元春才选凤藻宫，众人皆喜气盈腮，唯有他记挂着秦钟，视而不见；在桃树下读《会真记》，一阵风来，"落花成阵"，满书满身都是，他恐脚步践踏，便兜了那花瓣，抖落水中；然而，他看着金钏跳井，看着晴雯、司棋、四儿和芳官等人被逐，看着迎春受苦……却无能为力。

为了抵抗虚无，他喜聚不喜散，惟愿以热情留住当下，让美停留得更久一些。有谁像他那样，身处温柔富贵乡，于鲜花着锦、烈火烹油之时，却被巨大的悲哀笼罩？

唯有黛玉，能把他说不出的伤痛写成诗。

她喜散不喜聚，这份孤独和清醒，甚至比宝玉更决绝，更彻底。那次，刘姥姥来了，贾母带着一行人坐船游览大观园，宝玉看见一片残荷，连声说可恨，想让人拔掉。黛玉却说：我最不喜欢李义山的诗，唯独这一句"留得残荷听雨声"最好。是啊，既然终有一死，不如翩然起舞，把残破升华成艺术。

死有多绝望，生就有多热烈。

孔子曰："不知生，焉知死？"黛玉却是"不知死，焉知生"，这是存在主义哲学的"向死而生"：既然人终有一死，不如在这有限的生命里，活出鲜烈、丰富和充满勇气的人生来。

黛玉习惯独处，也经常失眠。潇湘馆凤尾森森，龙吟细细，满地下长满苔藓，她读书、吟诗、发呆、失眠、喂鹦鹉、想念恋人……"密涅瓦的猫头鹰在黄昏起飞"，孤独是一个人的自由时光，能够远离众声喧哗，和自己的灵魂对话。孤独也让她格外敏感清醒，看见别人看不到的生命景象，生发出独特的生命意识。

她看见阶下新迸出的竹笋，看见满地下竹影参差，苔痕浓淡，屋内阴阴翠润，几簟生凉；她听见梨香院里传来的歌声："原来姹紫嫣红开遍，似这般都付与断井颓垣"，十分感慨缠绵，再侧耳细听，"良辰美景奈何天，赏心乐事谁家院"，不禁点头自叹。再听，却是"则为你如花美眷，似水流年……"不觉心动神摇，浮想联翩，想到"花落水流红，闲愁万种"，不觉心痛神痴，眼中落泪。

谁能孤独而自由？

在传统的中国人心中，个人属于社会，被社会承认，才是最大的成功。对很多人来说，融入社会，就像一滴水汇入大海，一棵树隐入森林，安全系数高；反之，孤独，则是不合群，是孤家寡人、孤魂野鬼，意味着与社会格格不入，被群体放逐。

千百年来，诗人总是在哀叹时运不济，被社会遗弃。"哀吾生之无乐兮，幽独处乎山中。吾不能变心以从俗兮，固将愁苦而终穷"，这是屈原的哀鸣；"万里悲秋常作客，百年多病独登台"，这是杜甫的自嘲；"门前冷落鞍马稀，老大嫁作商人妇"，这是白居易的自怨自艾，都是一肚子的不甘心。

是黛玉，让孤独开出了诗意的花。善用孤独的人，才是一个完整的自由的人。

在孤独中，她无比的敏感。人人都爱盛开的鲜花，只有黛玉会为落花哭泣，她在欢乐的芒种节，独自扛着花锄去葬花。"一朝春尽红颜老，花落人亡两不知"，她的《葬花吟》，是对青春、对生命、对一切美好却脆弱事物的祭奠。她写海棠诗，"半卷湘帘半掩门""倦倚西风夜已昏"，这个美丽的少女，在孤独中，坚持着一个诗意的不同凡响的自我，这优美洒脱的姿态，真可入《世说》。

魏晋的名士和才女，是宝黛的精神盟友。他们从骨头到血液到肌肤，都是风度，都是艺术。嵇康有青白眼，阮籍会穷途恸哭，殷浩公然宣称："我与我周旋久，宁做我。"即使这个"我"并不完美。世界黑暗阴郁，他们却有一肚子的才华和无边的深情，他们是且悲且歌的艺术家。

还要有爱。

黛玉愁肠百结，眉头"似蹙非蹙"，是因为爱情。她爱的宝哥哥，最初对爱情的理解，远不如黛玉清晰而笃定。宝玉珍爱水做的女儿，男性的浊臭之气让他窒息，但他也有一个沉重的男性肉身，与秦钟的关系一度很暧昧，跟蒋玉菡也掺杂不清，还跟袭人初试了云雨情。更何况，还有鲜艳妩媚的宝钗，戴着明晃晃的金锁，在大观园走来走去，坊间又有"金玉姻缘"的传说呢！"道生一，一生二，二生三，三生万物"，万物因"三"而复杂。这三个人微妙的关系，在书中处处呈现。黛玉和宝玉在一起说话，宝钗便过来串门；宝钗和宝玉两人闲谈，黛玉会摇摇地走来：呀，早知他来我就不来了。

身处花柳繁华地温柔富贵乡的宝玉，确实一度分不清爱情与博爱，"见了姐姐就忘了妹妹"，面对宝钗"雪白一段酥臂"，傻乎乎地看成了"呆雁"。这个对世间万物都温柔相待、"情不情"的少年，需要他的命运女神，带领他穿越懵懂走向澄明，就像阿特丽斯引导但丁，杜西妮亚成就堂吉诃德。

宝钗鲜艳妩媚，在第六十三回"寿怡红群芳开夜宴"，她抽中的花签是"牡丹"，写着"艳冠群芳"，容貌之丰美，口碑之优秀，超过黛玉。为什么宝玉独爱黛玉？在宝玉眼里，人群分为男人和女人；而女人，又有少女和已婚女人之分；再往前走，少女又可分为林黛玉式的和薛宝钗式的。两者之间界限分明。

这就是宝黛爱情的基础。

《世说新语》有一则故事："谢遏绝重其姊，张玄常称其妹，欲以敌之。有济尼者，并游张、谢二家，人问其优劣，答曰：'王夫人神情散朗，故有林下风气；顾家妇清心玉映，自是闺房之秀。'"宝钗不语亭亭，当是大家闺秀；黛玉则有林下之风，曹公给黛玉的判词正是"堪怜咏絮才"，比的正是谢道韫。

黛玉和宝玉一起读禁书，一起葬花，一起当叛徒，不走寻常路，他们有前世的渊源和牵挂。他是神瑛侍者，她是绛珠仙草……她从不说让宝玉留意经济仕途的"混账话"，她毫不犹豫地扔掉北静王转赠宝玉的御赐香串，"什么臭男人拿过的！我不要他"。她来看宝玉，翻看宝玉案头的书，写的文章。她看着宝玉，说："我为的是我的心！"她在宝玉送的旧手帕上写《题帕三绝》："抛珠滚玉只偷潸，镇日无心镇日闲。枕上袖边难拂拭，任他点点与斑斑。"敞开了生命去爱。

而宝钗托着丸药来看他，坐在一旁绣他的肚兜，时不时规劝他，去读正经书。她在意的是他的世俗肉身和远大前程。

如果没有黛玉，没有黛玉的爱和眼泪，宝玉的红尘之旅又会怎样？会不会是另一个秦钟，甚至，成了另一个西门庆呢？ 一切皆有可能。毕竟花柳繁华地，温柔富贵乡，诱惑太多了。

宝黛的爱情会有怎样的结局？

我们只知道，他们"心事终虚化"，她走了，他"空对着山中高士晶莹雪，终不忘世外仙姝寂寞林"，"纵然是齐眉举案，到底意难平"。

在续书里，贾母嫌弃黛玉，王熙凤想出了"调包计"，让宝钗冒充黛玉嫁给了宝玉。于是，这边厢"薛宝钗出闺成大礼"，那边厢则是"林黛玉焚稿断痴情"，怎一个悲惨了得！

这个情节，白先勇先生为之激赏，说这是最伟大的悲剧，精彩绝伦，应该是曹雪芹的文笔。我以为，续作把宝黛的爱情悲剧，归罪于王熙凤和贾母，让她俩成了拨弄是非的小人……这样处理，戏剧性增强了，读者也哭湿了手帕，对这两个始作俑者格外愤慨。但是，把悲剧的原因，归咎于个人，反而削弱了悲剧的力量，没有导向对制度、文化和人性的深层拷问，与其说是悲剧，不如说是惨剧。

续作者的趣味、审美和笔力，与前八十回差别太大，无法延续之前的恢弘与深邃。他甚至把黛玉写成了怨妇，喊出："宝玉，你好……"然后两眼一翻，气绝身亡。这种情景，应该属于霍小玉或杜十娘，是对负心汉的强烈控诉。

黛玉怎么会是这样？！

黛玉会死，但不会死于绝望。既为还泪而来，泪尽而逝，这是为爱而生，亦为爱而死，何怨之有？一切都成空又怎样？爱与美自会不朽。借用司汤达的话，这是"爱过，写过，活过"，求仁得仁，是一种大圆满啊！

至于黛玉到底是怎样离开这个世界的，我并不关心。其实，书中人物的命运，曹公早在第五回就已经全面剧透了。《红楼梦》的结构如此特别，一开篇就告知结局。我曾以为这是作者自信，是艺高人胆大，但现在却觉得，这其实表达了作者对生命的态度：重要的是生命的展开，而不是结局。

是的，人终有一死，重要的不是怎么死，而是以什么样的姿态活。

《红楼梦》是本生命之书，浩瀚无边。曹公对他笔下的人物，都怀着爱和悲悯，即使对赵姨娘，也依然克制有分寸。宝钗藏愚守拙，一心做她的道德完人；王熙凤精明强悍，打造着自己的权力王国；栊翠庵的妙玉，偷偷地爱着宝玉；探春努力支撑风雨飘摇的大观园；晴雯没心没肺地撕扇；袭人在做姨娘的梦……宏大的卑微的，张扬的隐忍的，天真的世故的，都是生命。

生命本身也许并无对错，但"假作真时真亦假，无为有处有还无"，应有真假之分，有清浊之辨。"都云作者痴，谁解其中味？"孰真孰假？孰清孰浊？见仁见智。

我关心的是，是选择一辈子循规蹈矩，"步子笔直,道路狭窄"（雨果语），最后进了坟墓，歌还是没有唱出来，还是像黛玉那样听从内心，痛并绽放，孤独而自由，拥有一个真实而坦率的人生？

或许，二者并没有想象中的那么对立。并不是每个人都能单枪匹马地挑战生活，我们甚至不得不低声下气，与现实讲和，但这并不妨碍我们有时候做做黛玉，或者，在内心里，深爱着她。

木心说：浪漫主义是一种福气。其实，浪漫主义也是一种信心。

只是，我们还有这福气和信心吗？

宝
玉
的
温
柔

我喜欢贾宝玉，他是我的男神。

我以为女性朋友都会喜欢宝玉，其实不然。有不少女性表示："宝玉再好，我也不喜欢，他太娘。"奇怪的是，不只是男性，连女性也不觉得"娘"是好词。她们认为，男生就应该有男生的样子，比如勇猛、坚强，有英雄气概。

那，武松不"娘"吧？既当得了都头，又做得了杀人凶手，还客串得了打虎英雄，该出手时就出手，风风火火闯九州。

相比之下，不免替宝玉感到羞愧：没一点儿英武之气，而且手无缚鸡之力，除了无事忙、到处献爱心送温暖、日日柔情万种，连一点儿谋生的技能都没有。他的事迹，不过是挨了老爹的打，爱了一个林妹妹，当了大观园的护花使者。而且，最后一个角色当得也不够格，连金钏、晴雯都保护不了，眼睁睁地看着她们死于非命。好吧，你不愿意到体制内当公务员，至少也要救人，来个英雄救美吧？

英雄救美，人民群众虽然一直喜闻乐见，但从历史到文学，却极其罕见。

　　搜寻一番，终于找到《警世通言》里的一则故事，"赵太祖千里送京娘"，男主角是青年时期的赵匡胤。赵匡胤偶然在一个道观里，救了被强盗掠来的美女京娘，便一路护送其回山东老家。路途遥远，朝夕相处，京娘不禁芳心暗许，遂轻吐心声，却被赵匡胤严词拒绝，并斥责京娘"休狂言"。到家后，京娘的家人考虑孤男寡女一路相处，没事也有事了，不如把京娘许配给他，赵匡胤听了勃然大怒，大骂之后拂袖而去——他觉得自己的侠义之举受到了莫大侮辱：我岂是为这个而来？

　　问题来了，京娘该怎么办呢？英雄绝尘而去，京娘责怪自己让英雄有瓜田李下之嫌，累其清名，便自缢身亡了。

　　这个故事读了真让人憋屈，一点儿都不美好。但凡英雄救美的故事，总是有一个来路蹊跷、去路彷徨的美女，英雄不是骑士也不是超人，美女不是他爱慕的对象，只是获得荣誉的一枚棋子。赵匡胤千里送京娘的故事，虽然是小说家言，是故事，但故事怎么讲，人们接受什么样的故事，呈现的却是集体的文化心理。宝玉说"文死谏、武死战"不过是沽名钓誉，并非偏激之语。

　　《水浒传》和《三国演义》里的英雄好汉更绝，非但不救美，尤其擅长杀美。梁山好汉个个喜欢舞枪弄棒打熬力气，对女性毫无兴趣，杀她们的时候更理直气壮。阎婆惜、潘金莲、潘巧云都死在英雄手下。至于三国的战场，更是男人的角力场。我翻遍了《三国演义》，也没找到貂蝉的下落，她的政治任务完成后，作者连她的结局都懒得交代。中国的四大美女，个个下场凄惨——或被和亲，或被杀。而西施，最后是被勾践老婆杀死，还是和范蠡泛舟西湖呢？你相信哪个结局呢？

　　贾宝玉不是英雄，他也没有做英雄的梦想，他只想做一个温柔的情僧。

曹公并不隐藏这个世界的污浊和黑暗。大观园之外,贾珍、贾琏们的丑行像瘟疫一样四处渗透,柳湘莲这样讥讽东府:"你们东府里除了那两个石头狮子干净,只怕连猫儿狗儿都不干净。"就连大观园里的女儿们,也不过或情或痴,小才微善,并非完美无瑕,亦非人格模范:黛玉心直口快,无意间出口伤人;妙玉有洁癖;晴雯脾气像爆炭;司棋大闹厨房的身段也不好看;唯一完美的宝钗却让人疑窦丛生。

情僧也不是一天就练成的,从懵懂到觉悟,是一个过程。

宝玉一出场,便是集万千宠爱于一身的富贵公子,长得好看,本性纯良,人人都喜欢他。他少年气盛,也有一点儿公子哥的习气。有一次喝醉了酒,因为枫露茶被李嬷嬷喝掉,一怒之下撵走了丫鬟茜雪;淋了一身雨敲怡红院的门,嫌开门迟了,气急败坏,踢了袭人一脚;和金钏开了点暧昧的玩笑,激怒了王夫人,撵走金钏,金钏最终跳井自杀;他甚至分不清博爱和爱情的区别,每每让林妹妹伤心,说他"见了姐姐就忘了妹妹"……

他也有一个沉重的肉身。神游太虚,与秦可卿领略儿女之事;跟袭人初试云雨;与秦钟也有说不清的暧昧;看见宝钗"雪白的一截臂膀",也看成了"呆雁",诱惑何其多也。

说到秦钟,这个美少年,一度跟宝玉关系密切暧昧不清,却早早死掉,曹公为什么要写这样一个角色?

宝玉第一次见秦钟,是在第七回。他看秦钟"眉清目秀,粉面朱唇,身材俊俏,举止风流",凤姐还在一旁推他:把你比下去了!秦钟之俊俏风流,似乎还在宝玉之上。只是怯怯羞羞,有女儿之态。然则,这正是宝玉心头所好,他爱一切跟女儿相类相通之人。宝玉看呆了,心想:天下竟有这等人物!这一比,我竟是泥猪癞狗了!

在秦钟的美好面前，宝玉自惭形秽。只是，秦钟的美好似乎仅止于皮囊，经不起参详。

秦钟的谐音是"情种"，必有风流故事。果不其然，接下来，但凡秦钟出场，空气中便荡漾着暧昧的情欲气息。先是"风流闹学堂"，跟香怜、玉爱眉来眼去，惹出了一场打闹。接着姐姐秦可卿死了，出殡的路上，在一村庄停留，宝玉看见纺车，上前摆弄，一个丫头过来说：别动坏了！闪开，我纺给你瞧。秦钟便悄悄拉住宝玉笑说："此卿大有意趣。"意思是这妞儿倒有点儿意思，满脸轻薄。宝玉推开他，嗔道：该死的！再胡说，我要打你了。

夜宿馒头庵时，秦钟果然又与小尼姑智能缱绻偷情。再接着，他体虚且又迷恋性事，病倒，然后死了。

临死前，曹公有一段戏笔，写他的魂魄悠悠荡荡，既挂念父亲的钱还没花完，又记挂着智能，不想死。终于把宝玉等来，说了这样一番话：我以前竟是自误了，以后还应该"立志功名，荣耀显达"才是。

白先勇先生说，这段写得不好，程乙本删掉了这一段，处理得好，因为秦钟死前这番话，显然是俗物一个，怎么能是宝玉的朋友！非也非也，正因为秦钟之俗，才有宝玉之脱俗。世间秦钟何其多，而宝玉，却只有一个。

秦钟，是世人的缩影，也是宝玉的另一种可能性。

倘若没有天性中的那段痴情，倘若没有对生命的那份觉解，宝玉会不会长成另一个秦钟，泯然众人？毕竟身处花柳繁华地温柔富贵乡，身边姐妹成群，诱惑太多。

但宝玉终是"意淫"，对女孩子情深义重，充满呵护和尊重。

有人说：宝玉是一个长不大的孩子，有孩子般纯净的心灵。我们中国人总希望回到过去，老庄哲学就是要"绝圣弃智"，回归婴儿。

渴望回到童年和过去，已经成了顽强的传统文化基因。如果婴儿时代遥远，那就赖在青春期不肯长大吧。可是一个人的青春期太长，真的好吗？周伯通把段皇爷和瑛姑害得好惨；顾城最后把斧头砍向了妻子；金圣叹说李逵一路天真烂漫到底，然而他是一个不分好歹的天煞星……

只有少年的热血和懵懂，不会成为大侠，也不可能成为宝玉。

迷恋青春期，也许是压根没有能力作选择。西门庆选择不了另外的生活，因为肉体和现世的欲望全面控制了他，他只有荷尔蒙；贾政也作不了其他选择，因为他被传统蒙住了双眼，看不见除了读圣贤书做正经人之外，还有别的可能性。

宝玉其实很早就有了选择，抓周时，他弃世上所有之物不取，一把抓起了脂粉钗环。还可以追溯到当年，青埂峰下，灵性已通的顽石一心要下凡经历红尘，一僧一道这样告诫它：凡间之事，美中不足，好事多魔，乐极悲生，人非物换，到头一梦，万境归空，不如不去。

有人说，一僧一道，代表了宗教的力量，是提醒大家要看空一切。我倒觉得，一僧一道更像命运的使者，这一番话坦白了命运的无常与残酷。但顽石说：我要去。

有谁像贾宝玉那样，一开始拥有一切，应有尽有，好像独得了天大的恩宠，最后却一点一点被剥夺殆尽——金钏自杀；晴雯被逐；迎春嫁给中山狼；连他最爱的林妹妹，也是"玉带林中挂"，最后落了片白茫茫大地真干净。

这是怎样的大虚无和大悲伤！

其实这悲伤一直潜伏在他的生命里。只是人人眼里，他都是那个没心没肺快乐王子一般的宝玉，却很少有人洞察他骨子里的绝望和孤独。

他"喜聚不喜散"。他心中的大观园，都建立在对死亡的先行感知之上——于繁华之处看见凋零，于高朋满座看见大厦倾颓，于生窥见死……叔本华说，这个世界只是表象，天才才能洞察这个世界，进而发现世界的另一面。所以，当黛玉唱"一朝春尽红颜老，花落人亡两不知"，他会恸倒。

鲁迅说："悲凉之雾，遍被华林，然呼吸而领会之者，独宝玉而已。"诚哉！

宝玉来到这个世界，温柔谦卑，情深意重，却见证了美好的生命一一被摧毁，自己也被人误解甚至痛恨。曹公似乎早就洞悉了宝玉被误读的命运，索性先拟了那首《西江月》："天下无能第一，古今不肖无双。"——坏话我就先替你们说了吧。只是，"都云作者痴，谁解其中味"呢？

哲学家维特根斯坦的一个朋友说：看到他，总想起《卡拉马佐夫兄弟》的阿廖沙和《白痴》里的梅什金公爵，"第一眼瞥去，那模样是令人心悸的孤独"。宝玉何尝不是如此？天才各有各的不幸，而孤独却是相似的。他们都是一肚皮的不合时宜，为世俗所不解，被聪明人称作"白痴"的独行僧。

他们是精神上的先知。先知来到人间，总是被怀疑，被拒绝。人们打量着这个和自己看起来没有什么不同的凡人，像看到一个疯子。

宝玉最终没有发现救国救民的道路，不能修身齐家，更不能治国平天下，只能"悬崖撒手"，出家为僧。他只是一个无用之人，"无材可去补苍天，枉入红尘若许年"。在这冷酷的世间，他悉心领略生命的大喜与大悲，领悟命运的无常与残酷，并向所有的美好低头，写下自己的爱与忏悔。

宝玉的温柔是生命的哲学，我宁愿沉醉在这温柔里，自度，或者度人。一切成空又如何？烟花终会熄灭，但遗下的是烟灰，不是灰尘，灰尘不会有绽放的记忆。

就让我们来感受他的温柔吧。

怡红院里的丫鬟，随时给他脸色，甚至抢白他，他不仅不在意，反而变着法儿由她们"胡闹"，且甘心情愿为她们充役——给麝月篦头，服侍袭人吃药，给晴雯渥手……忙得不可开交，偏偏袭人和晴雯之间小风波又不断，真是操碎了心。他里里外外无事忙，专好排忧解难：先是帮烧纸钱的藕官挡责罚，又替彩云顶了偷玫瑰露的缸，连春燕挨母亲的打，也知道跑向宝玉寻庇护……王熙凤说他："为人不管青红皂白爱兜揽事情。别人再求求他去，他又搁不住人两句好话，给他个炭篓子戴上，什么事他不应承。"再形象不过了。

当发现茗烟和卍儿的私情，他的反应是："还不快跑！""你别怕，我是不告诉人的。"他问茗烟，这丫头多大了，叫什么，并沉思良久；在蔷薇架外，看见龄官一边鸣咽一边用簪子在地上画"蔷"字，他恨不得跑过去帮她分担内心的煎熬；龄官因爱着贾蔷冷言拒绝宝玉的唱戏请求，他也只好红着脸，讪讪离开，并不觉得自己受到了轻视。难怪傅家婆子背地里说他："中看不中吃的，果然有些呆气""一点儿刚性都没有"。

这些都是他什么人啊？他和她们只是主仆而已，宝玉完全可以活得很舒适很快活，贾府的经济可以支撑他安享尊荣，贾珍、贾琏们不都是这么过的吗？可他就是一味操心劳役，用鲁迅先生的话，这是"爱博而心劳，而忧患日甚"。

平儿在贾琏和王熙凤处受了夹板气，他是怎么安抚哭泣的平儿的？他邀请平儿来到怡红院，先替凤姐和贾琏赔罪，然后建议平儿换下发皱的衣服，并拿出自制的香粉，教平儿匀脸，献宝一样拿出自制的胭脂，最后，还剪下一枝并蒂秋蕙帮她插在头上。待平儿出门，他又拿出酒和熨斗，帮平儿熨好衣服，洗了平儿落下的手帕，再想到贾琏之俗，凤姐之威，平儿之惨，不禁落泪……这一切，全是体贴和尊重。

香菱跟芳官等一起玩耍，被泥水弄脏了石榴裙，因为是宝琴送的料子，宝玉担心她回去被薛姨妈埋怨，赶紧叫来袭人帮她换新的。

我的一个学生说宝玉是"富二代"，其实，薛蟠才是一个典型的富二代：他打死冯渊，抢来香菱，却不懂得怜香惜玉，新鲜感过去，很快把香菱当了"马棚风"。后来娶了夏金桂，又让香菱备受屈辱和蹂躏。宝玉看不下去，跑到王道士那里去找"妒妇方"，看见别人受苦，他总是不忍。

对自己的爱人，宝玉更是万般小心：林妹妹你不要不理我啊，林妹妹你为什么哭啊？都是我不好！你昨夜咳嗽了几次？……怎样才算爱一个人？温言款款和小心翼翼并不难，难的是日日如此。这样的耐心，基于理解，源于相知。宝钗肌骨莹润、鲜艳妩媚又怎样？金玉姻缘又怎样？他还是在梦里喊："和尚道士的话如何信得？什么金玉姻缘，我偏说木石姻缘！"黛玉是他的女神，他懂她。

因为骨子里的决绝和虚无，他的爱如此热烈，如排山倒海。对黛玉，也对所有美好的生命。他的温柔，是他的生命哲学。他宣称：女儿是水作的骨肉，我见了便清爽；男人是泥作的，浊臭逼人。在美好的女儿面前，他总是心甘情愿低下头来。汤显祖说："智极成圣，情极成佛。"这就是情僧吧。

有人说，宝玉只会爱清净洁白的女儿，对其他人可没什么爱心。

你没看见吗？他和他的小厮们，家常对话又调皮又温情；他央求妙玉别扔掉"成窑五彩小盖钟"，这么昂贵的东西，送给刘姥姥吧；贾环故意使坏，用蜡油烫坏了他的脸，他叮嘱别人莫张扬，就说是他自己烫的好了；不学无术的薛蟠在酒席上唱"女儿愁，绣房撺出个大马猴"，众人都嫌其粗陋，他笑笑：没关系，押韵就好……

对这个世界温柔相待，对他人从不设防，对人性有足够的信任，被人误解依然不改初衷，要怎样才能做到？我邻居家的一只小黄狗，你去逗它，它立马躺倒在地，露出它柔软的肚皮，等着你去摸。假如有人突然踩它一脚，它还会这样吗？

对人类而言，答案似乎不言而喻。"马善被人骑，人善被人欺"嘛！怎么可能随便相信他人？！久而久之，温柔善良也就变成了窝囊、懦弱。

我的一个学生写道："以前我对宝玉也有很多不解……但是听您讲了他的故事……我想到了麦兜。麦太带他去看医生。医生说，他不是低能，他是善良。"

谁会否认善良的美好呢？只是，在推崇不择手段、狡智型生存法则的社会里，善良和天真一样，人们宁愿怀念它们，把它们变成永恒的乡愁，也不愿意真正拥有它们。

可是，有问题的不是善良本身，是这个世界。

我们太熟悉这样的成功之道了：谁出手快、准、狠，谁不按常理出牌，谁的心最黑，谁的脸最厚，谁就能笑到最后。所以，梁山山头上尽是好汉，三国世界里英雄辈出；所以，刘邦胜利了，唱着"虞兮虞兮奈若何"的项羽，因"妇人之仁"成了失败者；当魏军围城，刘禅对誓要"背城一战，同死社稷"的刘谌说"汝独仗血气之勇，欲令满城流血耶？"，却被钉上了耻辱柱，人人骂他是"扶不起的阿斗"，"快乐异乡忘故国，方知后主是庸才"。他们一定忘了，是庸才保全了满城百姓，而英雄却会拉百姓上战场当炮灰。

也许，正是因为缺少"妇人之仁"的温柔和悲悯，历史才会如此暴虐无常，人心才会如此冰冷残酷？

这个世界幸好还有宝玉，不只有武松。

宝钗：复杂的现实主义者

一位男性友人，理想的老婆是宝钗："她长得漂亮，又通情达理，出得厅堂入得厨房，绝对的贤妻良母！"最后加上一句感慨："得妻如此，夫复何求！"

我只能"呵呵"了。

宝钗哪有这么简单！《红楼梦》一书，争议最多的就是她。有人夸她完美，有人说她是封建道德的牺牲品，还有人骂她是女曹操，一肚子心机……

至于我，恕我直言，从来就没喜欢过她。

宝钗确实漂亮，她鲜艳妩媚，"唇不点而红，眉不画而翠，脸若银盆，眼如水杏"，长得很有亲和力。《红楼梦》里，女儿如花，黛玉和晴雯是芙蓉，探春是玫瑰，湘云是海棠，曹公把宝钗比作牡丹，"艳冠群芳"，其美自不待言。

但她不爱红妆，爱道德。她住的屋子，像雪洞一般，一色玩器皆无，连贾母都觉得不妥：年轻姑娘如此，我这老婆子越发要住马圈了。她不爱花儿粉儿的，每次出场都是半新不旧的衣服。"琉璃世界白雪红梅"，众姊妹皆一色的大红猩猩毡、羽毛缎斗篷，皑皑白雪，明艳照人，唯有宝钗和李纨一个穿莲青色的鹤氅，一个穿青哆罗呢，老气横秋。

她极其爱惜自己的道德形象。海棠诗社，黛玉写"半卷湘帘半掩门"，湘云写"幽情欲向嫦娥诉"，她的海棠诗却是："珍重芳姿昼掩门，自携手瓮灌苔盆。"大白天要关好门，省得别人说闲话，亲自拿着水壶浇花，主要是展示品行，写诗就像写述职报告；刘姥姥说笑话，众人笑成一团，湘云的茶都喷出来了，就她没动静；就连和小伙伴娱乐，也不肯放松身段，宝琴新编的怀古诗，最后两首与《西厢记》和《牡丹亭》有关，她连连声明：这是什么？我可不懂。

道德家最喜欢干什么？当然是教育别人啦，否则会憋出内伤的。宝钗就特别热衷给小姐妹上品德教育课：教育湘云和黛玉别把心思放在写诗上，针黹女红才是女孩儿们的正经事；告诫黛玉别看那些闲书，否则移了性情，不可救药了；岫烟戴着探春送的玉佩，也被宝钗拉住，围绕"饰品与道德修养"长篇大论了一番……每次都像学霸给学渣讲题，对方只有点头崇拜的份儿。

真是温良恭俭让俱全，仁义礼智信完备。《红楼梦》里，有男人、女人，只有她，像圣人。

可是，她自己却戴着亮闪闪的金锁，日日穿梭于大观园；她写得一手好诗，诗社每次活动她都表现得很积极；她羞笼红麝串，无意中露出一截雪白丰满的手臂，惹得宝玉荷尔蒙瞬间飙升；夏日的午后，她坐在宝玉身边，绣他贴身穿的肚兜，绣的还是鸳鸯，而宝玉正随随便便躺在床上酣睡……不免让人浮想联翩：这算不算移了性情呢？

如此悖谬的场景，其实也并不奇怪，因为这就是典型的中国式道德：说一套，做一套，言与行通常不属于同一频道。所以，宝钗的所作所为，总透着一股说不清、道不明的复杂劲儿。

宝玉来梨香院看她，她要看他的玉，拿在手上翻来覆去地看，还出声念上面的字："莫失莫忘，仙寿恒昌。"还念了两遍，然后责怪莺儿为什么站在旁边，不去倒茶。莺儿说："听这两句话，到像和姑娘的项圈上的两句话是一对儿。"金玉姻缘呼之欲出，这是故意呢故意呢还是故意呢？

湘云要做东道起诗社，宝钗邀请她到蘅芜苑，提醒她：诗社虽是玩意儿，但也要瞻前顾后，不要得罪人。何况，你哪里有钱起诗社？一番话说得湘云踌躇起来。于是，她便帮湘云筹办了螃蟹宴，把小众的诗社活动搞成大规模的家庭联欢，老太太当面夸奖，湘云也成了她忠实的小跟班。

诗社本来是小型聚会，纯小众活动，简单随意。海棠社就这样，探春一纸邀约，众人高兴，起个雅号甩掉世俗身份，大家平起平坐，都是诗人，乘兴而起兴尽而返，自由一把。但宝钗一心想的却是：别得罪人！

黛玉行酒令时，脱口说出"良辰美景奈何天""纱窗也没有红娘报"。大家都没注意，唯有宝钗留了心，更找机会私下里"审"黛玉，一番话说得堂皇正大，又体贴入微，黛玉心里暗服。也许，她真心为黛玉好，提醒她不要看闲书，免得移了性情，但也不免有瞅准机会收服黛玉的嫌疑，毕竟她是宝钗，心思缜密又复杂，格外让人看不透；她对袭人分外好，又主动帮袭人做针线。一个小姐如此积极笼络表弟身边的丫鬟，多少有点不合常理，何况她又特别讲规矩。难怪有人说，她这是培养袭人做怡红院的卧底呢。

但就是这样一个与人为善、热情大度的宝姐姐，却在大观园被抄检的第二天，便搬了出去。头也不回，动作之快之急，甚至都来不及告知王夫人，同住的湘云居然也毫不知情。大观园一有点风吹草动，自己就先撤退，说好的姐妹情深呢？

是的，这就是她，一个极其复杂的现实主义者。

英国人韦尔斯说："中国人的灵魂里住着一个儒家，一个道家，一个土匪。"道家中途休整兼加油，土匪打家劫舍为自己，服务的还是现世。归根到底，还是现实主义。

现实主义并不可怕，可怕的是看不见底的幽深人心。

那一天，春日暖阳，宝钗扑蝶，来到滴翠亭外，无意中听见小红和坠儿在说悄悄话。她马上判断这两人在做不好的事，乃奸淫狗盗之辈，又听出是小红的声音。她对小红的判断是这个人"素昔眼空心大，是个头等刁钻古怪东西"，于是，瞬间进入战备状态。她先是若无其事地寻找黛玉，说颦儿刚刚就在亭子外边撩水玩呢，怎么一转眼就不见了呢？好，我去找她。就这样，使了一个"金蝉脱壳"之计巧妙地摆脱了偷听的嫌疑，但黛玉却着实躺枪了。

脂评说："闺中弱女机变，如此之便，如此之急。"春日扑蝶，本来是一派浪漫情怀，可是，"金蝉脱壳"却尽显深沉心机，不像发生在同一次元。这事，有点细思极恐。

有人说，这是宝钗的自我保护，是本能反应，一点儿也不过分。没错，趋利避害，是人之本性。可是，首先，宝钗的反应已经不是本能了，因为她对当下情境进行了相当审慎的判断，然后才作出了利己的选择。其次，利己虽然也是人性，但利己不一定代表害人。利己与害人之间，还是有界限的，过了界就是另一码事，底线就在这儿。

即使韦小宝，也有撂挑子的时候："皇帝让我杀天地会的人，天地会又让我杀皇帝，老子不干了！"他还是有底线的，虽然比马里亚纳海沟还低。但我看不透宝钗，摸不到她的底。或许，她的底线，就像她的人一样扑朔迷离，让人琢磨不透。

听到"金钏跳井死了"的消息，宝钗的反应是，"这也奇了"，接着便来到王夫人处道安慰。她非常冷静，一声不吭，倒是王夫人先开口说起金钏之死来，虽然没对宝钗说实情，但内心确实有些自责，所以才垂泪。宝钗却说："姨娘是慈善人，固然这么想。据我看来，他并不是赌气投井。多半他下去住着，或是在井跟前憨顽，失了脚掉下去的……纵然有这样大气，也不过是个糊涂人，也不为可惜。"又接着说："姨娘也不必念念于兹，十分过不去，不过多赏他几两银子发送他，也就尽主仆的情了。"

金钏的生与死，对宝钗来说，显然无足轻重。作为一个亲戚，她可以保持沉默，什么也不说，如果非要道安慰，显示自己的关心，也不必非要说谎，颠倒黑白。但她就是这么做了，轻描淡写地把自杀说成失足，有人说这是冷静，是识大体，我觉得这是冷酷。

王夫人赶紧说：正是，我刚才赏了她娘五十两银子，还想给她两套新衣服装裹，可巧手头没有。林姑娘倒有，只是这孩子素日有心，怕她忌讳。宝钗说：我倒有两套，况且金钏活着的时候也穿过我的旧衣服，身量也相对。

于是，王夫人尽显主人的恩情，宝钗也是格外懂事体贴。只是，逝者的血还未冷却，王夫人残存的良知，就这样被宝钗轻轻抹掉了。更让人寒心的是，从宝钗的话里，我们知道，金钏生前穿过她的衣服，她们还是有交情的。

如何面对一个人的死，沉默，还是说谎？并不一样。

但很多人并不觉得这里面有问题，他们说，宝钗只是在安慰王夫人，这很正常啊，并没什么原则问题，死的已经死了，难道还要活着的人放声大哭，使劲忏悔吗？难道要让宝钗愤而指责王夫人吗？

确实，对于一些人来说，什么都可以模糊过去，即使生死问题，也不必深究。这就是古老的中国，隐藏了太多的谎言和罪恶！多少人死得不明不白，甚至死后还被诬蔑。历史上，站在尸体旁，冷漠者有之，罔顾良知大唱赞歌的道德家，更是比比皆是，他们甚至会抹掉鲜血，赞美别人的牺牲。

宝钗的谎言，似乎都称不上是恶。但如果就此原宥，那就什么都没有发生。于是，大家糊里糊涂地生，糊里糊涂地死，一切照旧，太阳底下没新鲜事，who care？

听到尤三姐自杀、柳湘莲失踪的消息，薛蟠又急又伤心，她却并不在意：天有不测风云，人有旦夕祸福，也是他们的命，只好由他罢了。倒不如一起商议商议，请伙计们吃饭，酬谢他们一下，省得让人家说咱们失礼。

这就是宝钗。她吃下冷香丸，就这样一冷到底。

如果荣国府没有败落，宝钗当了宝二奶奶，生了小宝玉，小宝玉长大了，身边也有一个小金钏、小晴雯，她会像王夫人那样除之而后快吗？嗯，她会比王夫人出手更快、更准、更狠、更高明。

日前看顾城写宝钗的文章："她是天然生性空无的人，并不在'找'和'执'中参透看破……她空而无我,她知道生活毫无意义……"

宝钗"无我"？她咏海棠是"珍重芳姿昼掩门"，标榜"淡极始知花更艳"，想着"欲偿白帝凭清洁"；写柳絮则是"好风频借力，送我上青云"。处处谨言慎行，一个劲儿撇清自己不明白这个，不懂那个，生怕道德形象有亏。

至于"天性空无"，那就更不可能了。

元春省亲，让宝玉和众姐妹作诗，她提醒宝玉不要用"绿玉"，要用"绿蜡"，宝玉赞她：我以后不喊你姐姐，喊你师父好了。她悄悄笑道："那上头穿黄袍的才是你姐姐。"心里有黄袍，嘴上才流露出来。亲爱的，请告诉我，这哪里是"天性空无"？

她很忙，她的世界，又大又深。她不是在串门子，就是在串门子的路上。她善于察言观色，大观园的一点一滴，从宝玉的经济仕途到小红眼空心大；从湘云的金麒麟，到岫烟的衣衫和玉佩，到袭人的活计；从湘云红着眼圈欲言又止，到黛玉行酒令的小失言……
都逃不过她的眼睛。

她审时度势，进退自如，时而静如处子，时而动如脱兔；时而
兰言解疑癖，时而小惠全大体；时而装聋作哑，一问摇头三不知，
时而滔滔不绝，从绿蜡到绘画工具，知无不言言无不尽：不要小看姐，
姐不是不说话，而是该说时说，不该说时一声也不吭。

凭着这高超的处世技巧，宝钗赢得了好口碑，刚进荣国府就把
女一号黛玉比了下去。曹公说："黛玉不免小忿，宝钗却浑然不觉。"

曹公你又调皮了，宝钗真的浑然不觉？她只是不愿意在这小事
上浪费脑细胞而已。

她是要干大事的。是"淡极始知花更艳""欲偿白帝凭清洁"，是
"好风频借力，送我上青云"，所谓诗言志，这该是宝钗的夫子自道了。
宝钗最初的身份是"待选秀女"，倘若能如愿进宫，倒可以演一场宫
心计或金枝欲孽，可惜选秀没了下文，鸿鹄之志无用武之地。

有人说宝钗处心积虑想当宝二奶奶。其实，她根本不需要处心
积虑，对手和她压根不是一个级别。她只需祭出"珍重芳姿"和"不
语亭亭"，便胜券在握，何况还有王夫人做靠山。黛玉只有爱情和一
片冰心，宝钗却拥有道德这个万能钥匙、硬通货。爱情遇上道德，
是鸡蛋碰石头，宝钗心知肚明。

不过，宝钗也不一定能看上宝玉。在她眼里，这个人就是不务
正业，是无事忙，是富贵闲人，所以她总规劝他，幻想把这个叛徒
拉回正确的轨道。连香菱学诗，宝玉夸香菱用心刻苦，她也趁机教
育宝玉：你要像她这么苦心就好了，学什么不成？宝玉不答。

宝玉对她，有愤怒有惋惜："好好的一个清净洁白女儿，也学
的钓名沽誉，入了国贼禄鬼之流。这总是前人无故生事，立言竖辞，
原为导后世的须眉浊物。不想我生不幸，亦且琼闺绣阁中亦染此风，

真真有负天地钟灵毓秀之德！"宝玉嗅觉灵敏，早就察觉她气味不纯，不属于他热爱的那个世界。

那个世界有青春、浪漫和爱情，花开花落，灵气十足。但这些和宝钗没有关系，就像她的寄居身份一样，她一直是大观园的过客。黛玉葬花、湘云醉卧芍药裀，诗意盎然，宝钗扑蝶却引出了"金蝉脱壳"。如果大观园代表了人类的纯真岁月，宝钗其实并不属于这里，而且最先选择了逃离。

即使拥有全世界，她也走不进他的内心，这是没有办法的事。他是情僧，满怀深情。而在宝钗的世界里，有中国式的人情世故，却少有真"情"。

她没有青春期，似乎一生下来就老了。当黛玉偶尔耍耍小孩子脾气，宝玉懵懵懂懂的时候，她已经会不动声色了。就像中国文化，过早成熟，老气横秋。在她的人生里，有智慧，有抱负，更多的是隐忍和算计，这不动声色匍匐前进的姿势，是典型的中国式生存智慧：要出人头地，就要先学会吃亏、示弱，隐藏欲望，是谓以弱胜强，以柔克刚，恨不得变成"忍者神龟"。

老子深谙此道。他鼓励我们示弱，转脸却神秘兮兮地说着："夫唯不争，故天下莫能与之争。""无为而无不为。"原来，蹲下，是为了跳得更高，吃亏，是为了占大便宜！尽管老子有他的智慧，也是人生的洞察者，后来人却越学越不成样子。

明明是猥琐，偏说是智慧。只有常年风雨飘摇、人人自危的生存处境，才能孕育出这样憋屈的生存法则吧。

有人说，宝钗不容易，上有寡母，还有一个爱惹事的哥哥薛蟠，要考虑家族的利益，所以才顾虑重重步履维艰。那黛玉呢？她父母双亡寄人篱下；湘云呢？跟着叔叔、婶婶，要做针线活儿到半夜；探春呢？身为庶出，还有一个问题亲妈赵姨娘……谁又天生好命？

各有各的不如意。

但我们能看见黛玉俏语谑娇音，雅谑补余香，又是打趣湘云大舌头，又是给刘姥姥起外号；湘云大说大笑，醉卧芍药裀，雪地里烤鹿肉，抢着联诗；探春那么理性，也会让宝玉去买"柳枝儿编的篮子，竹子根抠的香盒，胶泥垛的风炉儿"；苦哈哈的李纨，也会插科打诨："人家不得贵婿，反挨打，我也不忍的。"

宝钗却从不伤春悲秋，也不开怀大笑。她咏海棠，是"愁多焉得玉无痕"，文艺青年关心的那些花开花落、生生死死，与她无关。对她来说，那些事无用、奢侈甚至有害。

现实是什么样子，她就活成了什么样子。

曹公让宝钗吃"冷香丸"，是"从胎里带来的一股热毒"，要吃冷香丸压下去。"热毒"可解释为与生俱来的天性，但她要靠后天修炼去压制。

按照福柯的理论，这是典型的自我"规训"。如果说制度、文化、环境、习俗、性别等是我们的"境遇"，是异己的世界，冰冷而强大，自我"规训"就是把"境遇"合理化，接受它，并且赞美它，心甘情愿地缴械投降。

然而，"现实不应该再被认为是理所当然的"。它不应该被辩护，而应该被批判，被超越。

人之所以为人，就在于有自由意志，不是被给定、被规定。

卢梭也说："野兽根据本能决定取舍，而人类则通过自由意志。"古希腊的英雄阿喀琉斯，他母亲知道他的命运——要么一生碌碌无为，平安到死；要么就是顶天立地的英雄，但英年早逝。阿喀琉斯选择在命运面前披上他的铠甲，挺起他的长枪。

所以，尽管每个人都有自己的生命姿态，但曹公格外珍视那些能旁逸斜出、拒绝跟生活和解的人。

所以，要有宝玉，要有黛玉，要有大观园。

第二回冷子兴八卦荣国府，说宝玉抓周时，世间一切之物皆弃之不取，偏偏去抓脂粉钗环，必定色鬼无疑了。贾雨村却说：非也非也。人有"正邪两赋"——人禀气而生，气有正邪，则人有善恶。"清明灵秀，天地之正气，仁者之所秉也；残忍乖僻，天地之邪气，恶者之所秉也。"还有第三种人，身兼正邪两气，"其聪俊灵秀之气，则在万万人之上；其乖僻邪谬不近人情之态，又在万万人之下。若生于公侯富贵之家，则为情痴情种；若生于诗书清贫之族，则为逸士高人；纵再偶生于薄祚寒门，断不能为走卒健仆，甘遭庸人驱制驾驭，必为名优名倡"。

这段话漂亮极了！接下来他列举了一些人，从陶潜、阮籍、嵇康、刘伶到陈后主、唐明皇、宋徽宗，再到卓文君、红拂、薛涛、朝云，就是禀有"正邪两气"之人。宝玉、黛玉、湘云、探春、香菱、晴雯、鸳鸯和小红等，莫不如是。

这些人有君王，有隐士，有戏子，有文青，他们的共同点，就是拒绝被生活收编。他们独一无二，无法被归类，生命里有一种东西闪闪发光，就是自由意志。

再回到开头的话题。朋友，你可曾想过，娶了宝钗之后的日常生活可能会这样：你一身疲惫下班回到家，宝钗迎上来："这次有希望当处长吗？什么？泡汤了？早听人劝，也不至于如此。""你看隔壁老王多努力，你如果也这样，还有什么做不成的？"

我不是在诽谤宝钗。曹公给她的判词是"可叹停机德"，典故来自《列女传》，说西汉乐羊子之妻，为了鼓励老公求官上进，拿刀割断正在织的布，告诫他不可半途而废，乐羊子惭愧不已，据说一去七年不回家。有人说他是发愤图强，我猜他是不敢回家。

娶宝钗有风险，结婚需谨慎啊。

另一个宝钗

一直以来，我都不喜欢宝钗。这次信手翻到第三十四回，也许年龄大了，火气渐小，倒读出了另一番滋味。

宝玉挨了打，袭人听焙茗说可能是薛蟠吃琪官的醋，从中架火教唆的，便透露给宝钗。宝钗素知哥哥的脾性，也有点信了，回到梨香院，跟薛姨妈一起责备薛蟠。这次薛蟠却真的被冤枉了，但他嘴笨，又跳脚又发誓，母亲和妹妹还是一脸不相信，便赌气说道："好妹妹，你不用和我闹，我早就知道你的心了。从先妈和我说，你这金要拣有玉的才可正配，你留了心，见宝玉有那捞什骨子，你自然如今行动护着他。"

脱口说出宋江心里话的，一定是李逵。口无遮拦的呆霸王，就这样脱口说出了真相。

宝钗怎么反应？她先是气怔了，然后拉着薛姨妈哭了，又委屈又气愤。待要怎样，又怕母亲不安，只得含泪别了母亲，回到房里整哭了一夜。第二天她无精打采地来到园里，又恰好遇到黛玉，黛玉说："姐姐也自保重些儿。就是哭出两缸眼泪来，也医不好棒疮。"宝钗因记挂着母亲和哥哥，并不回头，一径去了。

宝钗为什么哭泣？因为被薛蟠挑破心事？没人知道。这个十几岁的姑娘，老成持重，不动声色，自制力惊人，没人能看透她。就像《金瓶梅》里的孟玉楼："你恼那个人也不知，喜欢那个人也不知，显不出来。"

人人都说宝钗是大家闺秀，温柔敦厚，但字里行间，其实埋伏着另一个宝钗。

宝钗也有偶露峥嵘的时候。宝玉说她像杨贵妃，她大怒："我倒像杨妃，只是没一个好哥哥好兄弟可以做得杨国忠的！"丫头靛儿找宝钗要扇子，她趁机指着靛儿说："你要仔细！我合你顽过，你再疑我？和你素日嬉皮笑脸的那些姑娘们跟前，你该问他们去。"还说起"负荆请罪"，小小地讽刺了宝黛二人，这是"宝钗借扇机带双敲"。

她还"讽和螃蟹咏"，写"桂霭桐阴坐举觞，长安涎口盼重阳。眼前道路无经纬，皮里春秋空黑黄。酒未敌腥还用菊，性防积冷定须姜。于今落釜成何益，月浦空余禾黍香"。老辣尖刻，众人为之叫绝，纷纷说只是讽刺世人太毒了些。

但这样的宝钗只惊鸿一瞥，呈现在大众面前的宝钗，依然"罕言寡语，人谓藏愚；安分随时，自云守拙"。人人都夸她雍容大度，极好相处，湘云恨不得把她当亲姐姐。但我却看见她小心翼翼，如履薄冰，把自己隐藏得很深。

黛玉当面讽刺她，她装听不见。刘姥姥站起来："老刘老刘，食量大如牛，吃个老母猪不抬头。"然后鼓着腮帮子不说话。湘云笑得喷饭，黛玉笑岔了气，探春的饭碗扣到迎春身上，王夫人和薛姨妈也笑得说不出话……唯独没有宝钗的特写，她不笑。

她三缄其口，沉默是金，连小事也不愿出头。宝玉说了一个奇怪的药方子，王夫人不信，宝玉让宝姐姐作证，她连忙摇手：我不知道，你别问我。其实这方子是薛蟠搞来的，她明明知道。我们看她，一方面格外谨慎，举止行动如履薄冰，"珍重芳姿昼掩门"，一问摇头三不知，不干己事不张口。另一方面，积极地讨好整个世界：她知道贾母爱吃甜食，爱听热闹的戏，就点《鲁智深醉闹五台山》；她提醒湘云起诗社不是简单的事，要瞻前顾后，不要得罪了人才好；哥哥薛蟠从南方做生意回来，带来的土特产，她特意分成小份儿送给每个人，连赵姨娘都没落下。

有人说她造作虚伪、心机深沉，黛玉也一度以为她"心里藏奸"，我也不喜欢她，但现在，我忽然有点理解她了：她之所以活得这么累，这么拧巴，不是因为"心里藏奸"，一肚子坏水，而是因为心怀恐惧。

儒家一直笃信人之初性本善，孟子甚至说："人皆可以为尧舜。"但《增广贤文》告诉我们：知人知面不知心，画虎画皮难画骨，人不为己天诛地灭。民间谚语，代表的是更真实的世界，这个世界广阔而幽深，埋伏在高调的仁义道德之下。世界如此恶意满满，每个人都没有安全感。宝钗身上，深藏了我们的恐惧、焦虑以及悲哀。

试想一下，"滴翠亭事件"的主角，只能是宝钗，换作他人，比如鸳鸯，听见小红和坠儿讲悄悄话，未必想这么多，或许还会帮当事人遮掩。正因为宝钗总是心怀戒备，不敢信任他人，才会时刻提防，一件小事也如临大敌。这样的心态，我们很熟悉。

她忙得停不下来，不是在串门子，就是在串门子的路上，满眼都是人际关系，她自己也说："只愁我人人跟前失于应候罢了。"她深知"木秀于林风必摧之"，她知道融入人群，被社会承认，是最安全的。这是教养、智慧，也是恐惧。

阿兰·德波顿在《身份的焦虑》一书的序言中说："我们的很多欲望总是与自己真正的需求毫无关系。过多地关注他人（那些在我们的葬礼上不会露面的人）对我们的看法，使我们把自己短暂一生之中最美好的时光破坏殆尽。"宝钗就是这样，置身于纷乱的世界中，看不清自己的处境，自己把自己困住了。她不知道，自己是可以争取到一点自由的，哪怕很少。

其实，宝钗的困境，也是我们的困境。

我们选择循规蹈矩，不敢出头。谨奉"出头的椽子先烂""枪打出头鸟"，小心翼翼地隐藏自己的欲望和野心，低眉顺眼，恨不得要讨好全世界。只因我们心怀恐惧，患得患失。每一颗人心都心怀叵测，每一个日子都摇摇欲坠，所以要拼命地抓住身边的一切，抓住现世。

你看，荣国府那一场场的筵席，一次次的宴饮，笙歌聒耳，锦绣盈眸。满屋子珍奇摆设，自鸣钟当当作响，紫檀透雕，嵌着大红纱透绣花卉并草字诗词的璎珞，贾母过八十大寿，要花几千两银子……说不尽的富贵风流。但依然心浮气躁，填不满人心。

端坐在金字塔尖上的贾母，在刘姥姥眼里，是生来就要享福的，但这享福人"福深还祷福"，物质丰富，儿孙围坐，犹觉不足；王夫人更是艳羡黛玉母亲当年，是"何等的娇生惯养，何等的金尊玉贵，那才像个千金小姐的体统"；邢夫人、赵姨娘一心捞钱，袭人一心要当姨娘，薛姨妈则暗暗盘算着"金玉姻缘"；贾赦忙着纳妾，贾政不惯俗务，贾珍、贾琏和贾蓉更是寻花问柳，无所不为……就这样，个个都"烦忙"，人人皆不安。海德格尔说：因为远离"本真的存在"，"此在"的生存状态就是烦，在琐细的日常生活，迷宫般的人际关系里迷失自己，在没完没了的八卦闲聊里沉沦，成为"庸人""常人"。

有人说宝钗早早就看透人生的真相，选择了和光同尘，与世俯仰，无悲无喜，不信你看她慢慢背诵："赤条条来去无牵挂。那里讨、烟蓑雨笠卷单行？一任俺、芒鞋破钵随缘化。"必定内心从容淡定。

与世俯仰是真的，但说不上是自我选择，因为她只看见了一条路。

背诵"赤条条来去无牵挂"的宝钗，与其说是有修为，不如说知识量惊人。她博闻强识，从冷僻的典故到医药到绘画，无书不知，堪比图书馆馆长——惜春画园子，她开出一长串单子，解决了关键的技术问题：把重绢矾了，作画纸，用各号排笔，南赭、石黄、石青、石绿、管黄等颜色……她还知道"楮树"朝开夜合，让湘云叹为观止。更不用提，元春省亲时让大家作诗，她提醒宝玉用"绿蜡"替代"绿玉"，被宝玉夸"一字师"了。她的博学，连贾政也赞扬不已。

在黛玉和湘云处受了夹板气的宝玉，垂头丧气，写下"你证我证，心证意证。是无有证，斯可云证。无可云证，是立足境"，黛玉劈头一句："至贵者是宝，至坚者是玉，尔有何贵？尔有何坚？"而宝钗则娓娓道来，说出慧能"语录"的典故。黛玉的问话是棒喝，灵气十足，宝钗祭出的是知识，靠的是记忆。

黛玉是文艺女神，宝钗则是知识女神。文艺和知识，对生命的意义，并不一样。

很多人羡慕宝钗，再累再苦，也算拥有了现世里最成功的人生——从贾母到赵姨娘，从王夫人到袭人，连丫鬟小红也说她好……这么完美的人际关系，多少人梦寐以求！

然而，这也许不是荣耀，而是悲哀。何况，再"完美"的人生，也有裂隙，经不起推敲。

宝钗到底爱不爱宝玉？

曹公的笔格外狡猾，从不臧否人物，写宝钗更是含蓄蕴藉，像布迷魂阵。第二十八回，他刚刚透露了宝钗因母亲对王夫人等提过"金玉姻缘"等语，"所以总远着宝玉，又见元春赏赐的东西，独她与宝玉一样，心里越发没意思起来"。却让薛蟠脱口而出"金玉姻缘"之说。

宝玉挨了打，她托着丸药来看他，点头叹道："早听人一句话，也不至今日。别说老太太、太太心疼，就是我们看着，心里也疼。"刚说了半句又忙咽住，不觉红了脸，低下头；宝玉让莺儿打络子，她提醒不如给美玉打个络子把玉络上，再用金线配上黑珠儿线，打成络子才好看；连小伙伴一起玩射覆的游戏，她也能射到宝玉的"玉"。心里有玉，就总能看见玉，黛玉说她"惟有这些人带的东西上越发留心"，倒也没说错。宝玉睡午觉，袭人在宝玉旁边绣鸳鸯肚兜，她又来串门，袭人出去，她"不留心，一蹲身，刚刚的也坐在袭人方才坐的所在，因又见那活计实在可爱，不由的拿起针来，替她代刺"。

这小小的日常细节，却暴露了宝钗的潜意识，她心里是在意宝玉的。李劼说："宝钗之于宝玉，并非全然是承担家族利益的需求，也含有一个世事洞明女子之于一个懵懂男子的情有独钟。"但宝玉只爱林妹妹，那个从来不说"混账话"的林妹妹。没办法，再完美，宝钗也不是宝玉的同路人，走不进他的世界。

宝琴来了，不说、不做，只是站在那里，就赢得了众人的喜爱。贾母更是逼着王夫人认了干女儿，还特地让琥珀到园子里去叮嘱众人，千万不要拘束了她。别人犹可，惟有宝钗推着宝琴说："你也不知是那里来的福气！……我就不信我那些儿不如你。"

她滴水不漏、华美光鲜的人生，其实很脆弱，随时可能塌方。

另外，我们真的可以拥有完美的人生吗？

叔本华说：欲望没满足是痛苦，被满足后就是无聊，而人生像钟摆一样，在痛苦和无聊中摆来摆去。这很沮丧，但更沮丧的是痛苦和无聊的终点就是死。人终有一死，我们也不知道何时死，怎么死。生而为人，注定要与这种缺憾共眠，怎么可能会完美？！

既然如此，不如索性敞开自己，随性一些，勇敢一些，将生命发挥到极致。尼采说："活得最充实最愉悦的秘密就是：活在不安全之中！"《红楼梦》里谁最勇敢？是宝玉，是黛玉，还有那些敢爱、敢恨的龄官、司棋们。

黛玉葬花，宝玉恸倒，因为他们知道青春易逝，红颜易老，越美好越脆弱。恩格斯说："自由就是认清生命之中的必然性。"他们知道现世的缺憾，知道生命必然是一场悲剧。既然人终有一死，不如在有限的生命里，更勇敢些。所以，他爱她，她也爱他。

脂评说八十回后有一个情榜，宝玉是"情不情"，是说他对万事万物皆有情，有担待。黛玉则是"情情"，她的世界很单纯，是恋人、亲人、知己和诗，不在琐细小事上浪费精力；跟宝玉耍小性掉眼泪，误会澄清即云开雾散；对紫鹃，对湘云，对妙玉，都真诚坦率；宝钗因她当众说酒令，告诫她不要看闲书，她感怀宝钗的温暖呵护，于是前嫌尽释，把她当亲姐姐。

在一个薄情的世界里，选择深情地活着。在一个小心翼翼的世界里，依然单纯热情，敢于敞开肺腑，这就是勇气。

爱是勇气，也是一种能力。连小戏子龄官，都如痴如醉地爱上了贾蔷，其深情缠绵，宝玉都看呆了。还有"假凤泣虚凰"的藕官，爱菂官也爱蕊官，同性之间你恩我爱，温柔体贴。藕官甚至说："男子丧了妻，或有必当续弦者，也必要续弦才是，便只是不把死的丢过不提，便是情深意重了。若一味因死的不续，孤守一世，妨了大节，也不是理，死者反不安了。"这番见识让宝玉感佩不已。还有司棋，爱上了表弟潘又安，两个人的情书被抄检出来，司棋"低头不语，也并无畏惧惭愧之意"。她决意承担自己的命运。宝钗讨厌的丫头小红，也爱上了贾芸，她是行动派，又掉手帕，又"蜂腰桥设言传心事"。据说，小红和贾芸后来结了婚，成了大观园自由恋爱唯一修成正果的。

能够信任，能爱，敢爱，即使全世界都不相信爱情，即使一切都命中注定，最终是一场空，也不轻言放弃。这样的人生，何曾是悲剧？真正的悲剧，是为了追求虚妄的完美，步步退缩。

宝钗，缺的是勇气。

最后她嫁给了宝玉。但是，"纵然是齐眉举案，到底意难平"，怡红公子念念不忘的还是"世外仙姝寂寞林"，并不是所有人都能顺服于沉重的肉身、烦忙的现世。她主动收敛自己的性情，吃着冷香丸，把天性里的热情一点点压下去，却面临这样的结局，她有没有后悔过？毕竟这一辈子从没开怀大笑过，没倾心长谈过，也没有忘情爱过。

宝钗的世界太热闹，太忙碌了。暮春时节，草长莺飞，黛玉看见角落里的稚笋，哔哔啵啵地生长，看见花儿草儿，也看见爱情，她伸懒腰长叹："每日家情思睡昏昏。"她读《西厢》，自觉辞藻警人，满口余香。湘云喝酒作诗，醉卧芍药裀，她爱春天，爱一切，喊着"且住，且住，莫使春光别去"。探春则一纸邀约，"风庭月榭，惜未宴集诗人；帘杏溪桃，或可醉飞吟盏"，何不效东山雅会，起一诗社哉！连香菱也要学诗，是"慕雅女雅集苦吟诗"。

这是青春，是自由，是微暗的火，每个人的生命中，都应该有这样的时刻，构筑起意义之网，超越现实，抵抗虚无。宝钗呢？她的生命中，没有这样的重要时刻。别人看见了春天，她看见的全是人，她要鉴貌辨色，左右逢迎。

这样的春天，阳光透过树丫斑驳，她却无心抬头；这样的黄金时代，青春肆意而饱满，她却无暇拥抱，就这样匆忙老去，这不是悲剧，又是什么？

对她，曹公既有赞美，也充满惋惜。他甚至不忍去责备她，他告诉我们：这样的女儿，也是动人的。第六十三回"寿怡红群芳开夜宴"，宝玉的生日，怡红院开小"趴体"，大家抽花签。宝钗抽到的是牡丹花，题着"艳冠群芳"，又写有"任是无情也动人"。宝玉拿着这个签，口中念着，陷入沉思。

我曾经那么不喜欢她，如今却有点理解她了。

蒋勋说，他把《红楼梦》当佛经读。是的，《红楼梦》是一部佛经，全是体谅，全是慈悲。而我们，也将从中照见自己，照见众生。

王熙凤的明与暗

中学时，语文课本上有一篇《红楼梦》的节选，叫《林黛玉进贾府》，这一回，重要人物一一登场。除了黛玉和宝玉，就是王熙凤，她那先声夺人的气势，甚至抢了宝黛的风头。

很多人不喜欢王熙凤。比如，我的中学语文老师，讲到王熙凤隆重出场时，口气是这样的：你看，王熙凤穿金戴银，打扮得珠光宝气，太俗！"一双丹凤三角眼，两弯柳叶吊梢眉"，长得也有点怪！有人说她是女曹操，一言难尽。王昆仑先生曾说："爱凤姐，恨凤姐，不见凤姐想凤姐。"一语道出她的复杂与丰富。

书中前二十回，足足有六回是凤姐的正传，主角光环闪闪发亮。如果《红楼梦》里没有她，会是什么样子？很难想象。

看她协理宁国府，毒设相思局，乃至弄权铁槛寺，日常管家理政……一波接一波，举手投足之间，全是故事，竟是一部浓缩版的《史记》。

她的闺蜜秦可卿死了，贾珍悲痛过甚，拄着拐棍气力不支。而尤氏又告病，东府里一片混乱。宝玉向贾珍推荐凤姐帮忙，贾珍来上房见太太们，众婆娘藏之不迭，独凤姐款款站了起来。

英雄有用武之地矣！

宝玉从贾珍手里拿了对牌，递给她。她接了对牌，便开始着手理政。先是通观全局，理出头绪，总结了五大问题；接着统筹安排，采取了分班制，把责任分清楚，又一一发放茶叶、油烛、鸡毛掸子、痰盒、脚踏……一时间，荣宁二府两处领牌交牌，人来人往不绝，凤姐日夜不暇，威重令行，筹划得十分整肃。中间还命人收拾了精致小菜，去劝贾珍、尤氏吃饭。

凤姐刚上任就抓了典型，逮住一个迟到者，眉一立，放下脸：拉下去打二十板子，革一个月银米！大家心服口服，谁也不敢怠慢。

她忙中有细：荣国府四个执事来领牌子支取东西，她指着其中两件：这两件开销错了，算清了再来；宁国府一个媳妇来领牌，她笑道："我算着你们今儿该来支取，总不见来，想是忘了……要忘了，自然是你们包出来，都便宜了我。"

她哭可卿，一见棺材，眼泪恰似断线之珠，滚将下来，她吩咐一声"供茶烧纸"，一棒锣鸣，诸乐齐奏，早有人端过一张大圈椅来，凤姐坐了，放声大哭，于是里外男女上下，见凤姐出声，都忙忙接声号哭。

真是从容又霸道，举重若轻，妥妥的女王范儿！此处，脂砚斋发一个弹幕："写秦氏之丧，只为凤姐一人。"意思是，秦氏的葬礼，是凤姐的舞台，她是主角，闪闪发光。连一向把自己藏得很深的曹公，也忍不住点赞："金紫万千谁治国，裙钗一二可齐家。"

大事如此身段，处理家务小事更是好看煞。

第二十回，宝玉的奶妈李嬷嬷在袭人们面前唠叨，嫌自己被怠慢，老年奴仆在贾府一向很受尊重，大家束手无策。凤姐听见，知道她这是输了钱，找人出气呢。凤姐赶过来，拉了李嬷嬷，笑着说：好妈妈，别生气。大节下的，老太太正高兴，你是老人家，还要管大家呢，怎么不懂这规矩了呢？你说谁不好，我替你打她。来来来，我家里烧的滚热的野鸡,快跟我去吃酒吧。一面说一面拉着就走,又吩咐丰儿:"替你李奶奶拿着拐棍子,擦眼泪的手帕子。"话音未落,那李嬷嬷就脚不沾地地跟着凤姐走了。

真是口带春风! 众人拍手大乐:多亏了这一阵风把个老婆子给带走了!

她性格活泼,擅长插科打诨活跃气氛。《红楼梦》里最幽默好玩的人,就是王熙凤和林黛玉。黛玉是诗人,幽默起来也比较文雅,走的是文艺路线;而王熙凤,天生就是段子手,她一张嘴,简直集民间俚语之大成,顺口溜、歇后语随口拈来,十分接地气。

贾赦看上贾母的贴身丫鬟鸳鸯,想纳为小妾,鸳鸯拒绝,贾赦紧追不放,还放下狠话来。鸳鸯在贾母面前,削发抗婚,贾母很生气,当众大发雷霆,连王夫人也跟着躺了枪。虽然探春过来解了围,气氛依然十分尴尬。

这时凤姐开口说了:哎呀,老祖宗,都是你的不是! 老太太一听:哟,倒说起我的不是来了,你说。凤姐道:谁让你把鸳鸯调理得跟水葱似的! 我要是男人,也想要呢! 贾母笑起来:好啊,你就带了去,给琏儿放屋里得了。这是将凤姐一军呢。只听凤姐回答:"琏儿不配,就只配我和平儿这一对烧糊了的卷子和他混罢。"

你看,智商、情商和气场,一个也不少! 这两个人你一句我一句,倒像打机锋呢! 在贾母面前,谁能这样没大没小,机智有趣? 惟有王熙凤! 她在贾母面前,随时随地都能逗乐,但笑归笑,绝不吃亏,绝不唯唯诺诺,相反,她自信满满,气场爆棚。

再看宝钗说的:"我来了这么几年,留神看起来,凤丫头凭他怎么巧,再巧不过老太太去。"就只是奉承,未免太直白了。

这个彪悍的女人,时刻在挑战传统的道德和审美。

贵族家的少奶奶,难道不应该是举止稳重、温柔贞静吗? 不!

她蹭着门槛子拿耳挖子剔牙；一边挽起袖子，跐着门槛吹过门风，一边说狠话；贾珍进屋，别的女人慌忙躲出去，独有她款款地站起来；贾母带刘姥姥坐船游览大观园，她立在船头撑船；秦可卿的送葬路上，她公然喊小叔子宝玉同乘：到我车上来，你女儿般尊贵的人品，别猴在马上……

就是这么任性！

王熙凤是英雄。英雄才智过人，元气淋漓而无所顾忌。于是，在那些被道德压弯了腰的正经人眼里，她是一个"败德"者，所以总被疑心有作风问题。有人论证她跟贾蓉不清不楚，还有人说她"养小叔子"，信誓旦旦地说是宝玉。她能看上贾蓉？真是笑话！至于想到宝玉头上的人，你这么龌龊你自己知道吗？

阮籍的邻居是一个美少妇，当垆卖酒，阮籍喝醉了，随便睡倒在沽酒西施旁；嫂嫂要回娘家，他偏要出来道别。有人嘲笑他有违礼法，男女授受不亲嘛，他却说："礼岂为我辈设矣！"是的，有人不需要把礼法刻在脑门上的，因为内心一片坦荡，不需要时刻证明自己。只有那一肚子忐忑的人，才处处拿出规矩和礼法来，标榜自己。

尼采说："道德，是弱者用来束缚强者的枷锁。"道德当然不可缺，否则人将不人、群亦不群了。但是，不是所有的道德都天经地义。有的道德不再合乎人情、人性，反而压迫个体，抹杀创造力，这时候，难道不应该质疑它，甚至打碎它吗？

凤姐是英雄，英雄惜英雄。她最欣赏的是三姑娘探春。

凤姐生病了，探春当代理管家，一上任就遇到赵姨娘抚恤金事件。平儿来告诉她探春如何如何处理，她禁不住连声喝彩：好，好，好，好个三姑娘！我就知道她好！她有文化，比我更厉害一层了！探春拿她开刀，对她很不客气，她却毫不介怀，还叮嘱平儿要好好帮助并维护探春。这气度，这胸怀，并不多见。

英雄自会识人。她格外看重穷亲戚岫烟，因为她温厚大方，不像其姑妈邢夫人；王夫人怀疑晴雯作风有问题，她特意加以回护；对乡下来的穷亲戚刘姥姥，也款待有礼，出手大方；与贾母身边的鸳鸯互敬互重；和东府里的秦可卿交好；发现丫鬟小红嘴巴伶俐能力出众，便破格将其提拔到自己门下……

英雄也从不藏藏掖掖，而是敞亮直接。她张口说破李纨吝啬；骂赵姨娘："也不想一想是奴几，也配使两三个丫头！"还当面数落尤氏："你又没才干，又没口齿，锯了嘴子的葫芦，就会一味瞎小心，图贤良的名儿！"一双丹凤三角眼，识破世道人心，假人和庸人纷纷现形。

知乎上有人问：《红楼梦》里哪个细节，最让人细思极恐？有人答："王熙凤和宝钗，从没说过话（仅指前八十回）。"一语惊醒很多人：对，这两人居然没对手戏啊！

凤姐和宝钗是书中性格最复杂的人。她俩确实几乎没有对手戏，有的只是场面话。第二十五回凤姐送茶叶，黛玉说味道不错，宝钗说颜色不太好看；第二十九回清虚观打醮，宝钗嫌热，不想去，凤姐说：那里凉快！我找人打扫好了。

有意思的是，虽然两人无甚交往，却在背后有过互评。凤姐说宝钗"不干己事不张口，一问摇头三不知"，意思是她明哲保身。而宝钗对凤姐的评价似乎也不高，她见岫烟穿得单薄，便问："必定是这个月的月钱又没得。凤丫头如今也这样没心设计了。"黛玉打趣刘姥姥是"母蝗虫"，众人都笑，宝钗夸黛玉幽默，还拿凤姐来对比：凤丫头能说会道，就是不认字，俗了，不像颦儿，雅！

宝钗是主流淑女，凤姐却是"泼皮破落户"，自带强盗气质，这两个人似乎天生绝缘。

不过，没文化虽然是凤姐的软肋，但她对大观园却有天然的亲近。

众人联诗，她要起头，说出了"一夜北风紧"。一句大白话，却不俗，给后写者留下了余地，是不错的开头。这并非闲笔，不识字的凤姐，跟大观园是有精神渊源的。

她也是大观园的保护者。出于对姑娘们的爱护，她建议在大观园设专门的小厨房；李纨请她入诗社，她痛痛快快地答应："我不入社花几个钱，不成了大观园的反叛了？"

丫鬟傻大姐在大观园假山旁捡到一个绣春囊，王夫人如临大敌，派凤姐带王善保家的，连夜去抄检大观园。王熙凤怎么应对的？王夫人的命令，她不能违抗，但她一路上消极怠工，偷工减料，一会儿安抚维护黛玉；一会儿又暗助探春，看着探春甩脸子打王善保家的耳光进行反击；在迎春那里，司棋私情暴露，却神色自若，她看在眼里，心中暗暗惊叹。

对宝黛二人，凤姐更是青睐有加。她说宝玉："女孩儿一样的人品。"正说到点子上了，可谓宝玉的知己。在众人面前，跟黛玉开起了玩笑："你既吃了我们家的茶，怎么还不给我们家作媳妇？"又指宝玉道："你瞧瞧，人物儿、门第配不上，根基配不上，家私配不上？"对宝黛爱情，她的态度，不言自明。

后四十回里的王熙凤，却一反常态。贾母极力赞成宝玉和宝钗的婚事，她就投其所好，想出了"调包计"，骗宝玉以为是娶黛玉，实是宝钗。续作者眼里的王熙凤，跟前八十回有很大的出入。

前八十回里的王熙凤，当然不是一个好人，也有毒辣的一面，但绝不如此阴狠、下作。

说到她的毒辣，很多人说，她要对贾瑞的死负责，还有尤二姐。其实，平心而论，她并非一心要整死贾瑞。对贾瑞，她屡次作弄，也是一种警告。可惜，贾瑞被情欲蒙住了双眼，盲人骑瞎马，夜半临深池，终于病倒，最后连风月宝鉴都救不了他。说到底，贾瑞是死于自己的欲望，这是另一个故事了。

至于尤二姐，我要帮凤姐说几句。

凤姐的丈夫贾琏，一直都非常不检点，一有机会便偷鸡摸狗。《红楼梦》中唯一的情色场面，主角就是贾琏和多姑娘，曹公写他"丑态毕露"，作风可见一斑。后来他又勾上鲍二家的，被凤姐当场撞破，以致闹到了贾母那里。贾母自然回护凤姐，但对贾琏偷腥的态度却很暧昧：哪有猫儿不吃腥，打小儿世人就这么过来的。她甚至警告凤姐：不许再恼了哈，再恼我就恼了。

你看，都这样了，老太太也不当回事。邢夫人埋怨贾琏，骂他什么腥的臭的都往屋里拉。竟是嫌他找的对象不上档次！传统的道德和制度对男性非常宽容，男性是拥有性特权的。邢夫人巴巴地替老公贾赦跟鸳鸯说媒，《浮生六记》的芸娘一心一意替老公沈三白物色小妾，看，男性特权甚至已经内化为女人的美德了。

王熙凤才不认，她的词典里没有这等贤妻的概念。

不服气的还有一个潘金莲。在《金瓶梅》里，她最美丽，最聪明，最有才情，在妻妾内斗中战斗力也最强、最狠，最后却死得最惨。评点者张竹坡说：孟玉楼清心寡欲，遂善终；潘金莲欲望太强又不知收敛，所以不得其死。她被钉在耻辱柱上很多年，没人敢为她平反，也没人敢喜欢她。问题在于，潘金莲没有选择的机会，她一直被卖来卖去，她的"力必多"固然极其强大，但如果社会和制度能给她提供更多机会，她也不至于变态至此。

是啊，广阔天地大有作为，憋在家里跟西门庆的那些女人较什么劲呢。

庆幸的是，王熙凤的世界比潘金莲大，曹公让她走出了内帷，得以施展身手，成了荣国府的实权人物，威风八面。

事实上，细究一下，她的人生和潘金莲一样的脆弱——都被困在男权文化的天罗地网里：她的地位，她的价值，其实都依赖于她与贾琏的婚姻，一旦婚姻出现问题，一切都将化为泡影。倘若贾琏要休她，连贾母都无能为力。即使再喜欢她再挺她，也没什么用。

看，她比荣国府的任何一个男性都能干，但最终还要受制于他们，没有自主权。

所以，撞破了贾琏跟鲍二家的偷情，她只敢打鲍二家的，气急了还打平儿。贾琏仗着酒劲提剑追赶，她跑到贾母那里求救，喊："老祖宗救我，琏二爷要杀我！"她不能表现出吃醋，因为她的愤怒得不到支持。要知道，吃醋不仅是不懂事，而且是"七出"之一。"七出"即"不顺公婆、无子、淫、妒、恶疾、多言、窃盗"，个个都是紧箍咒，解释权又都掌握在男性手里。所以，贾琏偷娶尤二姐，王熙凤是如临大敌：贾琏又在外购房，又让下人赶着喊"奶奶"，不像以前的胡闹，像是来真的。何况二姐又深得下人喜爱，如果再生个儿子，自己的地位将严重不保。为了捍卫自己的利益，她必须对尤二姐开战。

她没有同盟军，长辈、道义和制度都不支持她，一切都要靠自己。

她首先冷静下来，想好了对策，趁贾琏出差，带着心腹直接找上门。穿着一身月白色衣裳，贤良得体，对尤二姐说了一番话，又懂事又体贴，尤二姐欢欢喜喜搬进了贾府，她忘记兴儿是怎么评价凤姐的了。

其次，在贾母面前卖力表演贤良和大度，把尤二姐主动领到老太太面前：老祖宗，你看这妹妹比我好看吧？同时悄悄换掉了尤二姐的丫鬟，另派自己的心腹伺（zhe）候（mo）她。这心腹的名字却叫善姐，曹公善谑。

她还跑到宁国府，又哭又闹，搞得支持偷娶的尤氏和贾蓉一个劲儿道歉、进退两难，还赔了五百两银子给她；打听出尤二姐原来有婚约，曾许配给张华过，便让旺儿找到张华并撺掇他去告贾琏国孝家孝期间娶亲……

不久，因贾琏做事妥当，贾赦把秋桐赏给了贾琏，眼中钉未走，又来了一个肉中刺。王熙凤索性挑拨秋桐仇恨尤二姐，自己躲起来看热闹，这叫"弄小巧借剑杀人"。

最后，尤二姐不明不白地流了产，四面楚歌孤苦无依。贾琏正和秋桐打得火热，也顾不上她。世界那么大，尤二姐却无路可走，最后含泪吞金自逝。当初，贾琏在枕畔甜言蜜语对她许下诺言，说等母老虎王熙凤一死，就把她扶正。如今，早把诺言抛到九霄云外。她猜中了开头，却没猜中结局。

世人都怪王熙凤害死尤二姐。可是，归根到底，贾琏才是那个始作俑者！贾琏的不堪，显得凤姐格外狠辣。可大家都把枪头对准凤姐，却原宥了贾琏。似乎贾琏伤心一番，就赎尽了所有罪责。连贾琏都觉得自己也是受害者，还发誓将来要为二姐报仇。

这是一个悲哀的故事。尤二姐很可怜，临死前她一定感觉到了这个世界的冷酷。至于王熙凤，她那豹子般的敏锐和强悍，狐狸般的精明和狡猾，装出来的小白兔般的贤良和无辜……容我暂时丢掉节操，膜拜一下先。

秦可卿曾夸她："你是个脂粉堆里的英雄，连那些束带顶冠的男子也不能过你。"只是，英雄既可以"协理宁国府"，也可以"弄权铁槛寺"。

给秦可卿送葬至铁槛寺。族中诸人皆暂在铁槛寺下榻，独凤姐嫌不方便，带着宝玉等到附近馒头庵住下。馒头庵的老尼姑净虚，晚间趁机来找王熙凤，说一个李衙内看上了一个张财主家的小姐，但小姐已许配给守备的公子。李衙内定要，守备家偏不退亲，打起了官司。想求贵府疏通一下节度使老爷，守备就不得不依了。

凤姐说自己懒得理会。净虚叹口气：张老爷知道我来求府里了，还以为府里管不了呢。凤姐一听，便来了劲儿：你是知道我的。我从来不信什么阴司地狱报应，凭是什么事，我说行就行。好，让他拿三千两银子来，我来替他把这事给办了。

果然，第二天，她便悄悄把事交与来旺，假托贾琏修书一封，疏通关系，手到擒来。只是没想到，守备被迫退婚后，张财主的女儿金哥却知义多情，自缢而死。守备的儿子闻说，也投河而死。而凤姐呢，却不费吹灰之力，坐享了三千两。

潘多拉的盒子打开了。自此她胆识愈壮，便恣意作为起来。

不怕报应，就没有什么敬畏心。活在当下，就是凤姐的哲学。她是黑格尔所说的"自我的自由艺术家"：只有此时此地，只为现世负责。

凤姐狠辣，工于心计，但行事不遮遮掩掩，作恶亦明目张胆。中国传统社会里，多的是小人、伪君子，比如岳不群之流，层出不穷。阴谋诡计厚黑术，个个高深莫测，装神弄鬼，像暗夜里的鬼火，除了吓人还让人格外恶心。相比之下，那些敢于在阳光下亮出利刃的，反而多了份敞亮和不羁。

坏人比好人聪明，恶人比善人勇敢。

一个心理学家说，"自恋、性和攻击性，是人的三大动力"。通常我们讨厌自大，忌讳谈性，强调克制愤怒。但这些"坏东西"，往往是生命力的源头。如果远离"自恋、性和攻击性"，可能就缺乏生机和活力，暮气沉沉。那些能直接展现这些能力的人，虽然容易有争议，但他们却容易拥有激情和创造力。我们为什么觉得自恋不好？性是洪水猛兽？攻击力是可怕的？是因为我们的文化不接纳，不承认。

潘金莲对性爱的追求，王熙凤对权力对金钱的贪欲，都显得过于强烈，但是她们的欲望、愤怒与彪悍的生命力，反而让她们成了最特别的"这一个"！

《红楼梦》里美人多矣，黛玉"姣花照水，弱柳扶风"，风流袅娜，像诗；宝钗"脸若银盆，眼如水杏"，鲜艳妩媚，像画；探春"俊眼修眉，顾盼神飞"，像风。惟有凤姐，又是丹凤三角眼，又是柳叶吊梢眉，格外与众不同。单是"粉面含春威不露，丹唇未启笑先闻"，就有一股特别的生猛气息。

在强调温顺和服从的文化里，"这一个"却充满了丰富的可能性，如果有合适的机会，她们是可以开创新世界的。王昆仑先生说："王熙凤有一颗深刻而强大的灵魂。"诚哉！

因为强大，又可爱，又可怕。有能力做事，也能作恶。一旦被欲望驱使，又没有道德和信仰的约束，开弓没有回头箭，就很难回头了。所以，贾母喜欢她，也担心她："我虽疼她，我又怕她太伶俐也不是好事。"结果一语成谶。

其实，书中处处有谶语有警醒，只是当事人执迷不悟罢了。

可卿临死前，托梦给王熙凤：婶婶，你是脂粉队里的英雄，男子都不如你。要晓得"月满则亏，水满则溢"，又"登高必跌重"，万不可忘记"乐极悲生""树倒猢狲散"的俗语。又叮嘱她，在祖茔附近多置办田庄房舍地亩，即使以后败落，子孙也可读书务农，有退路。瞬息繁华，盛筵必散，切记切记！然而，可卿的葬礼，却成了凤姐的舞台。得意之际，她到底把闺蜜的嘱托和警告，忘了一干二净。

凤姐下榻的馒头庵，原名水月庵。曹公说，因为水月庵的馒头做得好吃，所以又叫馒头庵，其实这是障眼法。"纵有千年铁门槛，终须一个土馒头。"馒头庵与铁槛寺，就是生与死的距离，可惜世人不明白。凤姐更是迷恋于权力与荣耀，被欲望蒙住了眼。

馒头庵的净虚，就是抓住她争强好胜的心理，步步诱她入局。

贾芸找王熙凤求差事，也是投其所好：昨儿个我母亲还在跟我感慨，婶子身子单弱，却这么能干，亏她厉害。我刚好得了一点冰片、麝香，也只孝顺给婶子才合适。王熙凤一听，又得意又欢喜。

这就是人性。

曹公是偏爱王熙凤的。一个作家倘若不爱他笔下的人物，便刻画不出她的复杂、深刻和强大。他给王熙凤的判词是："凡鸟偏从末世来，都知爱慕此生才。"画上是一只雌凤，却立在冰山上。王熙凤是凤凰，能力非凡，奈何身处末世，力不从心，所以是"生前心已碎，死后性空灵"。

她是豹子，但森林已经消逝；她是野马，却没有了草原。

"千红一哭，万艳同悲"，凤姐的悲剧，格外的悲怆。看她独得贾母的宠爱，赫赫扬扬，但她的日子，其实并不好过。出力的是她，操心的是她，处在风口浪尖的是她，倒霉的也是她。

荣国府是一个小社会，有不同的利益群体，少不了心怀鬼胎，勾心斗角。用探春的话，是"个个都像乌眼鸡，恨不得你吃了我，我吃了你"。那些"全挂子武艺"不合作的下人们，在背地里说她坏话，诅咒她；她的正牌婆婆邢夫人，也总找她的碴儿挑她的刺，在众人面前对她冷嘲热讽，让她下不了台；而那个角落里的失意者赵姨娘，更是买通了马道婆作法，害得她差点丢了性命；就连王夫人见了绣春囊，也气急败坏地跑来责骂她。

人人都看到王熙凤威风八面，却很少有人能体会她的辛酸和悲苦。联诗时她脱口而出"一夜北风紧"，内心的忧惧可见一二。

丈夫贾琏更是屡次背叛和伤害她，一离了她便要生事，偷鸡摸狗。我们再来看王熙凤的判词："一从二令三人木，哭向金陵事更哀。"按照拆字法，"三人木"就是"休"。这个男人，对王熙凤，先是服从，后是冷淡，最后给了她致命的一击：把她休了。

　　贾琏对凤姐，还不如西门庆对潘金莲。说起来，西门庆其实死于潘金莲的纵欲，他喝得烂醉，后者给他灌多了胡僧药。潘金莲还做过很多恶毒的事，官哥、李瓶儿和宋惠莲的死，都有她的份儿。但西门庆临死，最抛不下的还是她，快断气了还恋恋叮嘱："我死之后，你们姐妹们不要失散了，好好守着。"又指着金莲对大老婆吴月娘说："六儿从前有什么不好的，你多担待。"

　　哎，比起贾琏的"一从二令三人木"，西门庆真的算有情有义了。

　　再看大洋彼岸的郝思嘉，美国小说《飘》里的女主角，那么自私自利、贪婪成性、颐指气使，又雇用战俘，又抢妹妹的未婚夫，堪称道德"败坏"，比王熙凤有过之而无不及。但她是时代英雄，成了美国精神的代言人，一直被赞美。而歌德在《浮士德》里，也让天使们接走了浮士德，上了天堂，并唱道："凡自强不息者，终能得救！"尽管浮士德也曾做过恶事。

　　而王熙凤的下场呢？却极其悲惨。

　　脂砚斋评语曾透露，丢失的结局里有"薛宝钗借词含讽谏，王熙凤知命强英雄"一回，有"凤姐扫雪"的情节，是写王熙凤被休后，成了贾府最低等的仆妇，在穿堂门扫雪干粗活。

　　呜呼，我为凤姐一大哭！英雄就是这样被报答的。

　　《红楼梦》的开端，是女娲炼石补天，唯独剩下一块顽石弃之不用，顽石哀叹"无材可去补苍天"。这何尝不是曹公的沉重叹息呢！传统的中国文人，内心都深怀补天救世的情结，修身齐家治国平天下是主旋律。即使写尽了男性的沦落，历史和文化的全线溃败，在这"忽喇喇似大厦倾，昏惨惨似灯将尽"的末世，曹公还是怀着希望、爱和悲悯，写了王熙凤和探春这两个补天者。

　　是的，补天者。

　　如果没有王熙凤管家理政，荣国府也许早就崩溃了。当然，这个补天者，既深刻，也驳杂——一方面入主尘世，"意悬悬半世心"，强劲有力；另一方面，也沾染了男性世界的浊臭气息，精明能干却利欲熏心。再加上大权在握，不免为所欲为，恶行也被放大；更何况，她又不大识字，精神层面先天不足，缺乏更高远的追求。对此，曹公毫不讳言。

《红楼梦》从不出示浮泛的人性和理想，它呈现生命的广阔和深邃。

比王熙凤更理想的补天者，是三姑娘探春，一个比王熙凤更有见识，更有情怀的女性。那是另一个故事，一个在虚妄中寻找希望，于深渊中得救的故事。

贾母：老年人的清流

　　大观园是文青的集散地。黛玉、湘云、宝钗和探春是一等一的文青，人人写得一手好诗。

　　其实，荣国府还有一个骨灰级老文青呢。

　　她不会写诗，但精通音乐。元宵开夜宴，她不爱听《八义》这样的热闹戏，却让芳官唱《寻梦》，只用琴与管箫，不要笙笛；再让葵官唱一出《惠明下书》，也不用抹脸，格外素净高雅。

　　中秋节，她邀大家在山脊上的凸碧山庄赏月。月至中天，便说："如此好月，不可不闻笛……音乐多了，反失雅致，只用吹笛的远远的吹起来就够了。"明月清风，笛声穿过桂花树，如天籁一般，众人听呆了，她却说："这还不大好，须得拣那曲谱越慢的吹来越好。"

　　这个鬓发如银的老太太，也有一颗文艺心呢。

　　老人家都怕雨怕雪，宝玉却知道："老太太喜欢下雨下雪。"宝黛们在芦雪庵雪地联诗，她瞒着凤姐来凑热闹："围了大斗篷，带着灰鼠暖兜，坐着小竹轿，打着青绸油伞，鸳鸯、琥珀等五六个丫鬟，每人都是打着伞，拥轿而来。"她懂雨雪里的情调。一眼看见宝玉从栊翠庵求来的红梅，赞道："好俊梅花！你们也会乐，我来着了！"

再远远看见宝琴披着凫靥裘，站在山坡上，身后一个丫鬟抱着一瓶红梅，喜得连说好看：比那仇十洲画的《双艳图》都好！老太太有一双发现美的眼睛，审美一流。

她带刘姥姥一行人逛大观园。到了探春房里，隔着纱窗看后院，说后廊檐下的梧桐倒不错，就是细了点；在宝钗的蘅芜苑，眼见屋子雪洞一般，各色玩器皆无，连说：戏里那些小姐们的绣房，精致得不得了，咱们家也不能离了格……我最会收拾屋子的，让我来收拾，包管又大方又素净，便吩咐鸳鸯：拿石头盆景、纱桌屏，还有墨烟冻石鼎来，摆在案上，再把那水墨画白绫帐子拿来，把这个换了。

到了潇湘馆，她见窗纱旧了，便说：这院子没有桃杏，竹子又绿，跟这绿纱不般配，明儿个把窗纱给换了。一旁的凤姐说：昨儿我开库房，看见好些银红蝉翼纱，颜色又鲜，又轻软，做成锦纱被倒不错呢。

贾母却笑道："呸，人人都说你没有不经过不见过，连这个纱还不认得呢……那个纱，比你们的年纪还大呢。"原来不是蝉翼纱，而是"软烟罗"，只有四个颜色，银红色的又叫"霞影纱"！只是如今没这般好东西了，难怪凤姐不懂。然后吩咐：这些纱留着也霉坏了，做窗纱的做窗纱，做帐子的做帐子，剩下的，给刘姥姥两匹，再给丫头们做夹背心。

这就是老太太的生活美学。处理奢侈品，举重若轻，堪比拿爱马仕当买菜包。

贾母是第二代荣国公贾代善的夫人，虽然如今的荣国府"不过是个旧日的空架子"，但她见证过荣国府的全盛时代，是见过大世面的。她的娘家，是"阿旁宫，三百里，装不下金陵一个史"，家世显赫。她组织音乐会的灵感，就来自小时候家里的戏班子。

精致生活与高雅品位，固然要物质基础打底，富有却并不意味品位，富而不贵，活得粗糙者比比皆是。关键还是对生活的感受力，以及对人性人情的爱与包容。

她能跟宝黛们打成一片，完全没有代沟。众人在藕香榭吃螃蟹，她悠悠地回忆：我小时候，家里也有这么一个亭子，叫"枕霞阁"，有一次跟姊妹们一起玩的时候，失脚掉到了水里，差点淹死。作为一个过来人，她格外珍爱这些小辈，欣赏他们的青春与美好，也包容他们的任性。

她心疼宝玉、黛玉和湘云们，自不必说。宝琴来了，李纹、李绮、岫烟来了，她也喜欢得不得了，通通留下。她放纵孩子们喝酒作诗，大玩大笑，琉璃世界白雪红梅，脂粉娇娃割腥啖膻……大观园的文艺生活在她的庇护下，活色生香。

即使是对清虚观的小道士、穷族人，她都充满怜惜。清虚观打醮，一个小道士被贾府浩大的阵势吓到，来不及躲，被众人喊着打。贾母听说，赶紧让带了过来：别人家的孩子，也是娇生惯养的，别吓到他……还让贾珍赏他几百钱买果子吃。同族里，她看重喜鸾和四姐儿，留下她俩住几天，还特意吩咐家人：我知道咱们家的人"一个富贵心，两只体面眼"，这孩子虽然穷，不可小看哦。

看到她，总让我想起一个反面典型，就是瑞典电影《野草莓》里的母亲，那真是"老而冷酷的妇女，比死更让人害怕"。王夫人和邢夫人老了的样子，一准不好看，但贾母绝不是。

贾母看人，也不俗。袭人是"没嘴的葫芦"，入不了她法眼；王夫人木木的，她也不看好；邢夫人颟顸又贪财，她更是冷淡。她爱的是王熙凤的"泼皮"，晴雯的"伶俐"，她喜欢的，是那些聪明、敞亮和有个性的人。

她爱极了凤姐，亲昵地喊她"猴儿猴儿"，后者在她面前，半撒娇半放肆，甚是放得开。王夫人担心她没规矩，但老太太说：这样挺好，家常没人，就该这样，从神似的有什么好！她自己也洒脱得很——元宵夜宴，她歪在榻上，与众人说笑，又拿眼镜向戏台上照一回，笑说："恕我老了，骨头疼，放肆，容我歪着相陪罢。"自己歪在榻上，让琥珀拿着美人拳捶腿。

在她眼里，所谓道德、规矩，不过是幌子，平日里最好轻松自在，这才是真性情。

老太太真是老年人里的一股清流。

借用木心的话：一个饱经风霜、老谋深算的人，也爱安徒生——这个人全了。

贾母的管家理政人情世故更是炉火纯青，连王熙凤也有所不如。谈笑风生之余，该出手时就出手——听说下人玩牌赌钱，立马寒下脸来搞"严打"。见了刘姥姥，口称"老亲家"，又亲热，又有分寸。

宝钗拍老太太马屁："凤丫头凭他怎么巧，再巧不过老太太去。"她得意极了：咳，当年的我，比她还"来得"呢。她曾自言：我从重孙子媳妇做起，来这个家已经五十四年了！什么大惊大险千奇百怪的事，也都经了些。不禁让人浮想联翩——这个老太太，风风雨雨，独撑荣国府这些年，绝非等闲之辈！凤姐精明能干，跟她一比，却像如来佛手里的孙猴子。

如今，她是"老太太""老祖宗"，又是"老菩萨"，在刘姥姥口中是"老寿星"。生活除了欢宴就是出游、看戏，小辈们争先恐后承欢膝下，还有凤姐插科打诨，天天逗得她合不拢嘴。牌桌上，赢的总是她，连猜谜语，也有宝玉帮着作弊。

这富贵，这气象，多少人幻想着能这样心满意足地老去！

但曹公一定是要打破幻象的。他生怕读者沉迷于这无尽的物欲，开篇便借一僧一道之口道出：美中不足，好事多魔，乐极悲生，人非物换；到头一梦，万境归空啊。

秦可卿死前更托梦王熙凤：瞬息繁华，一时欢乐，不可忘了"盛筵必散"的道理。甄士隐这样解《好了歌》："陋室空堂，当年笏满床；衰草枯杨，曾为歌舞场……"

鲁迅说：整部《红楼梦》，悲凉之雾，遍被华林。

到第四十九回，《红楼梦》全书（八十回）已过半。宝琴来了，还有岫烟、李纹、李绮，大观园的欢乐也到了顶峰。此时的荣国府，还在全盛时期。"琉璃世界白雪红梅，脂粉娇娃割腥啖膻"，大家齐聚一堂，喝酒、烤鹿肉、吟诗联句，连老太太都坐着小竹轿来凑热闹。

这个冬天似乎格外的温暖。但众人联诗，王熙凤的一句"一夜北风紧"，冷峭至极，更像一个隐喻，一句谶语。

《红楼梦》是本悲哀的书，乐极之处，总藏有悲哀的种子，即使在鲜花着锦、烈火烹油之时，也处处笼罩着"三春去后诸芳尽"的悲凉。连回目都暗藏乾坤："秦可卿死封龙禁尉，王熙凤协理宁国府"，"贾元春才选凤藻宫，秦鲸卿夭逝黄泉路"，"诉肺腑心迷活宝玉，含耻辱情烈死金钏"，"寿怡红群芳开夜宴，死金丹独艳理亲丧"，"开夜宴异兆发悲音，赏中秋新词得佳谶"……冷与热，生与死，繁华与衰落，就这样如影随形。

然而，彼时的贾家，其富贵正是鲜花着锦、烈火烹油，谁又有一双慧眼，看破这梦幻泡影？

几乎所有的人都在这俗世的安稳与富贵里泡软了：贾赦一味好色，正在打鸳鸯的主意；贾政不惯实务，镇日与清客闲坐；贾琏觊觎老太太的值钱体己，求鸳鸯偷出来卖钱；凤姐是实权派，却贪恋名利，早就把闺蜜的叮嘱忘得一干二净。

宝玉和黛玉能看破，但并不在意，他们原非此中人。还有探春，这个有魄力、有见识的三姑娘，能看到家族的弊病，但一个未出阁的女孩，又能做什么呢，只能小处改观，干着急。

其实，贾母也能觉察一二。

清虚观打醮时，神前点了三出戏：听到《白蛇记》《满床笏》，贾母笑称是神佛意思，但听到《南柯梦》，便不言语，心中恐怕是狐疑乱撞，不是滋味。随后焚钱粮、戏开场，热闹起来，烦恼都烟消云散了。

第七十五回，尤氏在贾母处吃饭，主子的细米饭居然不够。鸳鸯解释道："如今要一点儿富余也不能。"王夫人说："这一二年旱涝不定，田上的米都不能按数交……"王夫人并非不了解，但无意改变什么，反而格外留恋昔日的荣耀。

能担起重任的只有贾母，但是，这个养尊处优的老祖宗，"享福人福深还祷福"，在无边的福气里，已经沉溺太深、太久了。看尤氏吃下人的粳米饭，她只是开了个玩笑：正是"巧媳妇做不出没米的粥来"，而众人的反应，是"都笑起来"。后来，知道甄家获罪被抄家，也只是有点不自在，一心想着的还是中秋团圆宴。

自第七十回，贾家便处处露出那"下世的光景"来。

黛玉的桃花诗社未起，大家偶填柳絮词，除了宝钗，都是离人恨重一片萧索；官媒频频上门，探春的未来偶露狰狞，迎春就要嫁给中山狼；管家林之孝建议贾琏裁员；凤姐身体每况愈下，自顾不暇；大观园惊现绣春囊，被抄检；中秋前夜，东府众人正在赏月作乐，贾家宗祠却传来长叹之声，正是第七十五回"开夜宴异兆发悲音"……

这一年的中秋夜，更是凄凉无比。大家团团而坐，只坐了半壁，凤姐、李纨病了，更显冷清。玩击鼓传花，偏轮到贾政和贾赦，贾政说妻管严喝老婆洗脚水的笑话，大家尴尬地笑。贾赦说偏心母亲的故事，贾母沉默半日：看来，我也要被针一针了。

众人意兴阑珊，贾母执意用大杯喝酒，变着法闻笛赏月，尽管夜深体乏倦意朦胧，也不愿散。与其说是享受，不如说是强颜欢笑。

当悲怨的笛音传来，贾母终于撑不住，堕下泪来，连尤氏的笑话也没听完。夜深了，众人散了，只有王夫人、尤氏和探春陪着她。

所有的宴饮，所有的繁华，似乎都是为了即将到来的幻灭。贾府赫赫扬扬，已历四代，"眼看他起高楼，眼看他宴宾客，眼看他楼塌了"。

雪崩发生的时候，没一片雪花觉得自己有责任。

是告别的时候了。

那个枝繁叶茂摇曳多姿的时代终将过去，迎接他们的是无比荒凉与破败的未来。

有人说，贾母应是在贾家被抄家前去世的，是有福之人。

真的吗？她有太多操心的事了。那些子孙们，只有宝玉还像他爷爷，但也不中用，放眼看去，贾家的男人不是败家子，就是歪瓜裂枣，竟无一个是男儿。

而她深爱的黛玉，更是难了的心事。

贾母是爱黛玉的。她安排黛玉住碧纱橱内，宝玉在橱外，看他俩相处融洽，心中喜悦；听他俩闹别扭，又为"两个不省事的小冤家"烦恼，口称"两个玉儿可恶"；鞭炮响起，她搂黛玉入怀；有风腌果子狸，也想着给颦儿送去……善于揣摩老祖宗心意的王熙凤，更是开黛玉玩笑："你既吃了我们家的茶，怎么还不给我们家作媳妇？"又指着宝玉："你瞧瞧，人物儿、门第配不上，根基配不上，家私配不上？"贾母若没这个心思，凤姐哪敢乱开玩笑？

然而，既有木石前盟，为何又来金玉姻缘呢？贾母要考虑的，不是儿女的意愿，而是家族的未来，何况还有元春的暗示，她赏赐的礼物，唯独宝玉和宝钗的一样。

宝玉听紫鹃说林妹妹要回苏州，便死了过去，而黛玉听见宝玉如此，也是忧急欲死。此情此景，贾母只流泪叹道："我当有什么要紧大事，原来是这句顽话。"

家族利益还是胜过了儿女幸福，爱情是注定被牺牲的。贾母的见识与品位再高明，也逾越不了制度，超越不了时代。所以，对贾琏的偷鸡摸狗，她表示理解：哪有猫儿不吃腥的，世人都这么过来的。

别以为贾母从此对黛玉冷酷相待，置之不顾，那是狼外婆的作风，是续书里的形象。曹公笔下那个满头银发、颤巍巍抱着外孙女哭泣，对陌生小道士尚且怜悯有加的老祖宗，岂会如此狠心！

她只是迟迟下不了决心。

去世之前，她又是怎样一番光景？恐怕全是不放心。这真的是福气？也不好说。

刘姥姥第二次到荣国府，见满屋珠围翠绕，花枝招展，榻上歪着一个老婆婆，身后有美人捶腿，知是老太太。她连说自己是受苦之人，老寿星生来是享福的，这是由衷的羡慕。谁又不羡慕呢？

刘姥姥逛了年画般的大观园，尝了茄鲞、松瓤鹅油卷，山珍海味，大开眼界。而贾母对螃蟹馅的小饺儿，却嫌油腻，吃遍珍奇的舌尖，轻易不再有惊艳感。她过八十大寿，荣宁二府悬灯结彩笙箫鼓乐，摆了好几天筵席，贾母按品大妆一一厮见，谦逊半日，方才入席。别人看见的是显赫，是气派，她自己则是道不尽的劳乏。

探春曾感慨：我们一大家子，一个个像乌眼鸡，恨不得你吃了我，我吃了你……竟不如小门小户亲热温暖。

众人支楞着耳朵听刘姥姥讲故事，听得入迷：我们种地种菜，春夏秋冬，风里雨里，天天都是在那地头子上做歇马凉亭，什么奇奇怪怪的事不见呢。

这是另一个世界，辛苦但也简单自在，没有盘根错节的家族关系，不必虚礼迎来送往，也不必见贾政被召进宫便忐忑不安。

刘姥姥羡慕贾母，贾母会不会也羡慕她呢？

亚历山大大帝说："假如我不是亚历山大，我愿做第欧根尼。"
亚历山大功名盖世、风光无两，而第欧根尼只是穷哲学家，靠乞讨
为生，在一只木桶里生活。听起来，前者有点矫情，但或许有几分
真诚。

每个生命都有自己的荣耀，也有自己的局限。贾母大概想不到，
贾家"树倒猢狲散"后，竟是刘姥姥救了自己的重孙女巧姐。

命运是如此古怪无常，当一切都成空，到底什么能留下来？什
么能永恒不朽？这也正是曹公想要告诉我们的、深埋于《红楼梦》
里的秘密吧。

妙玉的雅与俗

　　《红楼梦》第四十一回有"栊翠庵茶品梅花雪"一节，写贾母带刘姥姥一行人，浩浩荡荡，来栊翠庵讨茶喝。宝玉对妙玉充满了好奇，特意留神观察妙玉如何沏茶端茶，如何行事。

　　谁不好奇啊？曹公说妙玉"气质美如兰，才华复比仙"，但她在全书里，前前后后却只出场两次；跟贾家没任何亲缘关系，却位列金陵十二钗的第六，排名还在迎春、惜春和王熙凤之前；出身读书仕宦之家，却从小带发修行，贾家还得郑重下帖请她来……简直是仙女下凡，浑身充满了神秘感。

　　只见她捧出"海棠花式雕漆填金云龙献寿的小茶盘"，里面是成窑五彩小盖钟，特意用旧年的雨水，泡了"老君眉"给贾母，她甚至知道贾母不喜欢喝"六安茶"。其他人用的，是一色的官窑脱胎填白盖碗，这茶具，相当奢华了，宝玉在怡红院开生日小聚会，用的碟子，也只是白粉定窑而已。

　　她悄悄拉黛玉和宝钗，去另一个房间喝体己茶，宝玉也赶紧跟了去。给她俩用的杯子是古玩级别的——宝钗的是"瓟瓟斝"，上面还有一行小字"晋王恺珍玩"，还有"宋元丰五年四月眉山苏轼见于

秘府"的字样，黛玉的则是"点犀盉"。说着说着，还掏出一个九曲
十环一百二十节蟠虬整雕竹根的大盉，像变戏法一般，个个都是珍
奇异宝，宝玉皆未曾见过。

妙玉泡茶的水也十分特别，她解释说："这是五年前我在玄墓蟠
香寺里住的时候，收的梅花上的雪，共得了那一鬼脸青的花瓮一瓮，
总舍不得吃，埋在地下，今年夏天才开了。"而宝玉"细细吃了，果
觉轻浮无比，赏赞不绝"。黛玉还以为是"旧年的雨水"，被妙玉嘲
笑一番：你这个大俗人！连这也尝不出来，旧年的雨水哪有这么好
的口感啊！

看，到了栊翠庵，黛玉都成俗人了。

妙玉给宝玉用的杯子，是她日常用的绿玉斗。宝玉说她俩的杯
子高雅，我这个就是俗器了。妙玉一脸不屑：这是俗器？恐怕你家
连这俗器都找不出来呢！茶叶是什么滋味，语焉不详，倒是这讲究、
这排场、这傲娇劲儿，这竟不是喝茶，倒像是玩"你猜我有多少值钱货"
游戏似的。

梅花雪烹茶固然雅极，但看妙玉这通身的做派，对茶具的讲究，
对物品价值的执着，倒有一股子说不出来的烟火气。

虽没看出"气质美如兰"，但"才华复比仙"还是有的。

中秋夜，黛玉和湘云在凹晶馆的水边，品笛赏月联诗。湘云吟
出"寒塘渡鹤影"，黛玉赞叹不已，对出了"冷月葬花魂"，这时，
一个人拍着手走出来说道：精彩是精彩，只是调子太颓败了，不吉利。
这个人，正是妙玉。

她说不必"过于颓败凄楚"，也别"搜奇捡怪"，不要失了闺阁面目。
不如来看看她续的诗："……露浓苔更滑，霜重竹难扪。犹步萦纡沼，
还登寂历原。石奇神鬼搏，木怪虎狼蹲。赑屃朝光透，罘罳晓露屯。
振林千树鸟，啼谷一声猿……"不是颓败，就是奇异，都被她自己

说中了。黛玉和湘云的联诗是二十二韵，她的续诗不仅是三十五韵，而且风格艰涩，颇为奇特。相比之下，黛玉和湘云的诗社和联诗，成了文艺小清新，妙玉的则是华丽险峻哥特风，又时髦又高级。

妙玉还曾说过古人诗词都不好，惟有"纵是千年铁门槛，终须一个土馒头"最好，意思是人生乃一场华丽的冒险和谎言，而她，早已机智地洞穿了一切。

大观园文青扎堆，妙玉却不走寻常路。

诗言志，诗是诗人的夫子自道。黛玉写"半卷湘帘半掩门"，总是洒脱超逸，有林下之风；宝钗有"珍重芳姿昼掩门"，一贯爱惜羽毛，道德形象突出；湘云更有"清冷香中抱膝吟"，一派名士风度。妙玉的诗里却充满神鬼虎狼的烦扰，又有苔更滑竹难扪的焦虑，心事满怀。

偏偏栊翠庵的梅花，最美最艳，偏偏只有宝玉能讨来红梅，这火红的梅花，便是妙玉的一桩心事了。喝体己茶，黛钗的茶具是古玩珍奇，宝玉的却是妙玉自用的绿玉斗，她还一本正经地对宝玉说："你这遭吃的茶是托他两个福，独你来了，我是不给你吃的。"这小心思，华丽丽的欲盖弥彰。

很多人觉得妙玉喜欢宝玉，有点怪。事实上，这没什么对错，何况妙玉青春年少，也是带发修行，不是严格意义上的出家人。小尼姑陈妙常还爱上了潘必正，谱了一曲人民群众喜闻乐见的思凡戏呢。

问题不在于她火热的内心，而是分别心。

在妙玉眼里，黛玉尝不出雨水和雪水的区别，俗；刘姥姥喝老君眉，说味道淡，更足以让妙玉生出极端的蔑视。当丫鬟把刘姥姥用过的成窑杯子收回来，妙玉便想扔掉。倒是宝玉央求她：不如送给刘姥姥，让这个贫婆子卖了度日。

妙玉却说："幸而那杯子是我没吃过的，若我使过，我就砸碎了也不能给他！"

相信很多人看到这里，会对妙玉粉转路人的。

刘姥姥真的就这么俗不可耐？细细读来，曹公笔下的这个乡下老太太真了不起！世故里带着天真，圆滑中不乏粗砺，质朴里满是坦然。金克木先生说，刘姥姥也太老练了，写得不真实。非也非也！这样的人或许不识字，言语举止也嫌粗陋，但她们世事洞明人情练达，饱经风霜还保留着一点童心……很多人的记忆里都有这么一个老人吧。

这个来打秋风的"老篾片""女清客"，不起眼的乡下老太太，以她的智慧和通达，赢得了王熙凤的尊重，她甚至请刘姥姥给自己的女儿起名字。

八十回后刘姥姥应该还来过，彼时大厦已倾，树倒猢狲散。按曹公的判词和脂批，她不辞劳苦，倾家荡产，把凤姐的女儿巧姐从烟花巷里赎出，嫁给了外孙板儿。知恩图报，赴汤蹈火，"穷时可称智者，达时不昧仁心"，刘姥姥大哉善哉！

这人性的浩瀚深沉，人生的跌宕转折，妙玉哪里懂！世界那么大，栊翠庵这么小，只够她一个人孤芳自赏，顾影自怜。其实黛玉也不懂，她能透过浮华看见生死，却隔膜于刘姥姥黄土地一样博大的胸怀。

没办法，每个人都有自己的局限和命运。

宝玉却懂，他体谅刘姥姥的处境。这源自他博爱的天性，即使不读佛经，亦心怀慈悲，知世人皆平等。他的世界满是温柔，洒向人间都是爱。

有的人不需遁入空门，亦能自度，乃至度人，因为他们有无比真实的生活，有切肤的爱与痛。没有深夜痛哭的人，不足以谈人生。

妙玉身在空门，却离真正的悟道还远呢。对贾母如此，对宝玉如此，对刘姥姥又如此，分别心不可谓不重。《金刚经》说："无我相，无人相，无众生相，无寿者相。"妙玉怎么就白读了呢？

由空而空，总是"纸上得来终觉浅"。非但难破执念，还有可能把修行搞成自恋。

那天，宝玉于生日酒宴的微醺中醒来，见一粉色笺子，上写"槛外人妙玉恭肃遥叩芳辰"，原来是妙玉打发人送来的。他提笔写回帖，却踌躇起来：妙玉是槛外人，自己又是什么？遂去请教黛玉，路上却遇见找妙玉说话的岫烟。

岫烟告诉宝玉：当年妙玉在蟠香寺时，岫烟一家租住在隔壁，妙玉曾教她认字，既是邻居，又是半个老师。宝玉大喜，便求她指教。岫烟说：她说古人诗词都不好，只有"纵有千年铁门槛，终须一个土馒头"最好，遂自称"槛外人"。又喜读庄子，自称"畸人"。若她帖子上署"畸人"，就回她"世人"，若是"槛外人"，就回"槛内人"，她就高兴了。

妙玉那一颗小小的虚荣心和文艺心，就这样被岫烟一语道破了。岫烟说妙玉：一味的放诞诡僻，"僧不僧，俗不俗，女不女，男不男"，成个什么道理！稳重朴实的岫烟，仿佛天生就是这类文青的克星。

论出身和文化程度，岫烟都不如妙玉。岫烟家贫命苦，又有尴尬人邢夫人这样的姑妈，真正看尽世态炎凉，饱尝人间苦乐。但在宝玉眼里，岫烟举止言谈，超然如闲云野鹤；王熙凤也看她温厚平和可人疼，格外照看她。

谁说一定要参禅修道？得道与否，全在自己。

如果生命是一场修行，那么人人都在路上，都会遇到自己的坎儿：黛玉深爱宝玉，然而既有木石前盟，为何还要有金玉姻缘？探春才自精明志自高，偏偏却是庶出，有赵姨娘这样的妈；香菱温柔袅娜，却一直走霉运，几乎没碰到过好人……

世上没有救世主，还需自己救自己。探春兴利除宿弊，大刀阔斧管家理政；香菱跟黛玉学诗，"慕雅女雅集苦吟诗"，平凡的生命从此有了才华和尊严。

黛玉对宝玉满心不信任，频频闹误会，但我们看她渐渐心平气和，懂得了体谅和宽容。一开始对宝钗那么不客气，但"金兰契互剖金兰语"之后，尽释前嫌，从此待宝钗更如亲姐姐，这就是成长。

迈过一道又一道坎儿，克服重重心结，迎来海阔天空，如黛玉；过不去，只好辗转自苦，如妙玉。

年轻的时候读《红楼梦》，总觉得是在读别人的故事，隔岸观火。随着年龄的增长，却发现这故事是自己的，是周围人的，是芸芸众生的，便多了几分叹息，几分理解。妙玉身在空门，心向世俗，这浑身的放不下和满脸的纠结，何尝不是我们自己！

也许，我们的心里多少都住着一个妙玉吧。

《红楼梦》是本生命之书，浩瀚无边，写尽了人生的局限和磨难，也写尽了生命的各种可能性，以及废墟上开出的花。曹公写妙玉"气质美如兰，才华复比仙"，又说她"云空未必空，欲洁何曾洁"，对她，有惋惜，也有谅解。

妙玉的结局如何？

她的判词是："风尘肮脏违心愿。"续书写妙玉念经，因思念宝玉，情欲翻滚走火入魔，中了强盗的闷香被掳走而不知所终，真是一片乌烟瘴气。林语堂极其讨厌妙玉，说她身为出家人却情思深种，明明喜欢宝玉却装腔作势，还成了"变态的色情狂"，想必是中了续书的毒而不自知。

也有人猜贾家被抄家后，妙玉沦为了烟花女子。

靖本有段脂砚斋眉批，本来文理不通，可能有漏字，周汝昌断句为"他日瓜洲渡口，红颜不得不屈从枯骨"。他解释说：贾家败落后，妙玉辗转被卖给一个糟老头为妾。

不管结局如何，都是悲剧。

你好，探春

在文艺青年扎堆的大观园，探春并不显眼——她没有黛玉超逸，不如宝钗雍容，也比不上湘云爽利，就连作诗也是中等水准，没拿过第一。但她"俊眼修眉，顾盼神飞"，且"才自精明志自高"，这朵带刺的玫瑰花，自有一番冷峻与霸气。

有人说：她有本事，就是对亲娘赵姨娘太冷漠了，这是人品上的瑕疵，看着让人寒心。

唉，为何提起探春，就必定要跟赵姨娘进行道德捆绑呢？这个"俊眼修眉，顾盼神飞，文彩精华，见之忘俗"，众姑娘中最强悍的妞儿，怎么就被逮住这事，说个没完呢？

既然如此，不如先掰扯掰扯。

因凤姐小恙，探春、李纨和宝钗三人被委任为临时管家，联合"执政"。新官甫一上任，一桩棘手事就来了，吴新登家的来禀告：赵姨娘的兄弟死了，丧葬费用该给多少？吴新登家的装糊涂，外面还有一群媳妇婆子也等着看探春如何处理，个个心里打着小算盘——如果探春做事精明呢，以后就老老实实，否则就浑水摸鱼。

李纨图省事，她认为袭人的妈过世时，赏了四十两，那就跟袭人一样好了。探春却叫住吴新登家的：先别走，我记得咱们家是有先例的，查查账本再说。果然，账本拿来：外头买来的姨娘，赏四十两，家生的姨娘二十两。袭人是买来的，而赵姨娘的父辈也是荣国府的奴才，是家生的。探春就说：按规矩，就给二十两。原本等着新领导出洋相的下人们，眼见探春又精明又果断，糊弄不了，个个都伸舌头。

然而，赵姨娘不满意，急急地跑来找探春，而且死活听不进解释，张嘴就是要钱：怎么只给二十两啊！我熬得越发连袭人都不如了！你别只顾讨太太的欢心，也拉扯拉扯我啊！探春不松口：这是规矩！我也没办法。一来二去，双方言语冲突升级，赵姨娘嚷：你舅舅死了，你现在管家，能做主，我是你亲娘，多给点钱有这么难吗？你分明是拣高枝飞去了，忘了本！探春气哭了：别拿出舅舅说事，我舅舅刚升了九省检点，哪里又跑来一个舅舅？何苦呢！总是翻腾出来，生怕人家不知道我是姨娘生的！

很多人听了探春这话，感觉有点古怪。赵姨娘本是探春亲娘，赵姨娘的兄弟自然是探春的舅舅，怎么探春就不认了呢？可见对亲娘就是太冷酷了。

可是，论正理，探春也没说错。因为那个时代的妻妾制度是这样：小妾生了孩子，荣誉归正房，孩子也归正房；孩子是主子，母亲却是奴才；孩子不能和生母亲近，不能认生母是亲妈，所以，探春尊称王夫人是"太太"，喊生母"姨娘"。《金瓶梅》里，李瓶儿生了官哥，但官哥做亲事，她却一点也做不了主，全凭老大吴月娘安排。清河县土财主尚且如此，何况贾家这样的世族大家？

这样看来，女儿对生母说出这番话，与其说是冷酷，不如说是悲哀。在这种反人性的制度下，期待探春和赵姨娘演绎温馨母女情，对探春是不是有点太苛刻了？

有人说：不管怎样，这是她亲妈啊！

可是，这是怎样的亲妈！赵姨娘满肚子小心思，因为生了探春和贾环，更是处处要争口气，偏偏性格颟顸小气，于是蠢招频出、四面受敌。她会因为一点子小事就去骂芳官，还和芳官的三个小伙伴扭打成一团，杀敌三千，自损一万。为了争夺家产，她甚至贿赂马道婆作法，差点害死凤姐和宝玉……至于对自己的孩子，呵呵。

贾环在宝钗处跟莺儿玩游戏，输了钱耍赖，被宝玉教育，心情很坏。回到家里，非但没被安慰，还被赵姨娘骂："谁让你上高台盘去了？下流没脸的东西！"现在呢，又为了二十两银子，不惜拆探春的台。她哪里懂得疼爱儿女，儿女只是她长脸、获取利益的工具罢了，说到底，她不是一个合格的母亲。

回到这件事上来。

赵姨娘不依不饶，探春内心悲苦至极，禁不住掉下泪来："如今因（太太）看重我，才叫我照管家务，还没有做一件好事，姨娘倒先来作践我。倘或太太知道了，怕我为难不叫我管，那才正紧没脸，连姨娘也真没脸。"

这个一向冷静的女孩，终于绷不住了。可怜而愚蠢的赵姨娘，她哪里懂探春的眼泪？她甚至不知道，当初自己求彩云偷王夫人房里的玫瑰露，事发，平儿是看在探春的面子上，才没把事情闹大。

日前看到一段话："（探春跟赵姨娘的争吵）说明她不再是一个伶俐剔透的女儿，而是一个政治家，此时的她像个最冷酷刻薄的政治家。"我不禁内心疑惑。

那探春应该怎么做呢？让她仗着自己的管家权力，多赏给亲娘二十两银子？可是，一旦这么做，以后还怎么做事？！亲情归亲情，工作归工作，公私分明，探春懂这个道理，现代人居然不懂吗？

亲娘跑来挖坑砸场子，她还能做到尊重规则，公私分明，这真的很了不起。还再要求她伶俐剔透，是不是显得不够厚道，太过苛求了？既出得厅堂，入得厨房，还得按标准方式抚慰亲娘，那是美国电影《复制娇妻》里的克隆人吧？再说了，政治家有什么不好？刻薄冷酷的不是政治家，而是政客！搅浑水的政客太多了，导致一提起政治，就联想到诡计、虚伪、冷酷、自私……政治从来不美好，但也不应该是阴暗肮脏的。美剧《纸牌屋》的原著作者，在一次访谈中说："政治家不会一心要获得人们的喜爱，撒切尔夫人就从来没有被爱戴过，但人们尊重她。"

政治家本来就不擅长打感情牌，政客才喜欢。

探春从不温情脉脉，一贯冷静而理性，做人做事都有原则。赵姨娘和芳官们打成一团，探春闻讯赶来，叹气道："这是什么大事，姨娘也太肯动气了！我正有一句话要请姨娘商议，怪道丫头说不知在哪里，原来在这里生气呢，快同我来！"探春哪里有事情跟她商量，不过是给她一个体面的台阶下，把她"哄骗"走而已。

有女如此，应该庆幸，可惜赵姨娘永远不明白。

大观园里不仅有诗，也有生活和政治。

曹公不忍埋没"才自精明志自高"的三姑娘，特意安排凤姐小恙，让探春出面管家理政。她做起事来，可谓精彩纷呈：明察秋毫，揭破下人的谎言；发现两项重复的开支，一是宝玉、贾环、贾兰的学费，一是姑娘们的化妆品开销，于是该削的削，该减的减。

她去赖大家的花园做客游玩，也能找到灵感。发现他家花园的花草居然可以卖钱，一年下来可得二百两银子！探春的头脑小宇宙开始爆发：大观园比赖大家的园子，要大一倍不止，各种花草，就可以卖四百两银子了。

作为一个女孩子，她眼中的世界，如此宏阔而深远。

确实，该有人来筹划一下了。此时，荣国府的日子越发艰难：

元春省亲，银子花得像流水；日常迎来送往，满府人丁，节日寿诞……通通要花钱。冷子兴开篇就八卦过：荣国府外面的架子虽未甚倒，内囊却也尽上来了。而从第七十回始，越发露出那下世的光景：老太太过生日，王夫人拿不出钱来，要凤姐拿铜锡家伙当了三百两银子；尤氏在贾母处吃饭，却只有下人吃的白粳米饭了；管家林之孝建议裁人，减些费用。

贾家的政治，原本是男性成员的分内事，但他们个个忙着放纵欲望，无心于此：贾赦忙着抢石呆子的扇子，惦记着纳小妾，居然看上了鸳鸯；贾政镇日与清客们闲聊，"不惯俗务"；贾珍迷恋喝酒赌钱，打儿媳妇的主意；最能干的贾琏，也总是寻花问柳，惦记着偷老太太的东西出去卖……于是，家族重任落到了女性身上。对于家族的弊病，王熙凤其实也明白，但她有时会被贪欲蒙住眼，看不远。虽然能力出众，却也贪婪、狠毒，把众人的月钱拿出去放高利贷，弄权铁槛寺，不免沾染了男性世界的浊臭气。

探春没她气场强大、手段刚强，但她重视立法，尊重规则，公私分明，是另一种霸气，更让人神清气爽。

这一天，宝玉过生日，林之孝家的带着一个媳妇过来，告诉探春这个人不行，要撵出去才好。探春问："怎么不回大奶奶？"又问："怎么不回二奶奶？"然后才说：就按她们的意思办吧，等太太回来，我再说一下。黛玉看在眼里，忍不住对宝玉说："你家三丫头到是个乖人。虽然叫他管些事，到也一步儿不肯多走，差不多的人就早作起威福来了。"颦儿眼亮，这是夸探春谨慎呢。能对权力保持如此审慎的态度，不专权，很难得。

探春比王熙凤更有见识，也更有情怀。

这一点，凤姐自己也承认。从平儿处得知探春的理家举措，她忍不住连声喝彩："好，好，好，好一个三姑娘！""他虽是姑娘家，心里却事事明白，不过是言语谨慎，他又比我知书识字，更厉害一层了。"

英雄惜英雄，能理解并真心赏识探春的，还是凤姐。

探春的世界，明朗阔达，一如秋爽斋的敞亮大气。

秋爽斋，三间屋子没有隔断：放着花梨大理石大案，案上是名人法帖、宝砚和笔筒；旁边斗大的花囊里，插的是白菊；墙上挂的是米芾的《烟雨图》，对联是颜鲁公的墨迹"烟霞闲骨格，泉石野生涯"，后院种的是细细的梧桐树，没有一点脂粉气，一派豁朗。她喜欢的小玩意儿也是"朴而不俗，直而不拙"，一如"柳枝儿编的小篮子，整竹子根抠的香盒儿，胶泥垛的风炉儿"。

她就是这样一个女儿。不袅娜，不妩媚，却有飒飒英气，一种独特的中性美。

她既能管家理政，一派肃然，也能跟姐妹们诗情画意，文艺一把。海棠社就是她发起的："孰谓雄才之莲社，独许须眉；直以东山之雅会，让余脂粉。"值此大好时光，青春岁月，何不作诗？从此，大观园有了一次又一次的雅集，把文艺活动进行到底。诗，对大观园，是何其重要！诗可言志，也是自我拯救，是在阴暗卑污的现实之外，营造一个诗意的世界。

她是姑娘家，出身也尴尬。不得不说，庶出和赵姨娘是她永远的心结，难言之痛。她给宝玉做鞋，说赵姨娘见识阴微鄙贱，做事昏聩："我只管认得老爷、太太两个人，别人我一概不管。"请不要戴着有色眼镜看她，说她势利。谁又不喜欢宝玉呢？至于待在泥坑里的赵姨娘，要求探春跟她一起沦陷，这也太不人道了。

她只是在努力自救。"酸甜苦辣我自己尝，喜怒哀乐我自己扛。我就是自己的太阳，无须凭借谁的光"，这自己成全自己的霸气，正是探春的范儿，她是真正的女汉子。

如今，谁还敢小看她？她是励志的典范，活得骄傲而有尊严。并不是所有人都会被出身或环境困死的，这个世界还有自由意志：出身不能选择，但可以选择成为什么样的人，选择以什么姿态活着。

一友人读了我的另一篇文章《宝钗：复杂的现实主义者》，问："既然探春和宝钗都是现实主义者，何以尊探春而抑宝钗耶？"

宝钗吃着冷香丸，珍重芳姿，不语亭亭；而探春，敢作敢当，有谋有略，该出手时就出手，霸气外露。

贾母因贾赦打鸳鸯的主意，迁怒于王夫人，探春出头说：大伯子要收屋里人，小婶子如何知道？讲明道理，又解了围；迎春的累金凤被乳母偷走典当，却不敢要回来，是她出手摆平；赵姨娘无理取闹，她顶住压力，坚持原则；代理家政时，兴利除宿弊，"精细处不让凤姐"；抄捡大观园时，王善保家的冒犯她，她扬手就是响亮的一巴掌。

下人说："倒了一个巡海夜叉，又添了三个镇山太岁。"说是三个，其实李纨是和事佬，宝钗不肯出头，真正做事的，还是探春。在改革这件事上，探春是发起人，开源节流，兴利除宿弊，要疏解荣国府的财政危机；宝钗是小惠全大体，认为不可为了几百两银子，失了大家族的体面，不如把利润分给众人。

宝钗有一脑门的顾虑：一上来就谈钱，太俗。何况，这样算计小钱，岂不伤了大家族的体面？这种论调我们并不陌生。大凡儒家读书人，多重义轻利，一说到钱，就觉得太俗。洁癖到极致，连钱都不能说出口，要说"阿堵物"。其实，宝钗家里是皇商，开着当铺，熟悉这些俗务，但她也羞于谈利，这很儒家。她随后祭出了朱熹这面大旗，说朱子的书里什么都有，探春啊，在圣人面前，还是谦虚点为好，你那套改革弱爆了。

探春不同意：朱子那些话，不过是勉人自励，虚比浮词。意思是，这些人不过就是说说罢了，不是真的。宝钗批评道：朱子都有虚比浮词？那可句句真理。你才办了两件实事，就利欲熏心，连朱子都看不上了。等你再干点大事，恐怕把孔子都看扁了呢！

其实，孔子以后的儒家，最擅长的是道德文章、修身养性、培育私德、专心做人，事功能力则相对薄弱。就连言必称仁政的孟子，具体措施也不过是"五亩之宅，树之以桑"，描蓝图画大饼最在行，但是却不好操作。须知，再美好的规划也需要具体行动来施行，但这个，儒家人似乎并不在行。

一心读圣贤书的贾政，也"不惯俗务"，整天跟清客们作风雅之谈。盖省亲别墅，园林室内装修，成了俗务，他不过问。香菱说：连姨老爷都夸宝姑娘有学问哩。宝钗和贾政其实是同路人，只不过她的学问和见识更胜一筹。

对于探春的改革，宝钗还有另一层担忧：那些搞承包的人有钱赚，其他人岂不眼红？这点子钱，也别看在眼里了，不如年终算账，平分给下人。最后，她召集下人过来，说：我给你们弄了这个额外的收入，大家就要自觉，用心做事啊。曹公说"时宝钗小惠全大体"，果然，下人们喜大普奔。

探春的初衷是开源节流，搞承包，增收；宝钗却担心生事端，人为制造差距。在她眼里，你好我好大家好，就这样把经济改革搞成了人际平衡，把做事搞成了做人。

兰言款款的"时宝钗"，人气自然比探春高得多。她高明的生存智慧，至今依然盛行不衰，甚至成为现代职场的宝典。她身上凝聚了中国式的生存智慧，高深莫测，一眼望不到底。而中国式生存智慧，核心就是人脉，是人心的较量与博弈，是谋略。一旦陷入其中，必会化简为繁、满腹心事，像湘云一样踌躇起来。

世界并不复杂，复杂的是人心。

同样是理性人格，宝钗的理性用于做人，赢得掌声和鲜花；探春则用于做事，却被人诟病冷酷绝情。

探春更像谢安，有清明的理性，不凡的气度，英气飒飒，公事私事都处理得很得体。可惜这样的人太少，懂她的人更少。不过，"高情不入时人眼，拍手凭她笑路旁"，探春应该不在意什么人缘。她的世界那么大，哪里顾得了这些八卦。

只是，大家都忙着做人，谁来做事呢？

曹公写宝钗"藏愚守拙"，如果用现代心理学来分析，宝钗的心理防御机制很强。对人，她表面很热情，但骨子里并不信任，所以，一旦觉察到危险，她首先是自保。大观园被抄检后，第二天一大早，宝钗便来到李纨处，说要搬出去住，理由是母亲身体不好，要筹备哥哥的婚事。君子不立危墙之下，这无可厚非。只是让人惊讶的是：跟宝钗同住的湘云，居然毫不知情。关键时刻，宝钗真是动如脱兔，丝毫不顾及姐妹情谊。第七十六回，湘云和黛玉中秋联诗，湘云抱怨：可恨宝姐姐，平时说亲道热，撇下我们，自己去赏月了。

没办法，一不小心，现实主义者就会滑向精致的利己主义者。

相比之下，一向冷静霸气的探春，却是有情有义有担当。第七十四回，王熙凤和王善保家的，一帮人抄检大观园。怡红院、潇湘馆，一路下来，到了探春处，却见探春率领丫鬟们，早就秉烛开门以待。

她冷笑道：我的丫头是贼，我就是窝主。你们要搜，就搜我的，她们偷的都在我这里藏着呢。便命丫鬟们把自己的箱柜打开，请凤姐检阅。凤姐赶紧说：姑娘别生气，关上关上，我也是奉命行事啊。探春接着说：可以搜我的，可别想搜我丫鬟的东西！有什么责任我来担。见探春如此，凤姐赶紧起身告辞。探春说：你可仔细搜了？明天再来，我可不依了。你连我的包袱都打开了，到明日再说我护着丫头，那可不行！

探春威武！做她的下属何其有幸！

更重头的在后面。凤姐深知探春的个性，知趣告辞，哪知王善保家的不知高低，却去掀探春的衣襟：姑娘的身上我也检查了。说时迟那时快，早"啪"的一声挨了探春的一记耳光。看着眼前的丑态，探春含泪道："可知这样大族人家，若从外头杀来，一时是杀不死的，这是古人曾说的'百足之虫，死而不僵'，必须先从家里自杀自灭起来，才能一败涂地。"

贾氏家族的兴与衰，同时也隐喻了中国的历史。这番痛彻之语，也道破了一个秘密：所谓历史，不过是窝里斗、自相残杀的历史而已。看《水浒传》打家劫舍，《三国演义》逐鹿中原，乃至历史上的改朝换代，哪个不是争夺权力，自家人打自家人呢？

宝钗急着要搬出大观园，李纨还兀自挽留，探春在一旁却说：狠好。不但姨妈好了还来的，就便好了不来也使得……咱们一家子亲骨肉，一个个像乌眼鸡，恨不得你吃了我，我吃了你。

经历了抄检事件，大观园风雨飘摇。大厦将倾，敏锐如探春，已经感觉到了更大的威胁。她"才自精明志自高"，却"生于末世运偏消"，个人的力量太渺小了。这并不意外，倘若局部的改进就能够去除毒瘤，匡扶天下，这古老的中国也就不会如此沉疴宿疾了。曹公不是一个浅薄的理想主义者，他知道，一个人撼动不了冷硬的制度。鲁迅说过：在中国，动一把椅子都要流血的。

这个家族不可避免地败落下去。

探春曾为自己身为女儿而痛苦："我但凡是个男人，可以出得去，我必早走了，立一番事业。"即使出得去又如何？在传统中国，改革家是没有好下场的。梦醒了无路可走，有才也补不了苍天，此刻的探春，是多么悲凉、孤独！

　　探春的判词中有"清明涕送江边望，千里东风一梦遥"。续书说她嫁给镇守海门的将军之子。1987 年版《红楼梦》电视剧，安排探春的结局是和亲式远嫁，我个人认为，这比续书更符合曹公原意。历史就这样以堂皇的理由，放逐了自己的英雄。

　　她所有的努力，都化为了泡影。而她所心系的家族，最后也一败涂地。

　　但是，每一次击破虚空之幕的努力，都是不朽的！

　　她的高贵，她的璀璨，我们会铭记在心。

晴雯的罪与美

《红楼梦》里的晴雯，是一个容易被标签化的人物。有人赞美她没奴性，有反抗精神，听上去像女战士；有人说她本来一手好牌，结果却输得那么惨，不作不会死，成了反面典型。

晴雯死于书中第七十七回。抄检大观园之后，病重的晴雯，被强行拖下床拉出去。王夫人坐镇指挥，严令只让晴雯带两件贴身衣服走，其余好衣服一概留下给好丫头穿。

宝玉偷偷找到晴雯的哥嫂家，眼前是地狱般的场景：奄奄一息的晴雯躺在破芦席炕上，身边一碗黑乎乎的茶汤。看到宝玉，晴雯又惊又喜，又悲又痛，先是挣扎着铰掉葱管一样的指甲，再脱下贴身穿着的旧红绫袄，赠给宝玉，宝玉也回赠了自己的贴身小袄。晴雯这样做，等于向王夫人们示威：你们不是说我是狐狸精，勾引宝玉吗？那我干脆就一不做二不休好了。

宝玉不忍离开，她用被子蒙住头不理他。当天夜里，晴雯死了，从小没爹娘的她，直着脖子喊了一夜的"娘"。这个世界太凉薄，她留恋的只是那一丝遥远而模糊的亲情。

是谁杀死了晴雯？

晴雯是大观园丫头群里的人尖儿。王熙凤说：别的丫鬟都不如她长得好。贾母夸她模样标致爽利，会一手好针线，特意给了宝玉，颇有以后让她当姨娘的意思。

王夫人眼里的晴雯是这样的："水蛇腰，削肩膀，眉眼儿有些像林妹妹。"这话里没好气，鄙视、不屑，混合着一股子酸溜溜。邢夫人的陪房王善保家的，这样向王夫人告晴雯的黑状：仗着自己生得标致，能说惯道，掐尖要强，整日立起两个骚眼睛来骂人，妖妖趫趫，实在不成体统。

于是，抱恙的晴雯被叫了来。她了解王夫人的脾性喜好，特意素面朝天没打扮。但王夫人看上去，却是"钗軃鬓松，衫垂带褪，有春睡捧心之遗风"，真是风情万种，迷死人不偿命。王夫人不由得大怒："好个美人，真像个病西施了，你天天作这轻狂样子给谁看？""谁许你这样花红柳绿的妆扮！"

王夫人们为何如此痛恨晴雯？怡红院遍地都是小清新美女，唯独晴雯，还有四儿和芳官，被当成"狐狸精"撵了出去。

美丽就是她们的错误。电影《西西里的美丽传说》里，西西里岛上的玛莲娜，什么都没做过，但遭受了一连串的流言、猜忌、误解和嫉恨，身体也备受羞辱。正如片中律师所说："她有什么罪过？她唯一的罪过就是太美丽。"

纵观中国历史，有着源远流长的狐狸精传统。几乎每个失败的国君背后，都站着一个"狐狸精"——商纣王有妲己，周幽王有褒姒，唐明皇有杨贵妃……"春宵苦短日高起，从此君王不早朝"，于是国破山河碎，红颜成祸水，连小孩子的启蒙读物《幼学琼林》，都早早开展"警惕狐狸精"的教育。春秋时代的一个母亲甚至告诫儿子，"甚美必有甚恶"，"夫有尤物，足以移人。苟非德义，则必有祸"。美成了罪恶，会导致灾难。从妲己到杨贵妃，美女个个不得善终。

鲁迅先生说：翻开中国的历史，上面写满了"吃人"。木心说：没有审美力是绝症，知识也救不了。

如果说晴雯是被道德的名义谋杀的，那么，凶手是王夫人、王善保家的和袭人吗？还是王国维说得好：悲剧并非只是这几个"蛇蝎之人"造成的，倘若只是几个坏人作弄，就是偶发事件，不是悲剧。在晴雯这里，实际上每个人都是有罪的，这是一个"共犯结构"——王夫人把宝玉当未来的依靠，担心他被狐狸精迷惑；王善保家的认为自己受晴雯冷遇；袭人一心想当姨娘，晴雯是最大的障碍；王夫人认定晴雯是狐狸精，王熙凤和宝玉就不敢抗命；况且晴雯个性突出，与温良恭俭让的传统道德相悖，"木秀于林风必摧之"，晴雯竟是必死！这是晴雯们面临的普遍性的困境。别林斯基说："偶然性在悲剧中是没有一席之地的。"这句话用在这里最合适不过。

王夫人最赏识的是袭人，从不吝啬对她的赞美。王夫人对薛姨妈说：袭人是个好孩子，比宝玉强；对贾母说：袭人粗粗笨笨的，倒好。总之是道德品质好，让人放心。但传统道德的吊诡就在于：木头似的王夫人最会辣手摧花，先撵金钏，后逐晴雯。温柔和顺似桂如兰的袭人，却偷偷跟宝玉初试云雨情，"妆狐媚子"勾引宝玉，还擅长打小报告。而狐狸精晴雯，却清白无比。

晴雯爬上梯子贴宝玉的字，手冻僵了，宝玉握着她的手一起抬头看"绛芸轩"；她搞恶作剧，半夜跑出去吓麝月，冻得浑身冰凉，宝玉让她钻到自己被窝，帮她暖身子；宝玉邀请她一起洗澡，她笑着摆手：罢罢罢，我不去，上次碧痕打发你洗澡，都不知道干什么了，我们还是吃果子吧……干净敞亮，一派天真的小儿女情怀。

晴雯是爱宝玉的，正如龄官爱上贾蔷，尤三姐爱上柳湘莲，热烈而纯粹，但总是坚持人格的骄傲与尊严。

宝玉的雀金裘烧了个小洞，京城的织补匠都不会补。麝月说：

除了晴雯，谁还会界线？尽管晴雯病得有气无力，仍然熬了一夜补好："我也再不能了！"整个人力尽神危，身不由主倒下。曹公说"勇晴雯病补雀金裘"，岂止是勇敢，竟是豁出命了。

袭人劝宝玉读书，理由是：难道你做了强盗，我也跟着吗？晴雯却会，她有的是热情和侠肝义胆。她会"喝最烈的酒，吃最辣的菜，拿最快的刀，杀最狠的人"，跟着宝玉，策马江湖，逍遥自在。

有人说她性格全是槽点、黑点，把人都得罪光了，不倒霉才怪。没错，晴雯的脾气不好，像爆炭一样，一点就着，连平儿都知道。平儿的虾须镯被坠儿偷了，只悄悄告诉了麝月，怕晴雯知道后生气。果真，晴雯知道了，她恨铁不成钢，气得拿起簪子扎坠儿的手，骂坠儿管不住爪子，自甘下贱。见宝玉替麝月篦头，晴雯脱口就说：还没过门就上头了？见小红巴巴地替凤姐跑腿，讽刺人家攀上了高枝儿，有什么了不起的？有能耐你离开怡红院别回来啊！宝玉说：满屋子只有她磨牙。林语堂夸晴雯天真烂漫，可惜野嘴烂舌。

有人说她头脑简单，不会早早为自己规划，典型的不作不死。

对袭人来说，怡红院是争荣夸耀之地，她一心想当姨娘，所以凡事隐忍；对小红来说，怡红院是职场，没被破格提拔，就改换思维另寻出路，想的是：千里搭长棚，没有不散的筵席，谁守谁一辈子呢？在今天，小红这样的姑娘，是可以做职场精英的。

袭人的深沉心机，小红的精明跳脱，晴雯都没有。她只有天真热情和痴心傻意，以为当下就是永远，怡红院就是她的家，她的天堂。

她没心没肺地打牙逗嘴，见一个打趣一个，肆无忌惮，总是一语道破真相。她讽刺袭人：连个姑娘都没挣上，就我们我们的起来了，别让我替你们害臊了。秋纹得了王夫人的赏赐备感荣幸，晴雯却说："要是我，我就不要。一样这屋里的人，难道谁又比谁高贵些？把好的给她，剩下的才给我，我宁可不要。冲撞了太太，我也不受这口气。"

是的，她不圆融，不智慧，也不大度，但她不乡愿，不怯懦。中国传统的生存智慧，相信言多必失，祸从口出，推崇藏愚守拙，认定不多话的人会笑到最后。其实，沉默的原因往往不是智慧，而是心怀恐惧；世故也往往不是通达，而是暗藏卑怯。是晴雯替那些沉默的大多数，敞开肺腑一吐浊气——那个偷偷勾搭上司，又跟上司的上司打小报告的，那个表面一团和气背后捅你一刀的……别人都不敢捅破，她敢。

抄检怡红院，袭人主动拿出箱子让人搜查，晴雯却挽着头发冲过来，豁一声将箱子掀开，两手捉着底朝天，往地下尽情一倒，将所有之物尽都倒出……

真是元气淋漓，无所顾忌。借用电影《肖申克的救赎》里的一句话："有些鸟儿是注定不会被关在笼子里的，因为它们的每一片羽毛都闪耀着自由的光辉。"

你当然可以抱怨晴雯，事事都跟"人情练达世事洞明"反着来，简直是一路狂奔着自取灭亡。袭人有多隐忍、多现实，晴雯就有多骄傲、多嘹亮。一个挨窝心脚吐血都不敢声张，一个却因为被数落几句，就跳将起来；一个娇嗔进箴言，一个则任性撕扇子。所以，袭人成功了，晴雯死了。

成功了又如何？袭人不过是得到赵姨娘一样的待遇，最后白茫茫大地一片真干净，连这样的半个奴才都没得做；宝钗得到了婚姻，但宝玉"到底意难平"，还是悬崖撒手；贾兰中了举，李纨"气昂昂头戴簪缨"，但转眼"昏惨惨黄泉路近"，不过是担了虚名儿。

从《左传》到《史记》，从《水浒》到《三国》，帝王将相翻云覆雨玩弄权术，英雄好汉血腥暴力啸聚山林，权力游戏成王败寇，女性则被集体失语沦陷，不是恶便是淫。《红楼梦》讲述的却是另一个世界：从宝玉"女儿是水做的骨肉"，到黛玉的《五美吟》，曹公是给历史翻案，为女性张目的。

开篇他曾自言：这本书只是写几个异样的女子，或情或痴，或小才微善，并无班姑蔡女之德能。这是他的自谦。《红楼梦》是本生命之书，也是写给失败者的歌。马尔库塞说过："文学就是书写那些被背叛了的梦想和被遗忘了的罪恶。"

宝玉压根就没想当一个成功者，他自始至终都拒绝经济仕途，大厦倾颓更是悬崖撒手；黛玉和宝玉的爱情何其真挚深情，依然心事终虚化；王熙凤精明强悍，却一从二令三人木，哭向金陵事更哀；探春才自精明志自高，却空有一腔热情和才干，被迫远嫁；妙玉气质美如兰，才华馥比仙，最后却无瑕白玉遭泥陷；迎春、惜春身为豪门千金，却一个被虐待而死，一个出家为尼；香菱那么美，厄运却吞噬了她；晴雯的人生更是一败涂地……

然而，失败者的灵魂之美，失败者的高贵和荣耀，宝玉最懂。

那日晴雯跌折扇子，宝玉心情不好训斥了几句，她不干了："二爷近来气大的很，行动就给脸子瞧。前儿个连袭人都打了，今儿个又来寻我们的不是……何苦来，要嫌我们就打发我们，再挑好的使。"把宝玉的脸都气黄了。

但晚上回来，他心平气和地对晴雯说："你爱打就打，这些东西原不过是借人所用……你要撕着顽也可以使得，只是不可生气时拿他出气。"他甚至拿出扇子让晴雯撕："古人云，'千金难买一笑'，几把扇子能值几何！"正是晴雯，让他明白：扇子再值钱，也不如人重要。人应该是目的，而不是手段。

晴雯撕扇，是优美的行为艺术，堪比黛玉葬花，可入《世说》。

"烽火戏诸侯，裂帛博得美人笑"，历史记忆犹在，曹公为什么让晴雯撕扇作千金一笑？儒家道德讲究规范、规矩，不鼓励个性，讨厌旁逸斜出不按常理出牌。到了宋明理学，更是要"存天理灭人欲"，恨不得满街都是谦谦君子、贤妻良母，人人温良恭俭让，无趣至极。

被道德蒙住双眼的人，是不会欣赏这样的"肆意妄为"的，更看不见这背后的自由和美。

《红楼梦》提供的不是现成的道德，而是辽阔而深邃的人性世界。曹公似乎总是在考验我们，考验我们对不同生命的理解和包容。

然而，都云作者痴，谁解其中味呢？

晴雯在怡红院的日子，正是大观园的全盛时期。遍地芳华，各有其美，大观园如同天堂，宝玉沉醉于这自然与生命的双重奇迹，心恬意洽，春风得意——他惊异于宝钗的博学和识见，看见她一截雪白的酥臂，成了"呆雁"；他陶醉于袭人的温柔，与她在枕边发下誓言……见了姐姐就忘了妹妹，爱博而心劳。是黛玉的泪水和诗意，晴雯的热情和骄傲，是这些女儿的清净与洁白，引领他走出懵懂，从晦暗走向澄明。

但宝玉的悲哀在于：不得不目睹着他深爱的女儿世界，一点点崩塌，而他生命中那些美好的女孩，都蒙受灾难，他却无能为力。他有的是温柔和慈悲，却不能救世。他只有在晴雯亡灵面前焚香礼拜，写下《芙蓉女儿诔》，写下他的痛苦与忏悔。

波德莱尔写过一首《献给美的颂歌》："目光温柔的仙女 ，/ 你是节奏、香气、光阴、至尊女皇！/ 只要减少世界丑恶、光阴重负！"《芙蓉女儿诔》是献给美的颂歌，也是哀歌。

晴雯死后，大观园也要风流云散了，每个人都将迎来自己的命运。白茫茫大地真干净又如何，一败涂地的人生又如何？成功者渐渐老去，他们的灵魂坚硬而干涸，他们甚至不曾年轻过。

而所有的歌，为破碎的生命而唱！

黛玉葬花，
宝玉为什么恸倒

　　听见黛玉的"一朝春尽红颜老，花落人亡两不知"，宝玉不禁恸倒在山坡之上。

　　这是第二十八回，黛玉第二次葬花。

　　彼时，恰是芒种节，满园绣带飘飘，花枝招展，宝钗在扑蝶，香汗淋漓，娇喘细细，丫鬟小红在思量贾芸……大观园美好的生活刚刚开始。黛玉却独自来到山坡这边，葬落花，埋香冢，并为之黯然神伤，一曲《葬花吟》，更让宝玉痴绝、恸倒。

　　年轻时读到这里，只看见黛玉葬花的优美。日后读得多了，却对宝玉多了几分理解。此时时刻，他的哀伤与痛苦，真实而深广，而宝黛爱情的深邃，也从这里展开。

　　宝玉想到，正如这满地落花，黛玉的美好容颜，将来也会有无可寻觅之时，不由得心碎肠断。再深想下去，宝钗、香菱、袭人等人，也将有无可寻觅之日，那时，自己又身在何处？眼前这园、这花、这柳，又将会属于谁？如此一而二，二而三，反复推想开去，这人生，这万物，原来是如此无情！再想想自己，此时此刻的"我"，又是谁？即使有一天，"杳无所知，逃大造，出尘网"，逃离这一切，就能一了百了吗？

此时此刻，死亡，这个最黑暗的东西，就这样迎面而来。

毫无疑问，这是中国文学最闪亮的时刻，可媲美"雪夜访戴"。

程乙本删掉了"真不知此时此际为何等蠢物，杳无所知，逃大造，出尘网"。白先勇先生说删得好，因为宝玉此时太年轻，不可能这么早就了悟了生死，还不可能有这么高的智慧。这里的智慧，是佛教意义的智慧。

不，不，这不是宗教时刻，而是哲学时刻。

哲学家齐泽克说过一句"真实眼泪的惊骇"，是说在日常感受力最为充盈的时候，往往是哲学的最佳时刻。这是召唤，也是翻转。此时此刻，那些过去熟视无睹的事物，猛然陌生起来，世界展现了其"离奇"的一面。

是什么力量让这两个人泪流满面？宝黛其实是在问："天尽头，何处有香丘？"我是谁，我从哪里来，要到哪里去？正因为死亡的突然浮现，才引发如此的反思与追问。这是存在主义哲学意义上的觉解，是海德格尔强调的摆脱"庸常"，呼唤"本真"的时刻。

木心说："生命，就是时时刻刻不知如何是好。"就是这样了。

没有神的接引，也没有佛的度化，宝黛的眼泪，是哲学的眼泪。

而宗教是彻底的解脱。书中有一人确实用宗教解脱了自己，青灯古佛了此残生，那是惜春。抄检大观园时，她的丫鬟入画被查出私藏东西，事后证明是她哥哥交给她的，倒也无妨。但惜春拒绝留下入画，她怪入画带累了自己。尤氏说：你真是"心冷口冷心狠意狠"！她说："不作狠心人，难得自了汉。"这个四妹妹果然一路冷到底，最后决绝出家，毫无牵挂，就像从未来过这个世界。

而宝玉，这块青埂峰下已经通灵的顽石，不是惜春，也不是《西游记》里的石猴，修炼不成"斗战胜佛"，做不到无欲无求。

因为他心热、情重。

有人说，宝玉最终不也是"悬崖撒手"出家为僧了吗？《红楼梦》是一场豪华的梦幻，正如《好了歌》一样，告诉我们生命最后就是一场空，就是虚无。不，不，宝玉的"悬崖撒手"，并非佛教意义上的看破红尘、一了百了。因为他心中依然有爱，有记忆，要写下一本《石头记》，写下那些爱、那些美。与其说这是解脱，不如说是生命的大觉悟、大欣喜与大圆满。

宗教从来不是宝玉所追求的出路。

宝钗生日，大家看戏。王熙凤说这个小戏子像一个人，湘云嘴快：好像林妹妹。宝玉操心，怕黛玉生气，也怕湘云得罪黛玉，结果两个人都不领情，都生他的气。宝玉费神费力两面不讨好，越想越心灰。再听了宝钗背诵的"赤条条来去无牵挂"，自己也正读庄子的《南华经》，便写下："你证我证，心证意证。是无有证，斯可云证。无可云证，是立足境。"意思是，这个世界烦恼太多了，我算看透了！

黛玉过来，看见，笑了。第二天，她与宝钗、湘云同来。黛玉问道："至贵者是'宝'，至坚者是'玉'。尔有何贵？尔有何坚？"这是当头棒喝了，他答不上来，才觉自己多么浅陋，参什么禅啊！

有人说，这不是闲笔，这是宝玉出家的前奏。我倒觉得，这只是他成长中的小插曲，无须过度解读。一个少年，以为自己看穿世情人心，却发现自己是"为赋新词强说愁"，原来黛玉比他还明白，还通透。

那么，如何对待死亡？

宝玉经历的第一个死亡事件是秦可卿。那天，二门上传事云板连叩四下："东府蓉大奶奶没了。"宝玉听见，心如刀绞，"哇"的一声，直喷出一口血来。其实，在现实中，他跟秦可卿并无太深的感情，反应如此强烈，是因为他第一次真切感受到，生命是如此脆弱。

面对死亡，有庄子式的逍遥与超脱，"鼓盆而歌"，视死亡如同回家，是"死去何所道，托体同山阿"；或者拼命繁衍后代，愚公不怕死，是相信有无数子孙，可以延续自己的生命；或者，干脆不要去想。孔子曰："不知生，焉知死。"不语怪力乱神，不谈论死亡，重要的是如何体面地活；或者干脆死得光荣一点。司马迁说：人固有一死，或重于泰山，或轻于鸿毛。文天祥曰：人生自古谁无死，留取丹心照汗青。他们相信，青史留名，虽死犹生。

这些"路"，可逍遥，可安稳，可荣耀。任选一条，遮风挡雨，世人大抵如此。但是，他是贾宝玉，她是林黛玉。两个人满怀深情，就要非同凡响的爱情，就要不走寻常路。

宝玉喜聚不喜散，只愿留住青春和美好的瞬间，因为他知道一切终将逝去。所以，即使身处花柳繁华地，温柔富贵乡，宝玉却总想到死。

宝玉对袭人说："只求你们同看着我，守着我，等我有一日化成了飞灰——飞灰还不好，灰还有形有迹，还有知识——等我化成一股轻烟，风一吹便散了的时候，你们也管不得我，我也顾不得你们了。""趁你们在，我就死了，再能彀你们哭我的眼泪流成大河，把我的尸首漂起来，送到那鸦雀不到的幽僻之处，随风化了，自此再不要托生为人，就是我死的其时了。"

看着探春大刀阔斧兴利除宿弊，宝玉却说："事事我常劝你，总别听那些俗语，想那俗事，只管安享尊荣才是……我能够和姊妹们过一日是一日，死了就完了。什么后事不后事……倘或我在今日明日、今年明年死了，也算是遂心一辈子了。"

即使对黛玉诉肺腑，也是拼了命一般，要死要活："我为你也弄了一身的病在这里……睡里梦里也忘不了你！"来看黛玉，他说："我便死了，魂也要一日来一白遭呢。""活着，咱们一处活着；不活着，咱们一处化灰化烟"。

　　而黛玉则是"喜散不喜聚",深知"盛筵必散",不如不聚。对生命的悲剧本质,她看得更透彻。宝玉看见残荷,不忍。她却说:留得残荷听雨声,多好!

　　宝玉在湘云和袭人面前说:林妹妹从不说混账话,她如果说这些,我早就跟她生分了。黛玉在窗外听见,却是"又喜又惊,又悲又叹"——喜的是,他真是知己;惊的是,他居然不避嫌。然而,既然是知己,为何又要有金玉之论呢?何况,世界之大,更无人为自己做主,而自己身体日渐衰弱,终是命薄之人。爱情之深,生命之悲,竟是无可承受之重。

　　这两个人,正是叔本华所说的"天才",能看见生命的悲剧本质,看见世界的另一面。他们的孤独是一样的,绝望也是一样的。

　　世界如此寒冷,孤独的人要抱团取暖。

　　当宝玉挨了打,黛玉去看他,两个眼睛肿得桃儿一般,满面泪光,他赶紧宽慰道:外面这么热,你又跑来!我其实不疼,只是装出样子来哄他们的。她抽抽噎噎地说:"你从此可都改了罢!"他听说,长叹一声:"你放心,我便为这些人死了,也是情愿的。"她说,他答,又是表白,又是承诺——她既担心他,又怕他真的改了,就不再是以前的宝玉了。他明白她的隐忧,让她放心:我还是你爱的宝玉,不会改的。

　　宝玉让晴雯给黛玉送去两条旧手帕,黛玉也体贴其中情谊,于是写下《题帕三绝》:"眼空蓄泪泪空垂,暗洒闲抛却为谁?"浑身火热,面上作烧,对镜一照,腮上通红,自羡压倒桃花,却不知病由此起。

　　爱就是死,死也要爱。这是"不知死,焉知生",这是存在主义哲学的"向死而生":既然人终有一死,不如在这有限的生命里,活出鲜烈、丰富而充满勇气的人生来。最后一切成空又如何?即便如此,他和她,也要像浮士德那样,临死前由衷赞叹:"你真美啊!请停留一下！"

看清不自由的处境，就是自由的开始。在这个意义上，宝玉和黛玉，是诗人，也是哲学家。

木心说："苦海无边，回头是岸，是宗教；苦海无边，回头不是岸，是艺术。"诚哉！在艺术的汪洋大海里，经历切肤的爱与痛，以及命运的淘洗，且歌且哭，拥有独一无二的人生，不也是生命的壮美吗？！

宝黛初见，一个想，"到像在那里见过一般，何等眼熟至此"，另一个说，"这个妹妹我曾见过的"；他是神瑛侍者，她是绛珠仙草，这是前世的牵绊，也是久别重逢；他们朝夕相处，日久情更深。

黛玉的父亲林如海去世的消息传来，凤姐对宝玉说：你林妹妹可在咱家长住了。他却蹙眉长叹：了不得，不知道她会怎么哭呢！他怕她刚吃饭就午睡，容易积食，便跑过去逗她说话，胡诌林子洞的故事；爱她，就连她的袖子都觉得好闻；他觉得她的诗最好，没评上第一就嚷着评得不公；她魁夺了菊花诗，他高兴得像个孩子，"泼醋搛姜兴欲狂"；雨夜他戴着箬笠穿着蓑衣，去看她，见她案上有诗，拿起来看一遍，不禁叫好，她笑："那里来的渔翁？"他问：今儿好些？吃了药没有？今儿一日吃了多少饭？

有爱，就有烦恼。何况，还有一个戴着金锁的万人迷宝姐姐，仪态万方，口碑极好。黛玉嘲笑他，"见了姐姐就忘了妹妹"，"我替你数着做和尚的遭数"哦。宝玉曾经是一块蒙尘的顽石，是黛玉含泪的爱，让他一步步变得通透、超拔和坚定。

他在梦里喊："和尚道士的话如何信得？什么是金玉姻缘，我偏说是木石姻缘！"他对她说过最炽热的情话，只是"你放心"！他说："你皆因总是不放心的原故，才弄了一身病。但凡宽慰些，这病也不得一日重似一日。"而黛玉听了这话，更是轰雷掣电，细细思之，竟比自己肺腑中掏出来的还觉恳切，竟有万句言语，满心要说，只是半个字也不能吐，却怔怔地望着他。此时宝玉心中也有万句言语，不知从哪一句上说起，却也怔怔地望着黛玉。

这正是聂鲁达写的爱情："如同所有的事物充满了我的灵魂，你从所有的事物中浮现，充满了我的灵魂。"

他们的爱，太美好，太深邃，跟传统的爱情故事完全不同。

宝玉走到潇湘馆，一缕幽香从碧纱窗中暗暗透出，只听黛玉细细长叹："每日家情思睡昏昏。"宝玉进来，奶妈说林妹妹睡呢，醒了再来吧。黛玉翻身坐起：谁睡觉呢。紫鹃来倒茶，宝玉说：好丫头，"若共你多情小姐同鸳帐，怎舍得叠被铺床"？话来自《西厢记》，黛玉却红了眼圈，要去告状。之前两个人在桃树下共读《西厢》，宝玉忍不住说："我就是那多愁多病身，你就是那倾国倾城貌。"原是张生说给崔莺莺的，黛玉也是薄面微嗔，眼圈发红。

其实，《西厢记》和《牡丹亭》算是宝黛的恋爱教科书。两个人读完《西厢记》，宝玉被袭人叫走，黛玉一个人走着，听见梨香院里传来的歌声："原来姹紫嫣红开遍，似这般都付与断井颓垣……"这是《牡丹亭》里杜丽娘的自叹，在满园春色里，她开始期待爱情。黛玉听得如醉如痴，此时此刻，她的爱情也像花儿一样绽放了。

既然如此，黛玉为什么生气？因为她不能容忍宝玉话里的轻薄。我们有必要来温习一下，身为爱情宝典，张生与崔莺莺的爱情到底是如何发生的。

初见崔莺莺，张生便"魂灵儿飞在半天"，感慨道："别说模样，就说那小脚，也价值百金。"当和尚问他，何以知道小姐的脚小？他说："若不是衬残红，芳径软，怎显得步香尘底样儿浅？"通过脚印判断脚的大小，这张生显然是老司机了。他思念莺莺，是这副模样："饿眼望将穿，馋口涎空咽。"见了红娘说的是："若共你多情小姐共鸳帐，怎舍得叠被铺床……"这到底是一见钟情，还是"见色起意"？

句句露骨，难怪黛玉听了会生气。

《牡丹亭》里的爱情，生者可以死，死者可以生，"情不知所起，一往而深"，已是极致。但事实上，杜丽娘和柳梦梅，却是先上床后恋爱，恋爱过程也没有多少情感交流。跟张生和崔莺莺一样，他们关心的，依然是俗世姻缘，是有情人何时终成眷属。唯美，却没有生活打底；多情，却缺乏精神内容。

曹公在开篇，曾借石头之口，痛批那些风月笔墨：满纸不是潘安、子建，就是西子、文君，不是淫滥口吻，就是千篇一律，最坏人子弟。又让贾母听《凤求鸾》，来了一出"掰谎记"：这些戏，都是一个套路，胡说八道。那男人虽满腹文章，就可以做贼了？再说，哪有大家小姐只有一个丫鬟跟着的？那编书的，明明是对富贵人家羡慕嫉妒恨，自己也想有一个佳人，所以就瞎编。一语道破。

若论起来，《红楼梦》里也有疑似才子佳人，是秦钟和智能。

秦钟在馒头庵，趁黑来找智能，搂着便亲嘴："好人，我已急死了！你今儿再不依，我就死在这里。"智能想离开这火坑，秦钟却说"只是远水救不得近渴"，一把抱起智能，跟张生的猴急如出一辙。当年红娘告诉张生，既然看上我家小姐，那就来提亲，张生却说：那恐怕我要得相思病死掉了。最后秦钟早早死了，智能也不知所终。

在秦可卿出殡的路上，秦钟看见纺车旁的二丫头，便对宝玉耳语："此卿大有意趣！"满脸的轻薄。这所谓的"情种"，不过是荷尔蒙罢了。宝玉推他一把："该死的，再胡说，我就打了。"

这就是宝玉。

当初梦游太虚幻境，警幻仙姑送他"意淫"一词，他不解，仙姑解释，你这是"天分中生成一段痴情"，与世人的"皮肤滥淫"不一样。后者"只悦容貌，喜歌舞，调笑无厌，云雨无时，恨不能尽天下之美女供我片时之趣兴"；而"意淫"，却并无占有心，是尊重，是审美。

所以，宝玉绝非翻版张生，黛玉也不是崔莺莺二代。

黛玉写"抛珠滚玉只偷潜，镇日无心镇日闲。枕上袖边难拂拭，任他点点与斑斑"，对待爱情，她有期待，但清醒而自觉，同时坚持着独立的自我，不允许宝玉有任何轻薄。她说"我为的是我的心"，期待的是心与心的交流。

"自从消瘦减容光，万转千回懒下床。不为旁人羞不起，为郎憔悴却羞郎。"这是崔莺莺的诗。她日日盼望、夜夜低回，渴望得到张生的爱情。杜丽娘唱："原来姹紫嫣红开遍，似这般都付与断井颓垣。良辰美景奈何天，赏心乐事谁家院？"她哀婉的是春天，是深闺里荒芜的青春，期待一个良人欣赏自己。"女为悦己者容"，她们美丽而多情，却只为张生、柳梦梅们。她们的世界，太小。

宝黛爱情，更辽阔，有精神世界的相通与相知。

所以，她葬花，他恸倒。

书中有两次黛玉葬花。第一次是在第二十三回，宝玉在桃花树下读《西厢》，兜起掉落的花瓣撒到水里。她扛着花锄，锄上挂着花囊，摇摇地走来，告诉他：放到水里，也不好。这里的水干净，只一流出去，脏的臭的混倒，依旧把花给糟蹋了。不如把花装在绢袋里，拿土埋上，日久随土化了，岂不干净？宝玉听了，喜不自禁，连连称是。

唱出"一年三百六十日，风刀霜剑严相逼"，追问"天尽头，何处有香丘"，并决意"质本洁来还洁去，强于污淖陷渠沟"的黛玉，是一位真正的诗人。她写"娇羞默默同谁诉，倦倚西风夜已昏"；也写"不知风雨几时休，已教泪洒窗纱湿"；她还写过一首《问菊》："孤标傲世偕谁隐，一样花开为底迟？"湘云说，这可真的把菊花问得无言以对了，宝玉更是拍手叫好。

她对生存的领悟，对世界的发问，以及清醒的自我选择，可以跟屈原、陶渊明这些伟大的灵魂，息息相通。这个似蹙非蹙、泪光点点的少女，在很多人眼里，"孤高自许，目无下尘"，又尖刻又小性，但她的孤独和诗意，她灵魂深处的爱与美，宝玉最懂。

读《红楼梦》，读宝黛，常常让我感觉自己对爱知道得太少。木心写过一首《从前慢》："从前的日色变得慢／车，马，邮件都慢／一生只够爱一个人。"这种"慢"，是情感的相互滋养，是爱的从容与节制，是灵魂的凝视与对话，而这一切，都归于平淡的日常生活中。

现代人更在意爱情的强度和节奏，距离这样的古典爱情，已经很遥远了吧。

然而，这一切注定是镜中花水中月，"一个枉自嗟呀，一个空劳牵挂"，心事终虚化。

第五十七回"慧紫鹃情辞试忙玉，慈姨妈爱语慰痴颦"，听紫鹃说黛玉要回苏州，他便死了过去，而黛玉也丢了半条命，两个人的心事，已经昭告天下了。

但在贾母眼里，这不过是玩笑，当不得真。她能欣赏凤姐的放诞泼辣，纵容孙子不读书，却对宝黛婚事一直举棋不定。她也爱黛玉，并不是狠心的狼外婆，但她也要考虑家族的未来。一旁的薛姨妈，更是使劲打圆场：哎，俩孩子从小一起长大，一个说要走，自然着急，何况宝玉是个实心眼的孩子。这不是什么大病，吃一两剂药就好了。

看，在这些大人的眼里，爱情就是一场病，要找大夫来诊治。

事情是如何起变化的？曹公不明说，他只呈现生活。我们只能在毛茸茸的日常细节里抽丝剥茧，寻找蛛丝马迹：贾母公开夸宝姑娘明事理；宝琴来了，她爱得不行，非要王夫人认作干女儿；王夫人一直属意宝钗，凤姐身体有恙，她甚至拉来宝钗跟探春和李纨一起当临时管家；薛姨妈早就放出"金玉姻缘"的风来……她们，好像在下一盘很大的棋。

闹过这一场后，薛姨妈更是对黛玉大谈"千里姻缘一线牵"：即使从小一起且家长都认可的，月老不牵线也没用。纵使两家有仇，或相隔千里，月老牵红线也就成了。每个人都在打自己的小算盘，并且以爱的名义。

世界这么大，偏偏容不下爱情。

这是典型的中国式悲剧。宝黛面对的是鬼打墙，是鲁迅先生说的"无物之阵"。相比之下，高鹗续书中的"掉包计"：这边"出闺成大礼"，宝钗蒙着红盖头入洞房，那边"焚稿断痴情"，黛玉苍白着脸咳着血死去，太戏剧化了。

宝玉为惨死的晴雯写《芙蓉女儿诔》。月下，把诔文系在芙蓉枝上，焚帛奠茗，恰好被黛玉看见。她说，"红绡帐里，公子多情；黄土垄中，女儿薄命"，未免俗套，不如说"茜纱窗下，公子多情"。宝玉说，不如"茜纱窗下，我本无缘；黄土垄中，卿何薄命"！黛玉听了，怵然变色，内心有无限的狐疑乱拟。

脂砚斋此处评曰："慧心人可为一哭。观此句，便知诔文实不为晴雯而作也。"实为黛玉而写。

我们不知道，八十回以后，将是怎样的一个世界。第二十六回宝玉顺脚来到潇湘馆，只见凤尾森森，龙吟细细，脂砚斋此处有评："与后文'落叶萧萧，寒烟漠漠'一对，可伤可叹。"似乎佚稿中写黛玉逝后，宝玉再来潇湘馆，馆内一派破败，物是人非，无限悲恸。

根据脂批，再加上判词，我们可以猜想：也许，黛玉先去世了，不知何景何境，宝玉跟宝钗结了婚。但他始终不能忘记他的林妹妹，"空对着，山中高士晶莹雪，终不忘，世外仙姝寂寞林"。没有黛玉的世界，对宝玉来说，是不可居住的。

诗人兰波说：爱可以恒久稳固，而爱情却是无常的，就像把房子建在沙子上一样，总会毁坏。爱情之所以无常，是因为人的有限性——爱一个人，总希望得到回报，要有一个结果，这是有条件的爱。

但宝黛之爱，似乎已经脱离了具体的"条件"：三生石畔，神瑛侍者浇灌绛珠仙草，没有任何理由。绛珠仙草要报恩，执意要把一生的眼泪还他，没有任何条件。俗世生活中，二人朝夕相处，惺惺相惜，爱情既是外在的生活，也是内在的需要，从而升华为爱的哲学。

宝黛爱情，就这样打败了时间，超越了时间。

尼采说："在自己身上克服时代，成为无时代的人。"宝玉是克服了时代的，但那个时代是辜负他的。黛玉也是。就是现在，不是依然有很多人在嘲笑宝玉，说他滥情、软弱、失败，嘲笑黛玉小性、尖刻、不好相处吗？

那个能够读懂并容纳他们的世界，何时才能到来呢？

袭人：俗世之爱

　　我在前面的《晴雯的罪与美》里，捎带着讽刺了袭人一下。有朋友说：没必要为了抬举晴雯，贬低袭人吧？

　　喜欢晴雯的，大多对袭人没好印象，说她有奴性，玩心机；欣赏袭人的，又往往讨厌晴雯，说她不会做人，哪有袭人那么懂事体贴。甚至有不少男性，心目中的最佳配偶，就是袭人这样的。

　　咱今天不谈晴雯，先谈鸳鸯。

　　鸳鸯是贾母身边的首席大丫鬟。贾赦看上了她，邢夫人为讨老公的欢心，巴巴地跑来说合，却碰了一鼻子灰：鸳鸯居然并不认为当姨娘是一件光荣的事，坚拒之。贾赦步步紧逼，说她看上了宝玉，还放言鸳鸯早晚逃不过自己的手心。鸳鸯气急，索性在贾母面前，剪发明志并发下誓言："我这一辈子莫说是'宝玉'，便是'宝金''宝银''宝天王''宝皇帝'，横竖不嫁人就完了！"

　　邢夫人一头雾水，她不能理解：为什么有人放着现成的姨娘都不当呢！按鸳鸯嫂子的说法，这可是天大的喜事啊！

　　她们不理解鸳鸯，正如袭人不理解黛玉和晴雯。话说庄子的朋友惠施，当了魏国宰相后庄子去看他，他误会庄子是来抢饭碗的，万分紧张。庄子却说：鹓鹐根本不吃地上腐烂的老鼠，猫头鹰却护住不放。李商隐后来也写道："不知腐鼠成滋味，猜意鹓鹐竟未休。"是啊，有人拼命维护的，在别人眼里，不过是块腐肉，哪里会稀罕?!

但有人稀罕，比如袭人。

按贾家的惯例，丫鬟大了，不过是随便配个小厮；老了，就成了周瑞家的、吴新登家的，到死都是奴才。当了姨娘，好歹也算半个主子，在普通人眼里，这算是比较好的归宿了。

怡红院的丫头个个都是人尖儿："水蛇腰，削肩膀，眉眼儿有些像林妹妹"的晴雯，做事稳重的麝月，连扫地的小红也长得干净俏丽，还能说出"千里搭长棚，没有不散的筵席"，颇有识见。贾芸来串门，眼中的袭人是"细挑身材，容长脸面"，可见颜值并不高。她的能力也不算出众，唯一的长处就是伺候谁，眼里就全是谁。

论颜值，论能力，论后台，晴雯都强过她。于是，她格外努力，格外用心。当晴雯没心没肺撕扇、又骄傲又快活的时候，袭人已经在暗暗规划自己的未来了。

宝玉挨打后，她主动找王夫人进言：论理，二爷也该被老爷教训一下，不然，不知道会做出什么事来呢。王夫人一听，立刻合掌念佛，喊：我的儿，你是明白人！我这快五十岁的人，将来是要靠他的啊！说着说着，掉下泪来，袭人也陪着伤心落泪。她接着说：我总是劝二爷，可是总也劝不醒。那些人又肯亲近他，我想跟太太说一句大胆的话，以后还是让二爷搬出去住好。因为姑娘们都大了，林姑娘、宝姑娘又是亲戚，到底男女之分，为了宝二爷的名节，不如早点防着为好。为此，我是日夜悬心，怕有任何差池，哪怕粉身碎骨也是认了……

王夫人听着，如雷轰电掣，句句撞到自己心坎上，对袭人是感爱不尽，连称：我的儿，没想到你有这般心胸和见识，我就把他交给你了，保全他，就是保全了我。这两人惺惺相惜，就这样结下了攻守同盟。

只是，她想不到，这个口口声声为宝玉的名声操碎心的丫鬟，早就跟宝玉偷吃禁果了。

那天，宝玉梦游太虚幻境，醒来，袭人伺候宝玉穿衣，不觉摸到他的大腿，冰冷一片黏湿，询问，宝玉脸红，不答。曹公写袭人"本是聪明女子，年纪本又比宝玉大两岁，近来也渐通人事，今见宝玉如此光景，心中便觉察一半了，不觉也羞的红涨了脸面"。但晚间趁众人不在，她又含羞笑问：你梦见什么了？哪里流出来的脏东西？宝玉遂告其警幻所授云雨之事。袭人听着，掩面伏身而笑，着实柔媚娇俏。宝玉遂强袭人偷试云雨，从此待她非同一般。

曹公下笔一向极其含蓄，他的狡黠，暗藏在字里行间，蔓延于日常生活的细节里。这段小儿女情事，只有三言两语，一闪而过，却实在耐人寻味：虽然不能断定袭人主动勾引，但她绝非被动。不管怎样，她的好奇心也有点太重了。

那么，袭人到底爱不爱宝玉？

她对宝玉温柔和顺，似桂如兰：每晚把宝玉的玉摘下，用手帕包好；打点宝玉洗脸梳头，收拾好宝玉的文具，送他上学，等他回来；宝玉被贾政叫去，她倚门盼望；宝玉挨打，她又心疼又委屈；宝玉同黛玉怄气，要砸玉，她吓得哭……

宝玉对整个世界都温柔得要命，对袭人，这个唯一跟自己有肌肤之亲的人，自不必说。他跟她说一箩筐的痴话：你们同守着我，待我化灰，化烟；你们哭我的眼泪流成河，我的尸首顺流而走，随风化了，就是死得其时了。在梨香院目睹龄官和贾蔷的爱情，回来感慨一番：我曾说你们的眼泪来葬我，不过是痴心梦想，原来是各人各得眼泪罢了。

袭人怎么反应？她只觉得宝玉说话太不吉利，怎么又说玩笑话，又说疯话了？赶紧睡吧，明天老爷要叫你，你怎么应付啊？

傅家婆子见宝玉被莲叶羹烫到，反而问玉钏疼不疼，便不屑：这个宝玉果然是呆子，中看不中用。

袭人并不比她们更懂宝玉。在她眼里，宝玉"性格异常"，"放荡驰纵，任性恣情，最不喜务正"，于是，她良宵花解语，娇嗔箴宝玉，日夜悬心，要拉他走上正路。她骗宝玉说自己家人要赎她出去，宝玉为此难过，她借机说："你依我三件事，就是刀架在脖子上，我也不出去了。"这是"先用骗词，以探其情，以压其气，然后好下箴规"。你看，宝玉巴巴地跑到她家去看望她，一腔关爱，换来的不过是升级版的劝谏。

她哪里懂他对美好事物的痛惜，他的生命哲学？这个一心争荣夸耀的丫鬟，纵有万般体贴，也是俗世的情爱，永远走不进他的内心世界，读不懂他的爱与孤独。她更像一个体贴的小姐姐，关心着宝玉的吃喝拉撒睡，关心他有没有走上歪路。精神层面的东西，她一窍不通。

她只是一心要把宝玉拉上正途，这与其说是爱，不如说是在精心维护自己的长期饭票。她说：要是你将来当了强盗，我也跟着不成？说到底，她更在意名分和利益。王夫人确定了她准姨娘的身份以后，她反而刻意不跟宝玉亲昵，变得自重起来。

原来以前是不自重。

她想要的，只是现世的富贵与安稳。贾母让她伺候宝玉，是看她"心地纯良，恪尽职任"，跟着谁，眼里只有谁。把宝玉换成薛蟠或贾蓉，结果也一样。

在《霍乱时期的爱情》里，加西亚·马尔克斯说："爱情是一种本能，要么生下来就会，要么永远都不会。"有些人终其一生都体会不到爱情。不是不想，是没有爱的冲动，也缺乏爱的能力。

暖风熏得游人醉，脂砚斋喜欢袭人，一口一个"袭卿"，经常被她的懂事和体贴感动到泪崩。其实，听话懂事、持家有方的袭人，到现在依然是不少男性的择偶对象。只是，他们真的是在找配偶，找保姆，而不是爱人。配偶的标准总是：年轻，或贤惠；又年轻又贤惠，当然更爽。可是，爱情去哪儿了呢？

这就是典型的中国式婚姻，吃饱穿暖不吵架就好，举案齐眉相敬如宾就是模范夫妻。举案齐眉的故事，历来被当成夫妻典范，夫妻之间像搞外交，一招一式都有讲究。所以，牛郎织女不必谈恋爱；七仙女嫁给董永，因为他孝顺；至于许仙，只是白素贞遇到的第一个男人。唯一能恋爱的是梁山伯与祝英台，但男主角如一截木头，死活不开窍，英台几乎一直在唱独角戏，愁死人了。

我们从来不缺婚姻，缺的是爱情。

《红楼梦》开篇，曹公借空空道人之口，言此书"大旨谈情"。他更让警幻仙姑，把宝玉天分中的一段痴情，特意与皮肤滥淫区别开来，称为"意淫"，让宝玉说出"女儿是水作的骨肉，男人是泥作的骨肉。我见了女儿，我便清爽；见了男子，便觉浊臭逼人"的话来。而宝黛之爱，更是爱得纯粹，爱得独一无二。黛玉在哪里，爱情就在哪里，她的明媚与哀愁，泪与爱，宝玉最懂。

他对她说："好妹妹，我的这心事，从来也不敢说，今儿我大胆说出来，死也甘心！我也为你弄了一身的病在这里，又不敢告诉人，只好掩着。只等你的病好了，只怕我的病才得好呢。睡里梦里也忘不了你！"

这份深情，贾母半懂不懂，王夫人和宝钗不懂，袭人更不懂。这炽热的情话，却偏偏被袭人听了去，她吓得魄飞魂散，认定这是丑祸，是不才之事，可惊可畏，暗自思虑：如何方能避免这种丑祸。接着，便是宝玉挨打，袭人向王夫人进言效忠。

每个人都有自己的局限，《红楼梦》里也处处有误会，有鄙视链：贾政不理解宝玉，湘云误会黛玉，妙玉讨厌刘姥姥，宝钗给小红差评，王熙凤看不起赵姨娘，王夫人痛恨金钏、晴雯、芳官和四儿……

局限并不可怕，可怕的是盲目、狭隘和自以为是。袭人跟宝玉偷食禁果，常"妆狐媚子"引宝玉玩耍，但她觉得这并"不越礼"。而宝玉爱上黛玉，就是不才之事，是丑祸。

原来规矩人是不谈恋爱的，是直接吃禁果的。

袭人处处以规矩人自居，对王夫人一番推心置腹表忠心，对宝钗抱怨宝玉，时时规劝宝玉，都是在捍卫规矩。

所以，她不喜欢黛玉，身为一个丫鬟，却经常背后腹诽黛玉。对湘云抱怨黛玉一年也做不了一个香袋；湘云劝宝玉留意经济仕途，宝玉不高兴，袭人在一旁说：宝姑娘也说过这样的话，这位爷拿脚就走，亏宝姑娘有涵养，要是林姑娘，不知闹成什么样呢！

她当然欣赏宝姑娘了。

那一天，宝玉在黛玉处梳洗，让湘云梳辫子，她便跟宝钗抱怨宝玉，整日跟姐妹们厮混，太没分寸。宝钗觉得她有识见，深可敬爱，便坐下跟她聊天，二人是惺惺相惜，一见如故。宝钗藏愚守拙，不语亭亭，道德形象完美无瑕，是袭人心中的偶像。所以有人说"晴为黛影，袭为钗副"，是啊，她们是同路人，也都是规矩人。

以规矩丈量世界的人，词典里没有"理解"和"包容"，只有冷冰冰的是非对错：贾政往死里打宝玉，因为他觉得宝玉不走正路；王夫人把晴雯看作眼中钉肉中刺，是认定她是狐狸精；对小红，宝钗判定她眼空心大，头等刁钻古怪，其实小红只是一个低等丫头，宝钗并不了解她；宝玉对黛玉说情话，袭人吓得魂飞魄散，更是跑到王夫人面前进言，险些把大观园连根拔起。

规矩人遵守起规矩来，就这样简单粗暴。

单纯美好的生活就是这样被破坏的。

曾看过聂绀弩评价袭人，真是大开眼界。他说：袭人不顾自己的出身和微末的力量，以无限的悲悯和勇力，挺身而出，要把这对痴男怨女从"不才之事"和"丑祸"中救出，这是多么高贵的灵魂！

按这逻辑，那为了名节，把所谓的"奸夫淫妇"浸猪笼，号称执行族规惩罚"坏人"的人，也是在捍卫人间正义，有情怀有理想哩。

有人说袭人是伊甸园里的蛇，诱惑宝玉，还告密导致晴雯被逐。我虽然并不喜欢袭人，但这里却要为她说句公道话。其实，晴雯之死，跟袭人未必有直接关系，毕竟并没有证据表明她曾打晴雯的小报告。但晴雯被逐后，她的几句话，听着确实让人心寒。

宝玉见海棠无故死了半边，便说这是兆应，晴雯命不久矣，因为草木跟人有应和，比如孔子庙前之桧，杨太真沉香亭的木芍药。她却称：晴雯是个什么东西，她再好，也灭不过我的次序去。这海棠，也该先来比我，还轮不到她！

原来怯懦的绵羊，也是有獠牙的。

说实话，袭人并不坏。因为当坏人也需要胆量、技术和高智商，这些，她一个也没有。她只是集中了所谓生存智慧的暧昧、复杂和晦暗，有欲望，腰不直，活得没有尊严而已。

中国式的生存智慧，一向鼓励为了成功，不择手段，小不忍则乱大谋。从《三国》到《水浒》，从老子以弱胜强的阴柔术到三十六计，都是人心的较量，利益的翻滚。为了活着，人人学着低眉顺眼，弯腰驼背，却一肚子心机和谋术。

宝玉的奶妈李嬷嬷骂袭人：忘本的小娼妇，一心只想"妆狐媚子"哄宝玉。她只是哭，不肯让宝玉声张，怕得罪人。就连挨了宝玉无意一记窝心脚，夜里吐血，争荣夸耀的心灰了一半，也是打掉门牙往肚里咽，不让宝玉唤太医来诊治。晴雯讽刺她，张口说破她与宝玉的隐情：连个姑娘都没挣上，就我们我们的起来，别让我替你们害臊了……她只是气得紫涨了脸，说不出话。宝玉生气要撵晴雯，她还跪下求情，生怕把事情闹大。

晴雯有多骄傲，多没心没肺，袭人就有多憋屈，多苦大仇深。忍无可忍，依然再忍，堪称忍者神龟。袭人的奋斗之路，浓缩了底层小人物的人生：出身卑微，满手小牌，却一心想走捷径，打出同花顺来。

这当然无可厚非。比如小红，一个怡红院最边缘的粗使丫头，压根没资格伺候宝玉的。她瞅准宝玉身边无人，上前帮宝玉倒茶，想以此引起注意，向上爬，她确实有野心。此路不通后，又抓住机会帮王熙凤跑腿，头脑通透口齿伶俐，被凤姐看中后破格提拔，从最低等的小丫头成了总经理的秘书。她甚至还收获了自己的爱情——看到贾芸，她心一动，"痴女儿遗帕惹相思"，丢了手帕，让贾芸捡到。接着，又来一出"蜂腰桥设言传心事"，巧妙地让贾芸注意到自己。

爱情和事业，小红都很用心，但她不鬼鬼祟祟，反而清新爽利，身段十分好看。

看，同样是要活得更好，有人看准目标，身段利落，腾挪叠转划出漂亮的弧线，一派敞亮；有人却只会在阴沟里盘算，一肚子龌龊。成功重要，身段更重要。毕竟在吃喝拉撒、求生求偶的动物本能之外，还有别的，比如自由，比如尊严。

是的，即使在末日的阴霾里，也要活出尊严来。

曹公对他笔下所有的生命，都心怀慈悲，下笔克制而有分寸。对袭人，曹公写她"情切切良宵花解语""贤袭人娇嗔箴宝玉"，可惜的是，"枉自温柔和顺，空云似桂如兰"，最后"优伶有福，公子无缘"。贾家败落树倒猢狲散，袭人嫁给了蒋玉菡。

强梁者不得其死，木秀于林风必摧之。惟有苟活者，"桃红又是一年春"，野火烧不尽，春风吹又生。幸也？不幸也？

木心谈莱蒙托夫的《当代英雄》，主角皮恰林，一个被埋没的最优秀的青年，却成为备受嘲笑的失败者。他在驿站等马车，四周无人，颓丧疲倦。一忽儿马车来了，人来了，皮恰林腰杆笔挺，健步上车，一派军官风度。

他说：我们在世界上，无非要保持这么一点态度。

我还是怀念那有态度的世界：天真骄傲的晴雯；果敢决绝的鸳鸯；一辈子都在走霉运的香菱，却一心要学诗，爱读"大漠孤烟直，长河落日圆"；孤独而自由的黛玉，写诗，葬花，并爱上宝玉……

人人都爱刘姥姥

　　总有学生，向我抱怨：老师，《红楼梦》太难读了，读到第五回都没故事！

　　确实，这本书的开场太复杂——先是女娲补天，大荒山无稽崖青埂峰下，顽石通灵；又是西方灵河岸边神瑛侍者浇灌绛珠仙草；又是地陷东南，东南一隅姑苏城里甄士隐家；又是冷子兴演说荣国府，葫芦僧判断葫芦案。天上人间，绕来绕去，比京剧的"过门"还长。

　　每每听到这样的抱怨，我会建议：那就从第六回开始读。从这一回开始，贾府的故事才算拉开帷幕。

　　开启故事的是刘姥姥，一个乡下老太太。她靠两亩薄田，跟着女儿女婿一起生活，是个积年老寡妇。她女婿狗儿的祖上，曾是小小的京官，因贪慕凤姐娘家王家的势力，便"连了宗"，于是便与京城豪门有了点瓜葛。

　　如今，家贫难以度日，女婿又一脸不争气，刘姥姥便想去求荣国府打打秋风，碰碰运气。她说："守多大碗儿吃多大的饭"，"这长安城中遍地都是钱，只可惜没人会去拿去罢了"，"谋事在人成事在天"，"还是舍着我这付老脸去碰一碰吧！"精明里透着见识。

就这样，刘姥姥带着外孙板儿，进了城，来到荣国府的门口。看见门口的"大石狮子""簇簇轿马"，还有"几个挺胸叠肚指手画脚的人"，她鼓足勇气，掸掸衣服，"蹭"到了角门前。先是碰了一个软钉子，后来让她拐到后街后门，去寻周瑞家的。因周瑞曾跟狗儿有过交情，周瑞家的也想显摆自己有能耐，便带着刘姥姥去见管事的凤姐。

先是来到一个倒厅，然后过了影壁，进入院子，到了正房，掀了猩红毡帘，走进堂屋，看见"遍身绫罗，插金戴银，花容玉貌"的平儿，姥姥便以为是凤姐。满屋耀眼争光之物，晃得她头晕目眩，一脸蒙圈。听见自鸣钟"当""当"的声音，更吓得满嘴念佛。

一入侯门深似海，荣国府何其"大"，刘姥姥何其"小"！小与大，贫与富，卑微与高贵，就这样相遇了。

刘姥姥绝非等闲人物，她是有故事、有使命的。在前八十回，她来过两次。遗失的八十回后，她还来过，而且是办大事的。荣国府由盛至衰，她是见证者，也是参与者。

终于见到了王熙凤。她一番忸怩，才要忍耻开口，贾蓉却来跟凤姐借玻璃炕屏。等贾蓉走后，她又开不了口，便推板儿："你那爹在家怎么教你来？打发咱们做煞事来？只顾吃果子咧！"这是拿小孩子壮胆呢。凤姐最后给了二十两银子，她高兴得浑身发痒，脱口说：俗话说"瘦死的骆驼比马大"，你老拔根寒毛，比我们的腰还粗呢。后来周瑞家的埋怨她说话粗，她笑道：哎呀，我爱她都爱不过来，哪里还说得了话呢。

其实，她是胆怯。

第三十九回，刘姥姥又来了。这次她带了枣子、倭瓜和野菜："今年多打了两石粮食，瓜果菜蔬也丰盛，这是头一起摘下来的，并没敢卖呢，留的尖儿孝敬姑奶奶姑娘们尝尝。姑娘们天天山珍海味的也吃腻了，这个吃个野意儿，也算是我们的穷心。"她是来报恩的。这次，刘姥姥居然见到了贾母！按理，这两人不可能有交集，但王熙凤怜惜刘姥姥大老远过来，让她住一晚再走，而贾母正想找一个老人家拉家常。用周瑞家的话，这就是"天上缘分"了。

刘姥姥一进去，满屋里珠围翠绕，花枝招展，榻上歪着一位老婆婆，身后还有一个纱罗裹着的美人给她捶腿，便知这是贾母，上前行礼，并笑称："请老寿星安。"还有比"老寿星"更贴心的吗？她这一开口，成了！贾母则回称："老亲家，你今年多大年纪了？"

一个"老寿星"，一个"老亲家"，全是阅历，全是人情，一来一去，竟有无限蕴藉。《红楼梦》之博大之幽深，是因为不仅写了大观园里的少女，还写了更广阔的世界——男人、女人，还有七十多岁的老太太，世相、众生相都在这里。

刘姥姥说自己七十五岁了，贾母赞她健朗。她笑着说："我们生来就是受苦的，老太太生来是享福的，若我们也这样，那些庄稼活就没人做了。"贾母自嘲是老废物，刘姥姥说这是福气。贾母喜欢刘姥姥带来的土特产，刘姥姥说："这是野意儿，不过吃个新鲜，依我们想鱼肉吃，只是吃不起。"两个老太太，世事洞明、人情练达，烟火气十足，居然毫无阶层障碍。

这次刘姥姥自如多了。一是不需忍耻求告；二是贾母果如平儿所说"最是惜老怜贫"，满面春风，一片善意，让刘姥姥很放松。

第二天，贾母带刘姥姥逛大观园。先到了潇湘馆，贾母见纱窗旧了，便让凤姐找出"软烟罗"，颜色又鲜，纱又轻软，刘姥姥看呆了，说糊窗户多可惜，做衣裳多好。贾母却说：这做衣裳倒不好看，不如糊窗户，做帐子。

豪华筵席上，刘姥姥和板儿吃得不亦乐乎，众人却个个胃口不佳，各人只拣爱吃的一两点。贾母看见螃蟹馅的饺子，更是皱眉："油腻腻的，谁吃这个！"难怪刘姥姥感叹：你们吃这么一点，怪道风儿都吹得倒！看她吃得格外香甜，这些人索性不吃了，就看她吃。

贾母的世界，是趣味，是审美，刘姥姥却全是实用性。一个精致却沉闷，一个粗糙但鲜活。

要开饭了，众人坐定，第一碗菜上来，贾母刚说"请"，刘姥姥便站起身，高声说道："老刘，老刘，食量大似牛，吃一个老母猪不抬头。"说毕，自己却鼓着腮不语。湘云的一口饭都喷了出来；黛玉笑岔了气；宝玉笑得滚到贾母怀里；王夫人笑得说不出话；薛姨妈嘴里的茶喷了探春一裙子；探春的饭碗都扣在了迎春身上；惜春笑得拉着她奶妈叫揉肠子……

看她吃鸽子蛋，那"老年四楞象牙厢金"的筷子太重了，好不容易撮起一个来，才抻着脖子要吃，偏偏滚在地上，待要去捡，早有丫鬟收拾走了。凤姐说一两银子一个呢，她叹道：一两银子，也没听见响声就没了。

此时众人已没心吃饭，都看着她笑，竟是从未有过的肆意和快活。

作为一个老牌贵族，荣国府里的礼节，可谓多如牛毛，武装到牙齿。上下尊卑，男女之别，真是处处有讲究，事事有规矩——鸳鸯来传老太太的话，凤姐和贾琏要垂手站立。排座次，讲顺序，非礼勿动，非礼勿言，非礼勿视。穿的是雀金裘，摆的是嵌着慧纹的紫檀透雕，糊窗户的是软烟罗，吃酒、听戏、打牌……只是，文化过于精致，生命力会在层层的包裹中窒息。就像茄鲞，好多只鸡和香菇去配它，却没了茄子味。

人心更是散乱。从主子到奴才，个个都揣着小算盘，明争暗斗，拉帮结派。邢夫人对王夫人、王熙凤充满怨怼；贾赦在中秋之夜，说偏心母亲的笑话，刺痛了贾母，赵姨娘则满怀失意者的嫉恨；贾琏一有机会就偷鸡摸狗，在鲍二家的面前咒凤姐……探春说：咱们倒是一家子骨肉呢，一个个像乌眼鸡，恨不得你吃了我，我吃了你。

丑角一样的刘姥姥，竟像来拯救他们的。她那黄土地一般的粗粝气质，饱满圆润的生命状态，照出了这个大家庭的另一面——贫乏、无趣、暮气沉沉。贫与富，卑微与显赫，拙朴与精致，世人一向偏爱后者，但刘姥姥一来，这两个世界相互碰撞，也相互照见，界限似乎变得模糊不清了。

有人说，刘姥姥甘当"老篾片"，弄乖出丑，是懂得投其所好，追求利益最大化，这就是精明啊！结果演出很成功，王夫人赏了一百两银子，凤姐额外给了八两，还有吃的穿的用的，一大车值钱东西，这一趟来得太值了！

她哪有那么多弯弯绕的心思！她只是放得开、拿得稳，善于自嘲，懂得放低姿态，不把自己当回事罢了。俗话说："这是知道自己的斤两。"自知，是另一种自尊。

丫鬟端来大荷叶式的翡翠盘子，里面有各色折枝菊花，贾母拣了朵大红的簪在鬓上。凤姐拉过刘姥姥，将一盘子花横三竖四地插了她一头，众人哄笑。刘姥姥笑道：我这头不知道修了什么福，今儿也体面起来了。众人笑道：这个凤姐，把你打扮成老妖精了！她笑嘻嘻说道："我虽老了，年轻时也风流，爱个花儿粉儿的，今儿个老风流才好呢。"

你看，她一点儿也不玻璃心，还时不时玩自黑，十分"经逗"，竟有一股子名士范儿。《世说新语》记载魏晋名士刘伶：悠悠荡荡，无所用心。尝与俗士相忤，其人攘袂而起，欲必筑之。伶和其色曰："鸡肋岂足以当尊拳！"其人不觉废然而返。

谁不喜欢这样的刘姥姥呢？她不"我执"，不拧巴，像水一样随物赋形，随遇而安。不焦虑，不怨恨，接纳自己的窘迫，也能谅解别人。孔子说子路："衣敝缊袍，与衣狐貉者立，而不耻者，其由也与！"

他在夸子路，尽管穿得破破烂烂像个乞丐，跟穿狐皮大衣的人站在一起，也不猥琐，不气馁。

刘姥姥也担得起这样的褒扬。

饭毕，她看着李纨与凤姐对坐着吃饭，叹道："我只爱你们家这行事，怪道说'礼出大家'！"凤姐和鸳鸯赶紧道歉：您可别多心，刚才大家闹着玩呢。刘姥姥却说：姑娘说哪里的话，咱们就是哄着老太太开心，有什么可恼的。你先嘱咐我的时候，我就明白了，不过是逗逗乐，我要心里恼，也就不说了。

全是体谅。她内心敞亮着呢。

正因这满满的善意，后来荣国府大厦倾覆，家族败落，凤姐被休，巧姐被狠舅奸兄卖到烟花巷，是她，倾家荡产救出了巧姐。巧姐的判词上画着一座荒村野店，一美人在纺绩，"偶因济刘氏，巧得遇恩人"，正是在刘姥姥的帮助下，巧姐脱离苦海，最终嫁给了板儿，这是不幸中的大幸。

板儿和巧姐居然成了夫妻！最不按常理出牌，最天马行空的还是命运。只是，当她鼓起腮帮子当"老篾片"，众人哄堂大笑的时候，谁会想到这样的结局呢？

这两个孩子有过交集。在探春房里，案上摆着几个娇黄玲珑的大佛手，探春给了板儿一个。吃饭时，巧姐抱着一个大柚子，要板儿的佛手，众人忙把柚子给了板儿，将佛手给了巧姐。此处脂砚斋评曰："小儿常情，遂成千里伏线。"又注："柚子，即香团也，应与缘通。佛手者，正指迷津者。"板儿与巧姐的缘分，就这样埋下。

连"巧姐"这个名字也是刘姥姥给起的。王熙凤说这孩子身体不好，刘姥姥说：富贵人家的孩子太娇嫩了，姑奶奶以后少疼她些就好了。凤姐便让她给孩子起个名字，一来借老人家的寿，二来贫苦人起名字，压得住。大姐生于七月初七，刘姥姥建议：索性"以毒攻毒,以火攻火",就叫巧哥儿!必长命百岁,遇难成祥,逢凶化吉!

《红楼梦》一书,就这样"草蛇灰线",无一处闲笔。

同样是食客"篾片",《金瓶梅》里有一个应伯爵,特别善解人意,西门庆最喜他。他当中间人,给西门庆介绍生意人,自己也得不少好处。连黄三李四来找西门庆借贷,他也能倒腾出三十两银子的抽头,平日蹭吃蹭喝,拉着西门庆在丽春院里听戏喝酒,都是他最擅长的营生。但西门庆死后,应伯爵很快就挂靠了另一个土豪张二官,还把西门家生前的几个得力小厮也挖走了。

一样的处境,人性却大不同。应伯爵只是食客,刘姥姥却有春秋时代门客的古风——食君之禄,忠君之事,赴汤蹈火,在所不辞。

刘姥姥还是一个段子手呢。她喝着茶,说乡村见闻,众人听得入了迷,觉得比说书先生还精彩。讲完了肚里的存货,老太太和姑娘们还个个意犹未尽,她只好开始杜撰:"我们村庄上种地种菜,每年每日,春夏秋冬,风里雨里,那有个坐着的空儿,天天都是在那地头子上做歇马凉亭,什么奇奇怪怪的事不见呢。去年冬天,接连下了几天雪,地下压了三四尺深。我那日起的早,还没出房门,只听外头柴草响。我想着必定是有人偷柴草来了。我爬着窗户眼儿一瞧,却不是我们村庄上的人。"

贾母忍不住插嘴:一定是过路的客人,抽去烤火!她笑道:并不是。原来是一个十七八岁极标致的小姑娘儿,梳着溜油光的头,穿着大红袄儿,白绫裙子,在雪下抽柴呢……这故事太美,俨然乡村版"雪夜访戴"!别小瞧庄稼人,信天游、秦腔和花儿,哪一个出自文人之手呢?

刚说到这里,故事却被打断,原来是南院子马棚走了水。刘姥姥又讲另一个故事:我们东边庄上有个老奶奶,都九十多岁了,天天吃斋念佛,感动了观音菩萨。菩萨托梦给她:你本来是要绝户的，但看你虔心，再给你一个孙子。原来老奶奶有一个孙子，可惜十七八岁就死了。后来果然又有了一个，如今十三四岁，粉团似的，聪明伶俐得不得，看来还是有神佛的。这故事，连木头人王夫人都被打动了。

刘姥姥真是妙人。

钗黛们是学院派文青，她们为海棠、菊花和桃花写诗，"一朝春尽红颜老，花落人亡两不知"，这是诗人眼中的世界。刘姥姥却说"花儿落了，结了个大倭瓜"，"一个萝卜一头蒜"。她的世界，春华秋实，广袤厚重，养育一切，也接纳一切。

宝玉一直惦记着那个雪下抽柴的小姑娘，一个劲儿追问。刘姥姥只好随口编造：这姑娘叫茗玉，十七岁时病死了，父母难过，为她塑了像建了祠堂。后来祠堂破败了，她却成了精，时常出来到村子边上田庄上闲逛呢。宝玉又惊又喜："不是成精，规矩这样人是虽死不死的。"这就是他的哲学：一切美好的生命，必将不朽。

当日逛大观园时，刘姥姥走至"省亲别墅"的牌坊下，还以为是一个"大庙"，要趴下磕头。大观园是什么地方？是地上的乐园，也是终将失去的乐园。可不就是一座庙？！嗟乎！

宝玉和刘姥姥的故事，还没有完。

贾母带刘姥姥逛大观园，吃完酒席，还去妙玉的栊翠庵喝了茶。刘姥姥去小解，却在园子里迷了路，七弯八拐，走进了一个地方。只见锦笼纱罩金彩珠光，还有一面大穿衣镜，她不小心触动机括，又进了一个门，门里却有一副床帐，是天下最精致的所在。酒醉之人，便一歪身，睡倒在床上。待袭人进来，听见鼾齁如雷，闻得酒屁臭气，却见刘姥姥扎手舞脚，在床上酣睡。不由得大惊失色，连忙推醒她，再三叮嘱她保密，又悄悄整理好床铺，再拿百合香熏上。刘姥姥忙问：这是哪个小姐的绣房啊？像天宫一样哪！袭人微微一笑，答道：

是宝二爷的卧室。刘姥姥吓得一声也不敢吭。

如果是妙玉的栊翠庵，她一定恨不得用水把地面洗破皮。她招待贾母喝茶，用的是成窑五彩小盖钟，贾母给刘姥姥喝了一口。事后，妙玉满脸嫌弃，要扔掉杯子。宝玉忙赔笑说就赏给刘姥姥吧，她卖了也能度日。妙玉说：幸亏我不曾用过，否则砸碎了也不给她。

宝玉也有洁癖，他的房间是媳妇婆子们的禁地。在他眼里，女儿们个个清净洁白，是宝珠，发出五彩之光，出嫁了就变成了死珠，毫无光彩，再老了，竟是"鱼眼睛"，更加可恶可恨。但他一尘不染的卧室，却偏偏劫遇了"母蝗虫"，被刘姥姥撒了野。

曹公为什么要这样安排？他是故意的，给宝玉开了一个玩笑，同时也是一种警醒：清与浊，卑微与高贵，其实不容易分辨。更何况，到头一梦，万境归空，在命运面前，众生平等，还是谦卑一些好。

如果宝玉知道真相，刘姥姥曾这样"荼毒"过自己的卧室，会作何反应？

曹公笔下的人，个个多面体，多向度：贾母"享福人福深还祷福"，儿孙绕膝尚觉不足；宝钗总要当道德模范，珍重芳姿，且行且累；妙玉"躲进小楼成一统"，孤芳自赏却心怀纠结；探春因为庶出，心事重重；王熙凤贪心太盛，聪明反被聪明误；而黛玉，还开刘姥姥的玩笑，说她是"母蝗虫"，对外面的世界，她所知甚少。

惟有宝玉内心无碍，最为通达。他天真、热情，有赤子之心，对整个世界温柔以待。这样的人，怎会嫌弃刘姥姥？刘姥姥透彻明理，心怀慈悲，正因为如此，她雪下抽柴的故事，她讲的茗玉，才能打动他。

对世界有爱与体谅的人，会相互辨认。即使一个是乡野俗妇，一个是富贵公子。

两个尤三姐

第六十五回，贾琏偷娶尤二姐，在外面置办了房子。这天，贾珍打听着贾琏不在，便过来看望两个姨妹。

贾珍、尤二姐和尤三姐、尤老娘四人一起吃酒。"尤二姐知局，便邀她母亲说：'我怪怕的，妈同我到那边走走来。'尤老也会意，便真个同他出来，只剩小丫头们。贾珍便和三姐挨肩擦脸，百般轻薄起来。小丫头子们看不过，也都躲了出去，凭他两个自在取乐，不知作些什么勾当。"

这是庚辰本里的一段，尤三姐和贾珍之间，妥妥的不清不楚。

程乙本却是另一个样子："二姐儿此时恐怕贾琏一时走来，彼此不雅，吃了两钟酒便推故往那边去了。贾珍此时也无可奈何，只得看着二姐儿自去。剩下尤老娘和三姐儿相陪。那三姐儿虽向来也和贾珍偶有戏言，但不似他姐姐那样随和儿，所以贾珍虽有垂涎之意，却也不肯造次了，致讨没趣。况且尤老娘在旁边陪着，贾珍也不好意思太露轻薄。"

二姐离开，尤老娘却留下了，三姐就这样被洗白了。作者还怕我们误会，又忙不迭解释她和贾珍之间啥也没有，只是偶有戏言，不像尤二姐那样"随和",好欺负。

不只这一处,类似的改动不少。

二尤是贾珍太太尤氏的娘家妹子,但并无血缘关系,她俩是尤老娘再嫁带过来的。因贾敬死后,家中无人,尤氏便接了她们来照看。贾蓉"听见两个姨娘来了,便和贾珍一笑"。笑得十分暧昧,呼应了二人与尤氏姐妹"麀聚之乱"之说。但程乙本改为"喜得笑容满面",自己开心得不得了,暧昧气息荡然无存。

贾蓉迫不及待地来看望两位姨娘。跟尤二姐挤眉弄眼,说我父亲正想你呢,尤二姐拿起熨斗打,贾蓉抱头滚到她怀里求饶,尤三姐便上来撕嘴。程乙本改成"尤三姐便转过脸去",好像看不得这场面。

程乙本一心一意要把尤三姐改成清白无辜的少女,一句也不肯放过,凡有三姐"淫荡"嫌疑的,通通漂白处理。

话说贾琏回来,和二姐喝酒,听见外面马闹,二姐不安。贾琏安抚她:以前的事,我不计较。至于大哥和你妹子,我去挑明得了。贾珍和三姐正在喝酒取乐,贾琏进来笑道:没事!以后大哥还如以前一样。拿酒敬贾珍,又拉三姐:"你过来,陪小叔子一杯。"贾珍笑道:"老二,到底是你,哥哥必要吃干这钟。"

程乙本改成:"因又笑嘻嘻向三姐儿道:'三妹妹为什么不合大哥吃个双钟儿?我也敬一杯,给大哥合三妹妹道喜。'"

三姐站在炕上,指着二人笑骂一通,搂过贾琏的脖子来就灌,说:"我和你哥哥已经吃过了,咱们来亲香亲香。"程乙本当然不允许三姐跟贾珍吃过酒,改成:"指着贾琏冷笑道……揪过贾琏来就灌,说:'我倒没有和你哥哥喝过,今儿倒要和你喝一喝,咱们也亲近亲近。'"

程乙本为何要洗白三姐?白先勇先生给了答案:"如果尤三姐跟贾珍本来有染的话,那么尤三姐后来的行事根本不能成立。如果尤三姐已经失足了,还有什么立场再去骂他们?"

他觉得，一个失足女性是硬不起来的。

程乙本的道德立场十分鲜明，跟续书一脉相承。比如，后四十回让宝玉跟贾代儒读道德文章，教巧姐背《列女传》；让黛玉说科举清贵，鼓励宝玉读书入仕……妥妥的正牌儒家，怎么可能去赞美一个失贞少女？

曹公却没有道德的枷锁。他只是写人，写三姐和贾珍挨肩擦脸，百般轻薄；写她无耻老辣，搂过贾琏就喝酒；写她站在炕上，指着贾琏笑骂："你别油蒙了心，打谅我们不知道你府上的事。这会子花了几个臭钱，你们哥儿俩拿着我们姐儿两个权当粉头来取乐儿，你们就打错了算盘了。""将姐姐请来，要乐咱们四个一处同乐。俗语说'便宜不过当家'，他们是弟兄，咱们是姊妹，又不是外人，只管上来。"

这是放浪，是脂砚斋说的"醍醐灌顶大翻身大醒悟"，也是彻骨的悲凉：原来你们一直把我们当粉头！如今后悔也没用，将来如何，我不知道，但我再也不想当过去的我了！

三姐到底跟贾珍是什么关系？曹公没明写，但她跟姐夫确实有问题。不必猜测其原因，因为人性既复杂幽微，也脆弱不堪，太阳底下并无新鲜事。人生的翻转，也往往只在一念间。

然而，贾琏和贾珍如此明晃晃的无耻，仿佛一道闪电，照亮了她。她猛然看见了自己，看清了自己的处境。这一刻，她幡然醒悟；这一刻，由此充满人性张力。三姐生命中最耀眼的时刻，不是自杀瞬间，而是这一刻。

而这样的时刻，我们是熟悉的。

彩云偷了王夫人房间里的玫瑰露，拒绝承认，宝玉替她瞒赃，她却红了脸，羞恶之心感发："如今我心不忍，姐姐带了我回奶奶去，我一概应了完事。"如此肝胆，宝玉也深为敬佩：彩云姐姐果然是正经人！抄检大观园，丫鬟司棋和表哥潘又安的情书被查到，其状可危，可"司棋低头不语，也并无畏惧惭愧之意"，在这一刻，她决意要承担自己的命运了。而金钏为何自杀？为何如此刚烈？因为不堪受辱，因为尊严。

对有些人来说，尊严比生命都重要。生命中总有一些不可以狎腻、不容许乱来的东西，有时它会被忽视或遗忘，但总会在某个时刻呼啸而至，一下子击中我们。

然而，三姐醒悟了，却无路可走。她开始报复。"这尤三姐松松绾着头发，大红袄子半掩半开，露着葱绿抹胸，一痕雪脯。底下绿裤红鞋，一对金莲或翘或并，没半刻斯文，两个坠子却似打秋千一般，灯光之下，越显得柳眉笼翠雾，檀口点丹砂。本是一双秋水眼，再吃了酒，又添了饧涩淫浪，不独将他二姊压倒，据珍、琏评去，所见过的上下贵贱若干女子，皆未有此绰约风流者。"

你可见过这样的女子？

中国传统文学里，也不乏另类女性，比如青楼女子，但没有这样的放浪形骸。为何？因为传统作家要让她们从良，挖掘出她们的纯洁，用浩然正气把她们收服。《聊斋》里的狐狸精，不也通通被读书人招安了吗？

他们心中横亘着一把叫道德的尺子。

但伟大的文学，不是道德的地盘，而是人性的世界。

伟大的作家忠于的是人性，而非道德，所以曹公笔下的尤三姐，是复杂的、多层次的。而程乙本作者是道德家，看不见道德之外才有广袤的人性，所以拼命为三姐洗白。

道德家不会理解哈代为何把他的《德伯家的苔丝》，特意加上一个副标题"一个纯洁的女人"；不理解福楼拜写《包法利夫人》，写到爱玛死的时候失声痛哭："她死了，我的爱玛死了。"

但曹雪芹一定懂得。

在他的笔下，跟公公贾珍不清白的秦可卿，温柔可亲，做事靠谱，贾家上下都喜欢她。临死前更是托梦给凤姐，见识碾压所有人。他还让贾琏娶了尤二姐，对她的过往既往不咎，这个爱偷鸡摸狗的男人，也是有闪光点的。所以在曹公笔下，三姐大红袄子葱绿抹胸，半开半掩，十分惊艳，一对金莲，更是充满诱惑。程乙本道德感太强，把"一对金莲"删了，好像这样能保全三姐的贞操。

贾珍、贾琏看见这样的三姐，一句响亮话也说不出来了，他们被震到失语。有点像《法国中尉的女人》里，查尔斯第一次见到莎拉，让他倍感震撼的："不是她脸上所表现出的东西，而是她的脸上所表现出来的不是他所预料的。"好比"泉水本身是寻常事，但从沙漠里涌出泉水来就有些非同寻常了"。

这是三姐的主场。她高谈阔论任意挥霍洒落一番，对二人尽情嘲笑取乐，闹腾累了，就撵走二人，自己关门睡觉。"竟真是他嫖了男人，并非男人淫了他"，这句话程乙本自然不能留。

此后，尤三姐不是痛骂贾琏、贾珍和贾蓉，就是"作出许多万人不及的淫情浪态来"，哄得对方垂涎欲滴，却又近身不得。她对尤二姐说：姐姐你糊涂！咱们金玉一般的人，白叫这两个现世宝玷污了去！再说，他家的女人极其厉害，将来不知谁生谁死，索性不让他们好过！她天天挑拣吃穿，或不趁心，连桌一推。不论绫缎新整，用剪刀剪碎，撕一条，骂一句。

这是疯狂，是报复，更是深深的无助和悲哀。

二姐备了酒，三姐知其意，滴泪道：我都知道了。如今姐姐和妈都有了安身之所，我也要自寻归结。只是，我要拣可心的人才行。贾琏以为她看上了宝玉，二姐和尤老娘也以为然，三姐却说："我们有姊妹十个，也嫁你弟兄十个不成。难道除了你家，天下就没有好男子了不成？"

三姐看上的是柳湘莲。五年前，他曾在三姐姥娘家唱过戏，当时客串的是小生。

一切都刚刚好：贾琏遇到柳湘莲，说定，对方拿出传家宝鸳鸯剑做定礼。三姐把剑挂在床头，喜之不尽，自认终身有靠。

然而，当柳湘莲得知三姐是贾珍的小姨子后，后悔不迭："这事不好，断乎做不得了！你们东府里除了那两个石头狮子干净，只怕连猫儿狗儿都不干净。我不做这剩忘八！"他来找贾琏，借口姑妈已替自己说了亲，鸳鸯剑是家传，得要回来。三姐听见，泪如雨下：还你的定礼！

她挥剑自杀了。

曹公如此喜爱三姐，她死了，他这样感叹：可怜"揉碎桃花红满地，玉山倾倒再难扶"！她倒下，如玉山倾倒，她的鲜血，像花瓣散落满地。《世说新语》喜欢用"玉山"来形容魏晋名士，洁白通透，玉色莹然，是对人格至高的赞美。喝醉的嵇康，便是"玉山将倾"。

他写三姐慧眼识宝玉。兴儿八卦宝玉，说他糊涂，没刚性，不像主子爷们。二姐信然，但三姐说：别信他胡说。宝玉行事言谈吃喝，原有些女儿气，人却一点也不糊涂……那日和尚过来绕棺，他站在里头挡着人，说怕和尚的气味熏到我们。婆子拿了他用过的杯子倒茶给姐姐喝，他让洗了再拿来。他这个人在女孩子面前都很好，只是别人不懂罢了。

三姐知道凤姐不好惹。贾琏偷娶二姐，二姐以为终身有靠心满意足，三姐警告二姐：势必有一场大闹，不知将来谁生谁死！二姐果然被凤姐算计，辗转受苦，三姐在梦中手捧鸳鸯剑而来，说如自己在世，断不肯让其进荣国府，并劝她杀死凤姐，一同归于警幻。二姐还抱有侥幸之心，三姐长叹而去。

三姐该是大观园里的人哪！她有晴雯的嘹亮，有探春的英气，有凤姐的霸气，美貌也不比钗黛差，甚至有她们没有的妖娆。

红楼二尤、秦可卿的故事，原本是属于《风月宝鉴》的，最终成了《红楼梦》的一部分。抽去她们，于书似无碍，但有了她们，却多了几分烟火气，几分凄美。

三姐死后，柳湘莲扶棺大哭：原来尤三姐这样标致，又这等刚烈，自悔不及。默默出神中，见尤三姐从外而入，泣道：不想君冷心冷面，妾以死抱此痴情。妾今奉警幻之命，前往太虚幻境。前来一别，从此不能相见。柳湘莲拉住她，她说："来自情天，去由情地。前生误被情惑，今既耻情而觉，与君两无干涉。"

程乙本又做了手脚，删去了这一段。于是，程乙本里的尤三姐，是一个贞洁烈女，冰清玉洁，因误会，爱柳湘莲而不得，拔剑自刎。

在庚辰本里，尤三姐却是一个英雄。

她有黑历史，但一旦决心告别过去，从此为自己负责，就爱憎分明，慷慨磊落。她发誓等柳湘莲，若等不到，就出家修行。并将一根玉簪击作两段："一句不真，就如这簪子！"从此洁身自好。如此大翻转，格外有力，惟英雄能使然。

有人说她把贞操看得太重，是被自己的愧疚杀死的，到死没走出男权文化的藩篱。非也非也，她不胶柱鼓瑟，否则就不会一心要嫁柳湘莲了，被男权击垮的女性不敢追求爱。

她是一个英雄。她以为柳湘莲也是一个英雄，以为她和他，可以一起打马跨过草原，走过生命的沼泽，奔向更广阔的未来。

事实上，柳湘莲也是《红楼梦》里最有侠气的男人。他冷心冷面，怒打薛蟠，逃走他乡。后来又解救落难的薛蟠，还与其义结金兰。英雄爱美女，他的理想便是娶一个"绝色的女子"。而尤三姐不仅绝色，而且风情。可惜，柳湘莲只是看上去像英雄而已！不过，也不必苛责，他是凡人，有自己的荣耀，也有自己的局限。

最后，三姐自己做了英雄。英雄之死，不是因为某个人，而是因为穷途末路。所以，她说："与君两无干涉！"

戚本第六十六回后有批语："（尤三姐）能辨宝玉，能识湘莲，活是红拂……一流人物。"蒙本回后也有总评："尤三姐失身时，浓妆艳抹凌辱群凶；择夫后，念佛吃斋敬奉老母；能辨宝玉能识湘莲，活是红拂文君一流人物。"

可惜，三姐是红拂，却等不来李靖。而文君的相如，最后也不过尔尔。

英雄注定孤独而死。

最后来个插曲。庚辰本写三姐拔剑自刎后，"湘莲反不动身，泣道：'我并不知是这等刚烈贤妻，可敬，可敬！'"

而程乙本是这样的："湘莲反不动身，拉下手绢，拭泪道：'我并不知是这等刚烈人！真真可敬！是我没福消受。'"

你觉得哪个更好？

宝琴来了

《红楼梦》里最美的女孩是谁？

不是黛玉，也不是宝钗，更不是湘云，而是宝琴。

她是在第四十九回来的。一同前来的还有邢夫人的娘家侄女邢岫烟，李纨寡婶的女儿李纹和李绮。她们甫一到，就惊起了一滩鸥鹭。

先是宝玉，看见她们惊喜得要说不出话来了："我竟形容不出了。老天，老天，你有多少精华灵秀，生出这些人上之人来！"他说自己是井底之蛙，本以为自己家的姐妹已天下无双，结果被打脸；接着是晴雯，她心高气傲，嘴贱舌毒，却也连声夸赞：快去看，竟是一把四根水葱呢！

袭人问："他们说薛大姑娘的妹妹更好，三姑娘你看着怎么样？"探春说，真的哎，"连他姐姐并这些人总不及她"！袭人一脸不相信："这也奇了，还从哪里再好的去呢？"在袭人的眼里，宝钗是世间最完美的女生，这薛妹妹居然比薛姐姐还好？怎么可能?!

还没出场就这么大的阵势，我们也诧异。宝琴是何许人也？

她是宝钗的堂妹、薛蝌的胞妹，因为父亲在京时已将宝琴许配梅翰林之子为婚，正欲进京完婚，闻得王仁进京，薛蝌也带着妹子随后赶来。一到荣国府，人见人爱，花见花开，贾母更逼着王夫人认了干女儿。贾母太喜欢宝琴了，晚间索性带宝琴一起歇卧，除夕夜还带她去贾家宗祠祭祖。这待遇，连黛玉都没有。

做足了气势，于众声喧哗中，宝琴终于亮相了。她披着一领斗篷，金翠辉煌，众人被晃瞎了眼，都不知道是什么物。原来是老太太给的，叫凫靥裘。香菱猜是孔雀毛。湘云说是野鸭子头上的毛织的，最珍贵了，连宝玉都没捞着穿呢，可见老太太多疼她。湘云瞅了宝琴半天，说："这件衣服也只配她穿，别人穿了，实在不配。"贾母还特意让琥珀叮嘱宝钗：宝姑娘别管紧了琴姑娘，她还小，让她爱怎么样就怎么样，要什么东西只管要去。

天上掉下来个万人迷。作者是上帝，说有光，便有了光，就这样，宝琴横空出世了。宝琴这一来，确实搅动了一池春水。

听完琥珀传达的贾母的话，宝钗忍不住推了宝琴一把，笑道："你也不知是那里来的福气！你倒去罢，仔细我们委曲着你！我就不信我那些儿不如你？"一向持重的宝钗，居然不淡定了。

黛玉却喜欢宝琴，赶着喊妹妹，宝琴也喜欢黛玉，紧着喊姐姐，亲密异常。这个一向被人目为小性尖刻的林妹妹，经过"兰言解疑癖""金兰契互剖金兰语"，跟宝钗尽释前嫌，从此情同姐妹。如今，除了明媚真诚，又多了包容心，她长大了。

宝琴一来，黛玉和宝钗各自显露了性格的另一面。这写法，像传统绘画的"间色"——在画的主色调之外再添一两笔杂色，有对比，有烘托，画面一下子更丰富、更立体了。

贾母更是起了"歪"心思。书中写她问薛姨妈宝琴的生辰八字，薛姨妈度其意思，是要跟宝玉求婚配。但宝琴已经许配给梅家，薛姨妈遂半吐半露地告诉了贾母。王熙凤故意在一旁跌脚：我正要说媒呢！早看中他俩是一对，可惜。这就有意思了。贾母岂不知宝琴有婚约？宝琴进京就是来完婚的。

有人说，贾母这是变着法子表态：我就看上薛家小妹，根本看不上宝钗。也有人说，这是贾母在投石问路，考验王夫人和薛姨妈的态度呢。金玉姻缘和木石前盟已经暗暗较量很久了，但事情却似乎一直没有进展。宝琴一来，犹如一块石子投入水面，荡起了一圈圈涟漪，局面活了。

贾母问宝琴的生辰八字，紫鹃紧张了，这个聪慧的丫头，一心想着她姑娘的未来。她灵机一动，骗宝玉说姑娘要回苏州老家，来试探他心意，这是"慧紫鹃情辞试忙玉"。而宝玉，差点死过去，醒来郑重告诉她：活着，咱们一处活着；不活着，咱们一处化灰化烟，如何？

我们不禁要问：贾母对宝黛爱情持何种态度？她在黛玉和宝钗之间有何取舍？王夫人和薛姨妈又打的什么主意？每个人都有自己的小算盘，《红楼梦》的世界，是人心的较量，也是人性的迷宫。

这成年人的世界，处处是机心。其实，宝琴只是一个小萝莉，众姐妹里她年龄最小，性格也爽利直接，满满的孩子气。

宝钗说要邀一个社：四个诗题，四个词题，头一个就是《咏太极图》，限一先的韵，五言律，要把一先的韵都用尽了，一个不许剩！好似学霸故意要把众人吓倒。宝琴笑着抗议："这一说，可知姐姐不是真心起社了，这分明难人！"迎春的累金凤被乳母拿去当，她不敢要回，探春过来处理，使个眼色让侍书去请平儿。待平儿一来，宝琴拍手道："三姐姐敢是有驱神召将的符术？"黛玉也笑：这才是出其不意之妙策也！宝钗赶紧给二人使眼色，把话岔开。

童言无忌最是可爱！难怪贾母特意吩咐宝钗：不要管紧了琴姑娘，她还小呢，爱怎么样就怎么样。我们也不想让宝琴长大，如果不能留住这清亮的孩子气，就让这样的时光再拉长一些吧！

人人都爱孩子一样的宝琴。但她人小鬼大，最会写诗，而且诗风与众不同。

新人新气象，先是"争联即景诗"，黛玉、宝琴和宝钗共战湘云，十分热闹；待宝玉从妙玉处求来红梅，宝琴和李纹、李绮，每人一首《咏红梅》，宝琴写："疏是枝条艳是花，春妆儿女竞奢华。……前身定是瑶台种，无复相疑色相差。"写得最好。

从海棠社到菊花题再到这里，文青的诗歌聚会又掀起一轮小高潮。次次起诗社，皆起伏有致，摇曳多姿。《红楼梦》之好看，也多在此。

宝琴还写了十首《怀古诗》，说是谜语，隐了十物在内。这是书中最难猜的谜语，至今还无定论。

谜难猜，诗却是好诗。十首诗，从赤壁到马援，从韩信到张良，从钟山到六朝，从王昭君到杨贵妃，最后以《西厢记》和《牡丹亭》收束，便是一部浓缩的中国史。赞美战争、功业和谋略，一向是主流，但薛小妹赞美的却是人性风流和人文情怀。比起之前的海棠诗和菊花诗，内容更辽远，气象也更为浑厚、阔大。

木心曾说："《红楼梦》里的诗，如水草。取出水，即不好。放在水中，好看。"

宝琴年轻心热，却比黛玉等人见多识广，走得更远。

她曾随父母走遍名山大川，"天下十停走了五六停"。甚至还到西海沿子上买洋货，见到一个真真国的女孩，披着黄头发，打着联垂，通身异域风情。这个外国女孩，"通中国的诗书，会讲《五经》，能作诗填词"。

宝琴是《红楼梦》的世界里第一个跟"国际接轨"的人，是真正见过远方的人。

探春曾含泪说：但凡我是个男人，早就出去做一番事业了。她做梦都想出去，想要广阔天地，大有作为。然而，外面的世界如此遥不可及，她们甚至不能走出荣国府一步。那个神秘的"真真国"，一定让她们浮想联翩。

这不是书中第一次出现外国元素了。

荣国府里有不少舶来品。刘姥姥第一次进贾府，被"当""当"响个不停的自鸣钟吓了一跳，原来柱子上挂着一个匣子，底下又坠着一个秤砣般的东西，不住乱晃；怡红院里有巨大的穿衣镜，还有一个金西洋自行船，宝玉担心黛玉回苏州老家，把这艘船藏在被窝里，怕林妹妹坐船离开；晴雯感冒，吸的是汪恰洋烟，鼻烟盒里画的是黄头发光身子有翅膀的美女，可能是天使；王熙凤头疼，常年贴在太阳穴上的"依弗哪"；贾蓉来找凤姐借的玻璃炕屏；贾母戴的眼镜；还有俄罗斯的雀金呢、西洋的葡萄酒……

这些舶来品携带着遥远的异国信息，提醒着所有人，还有另一个世界！

曹雪芹生活在 18 世纪中叶雍乾年间，他的家族全盛于康熙朝。康雍乾算是清朝最兴盛的时代，这也是《红楼梦》的时代，鲜花着锦，烈火烹油，但如此盛世，却对外面的世界，几乎一无所知。从朝廷到民间，都以为自己是世界的中心，自己是最强大、最富有的。

其实，清代尤其是乾隆年间，有外国人前来中国传教、做生意，还有外国使节来求贸易合作。1793 年，也就是曹公去世三十年后，《红楼梦》活字印刷本出版两年后，一个庞大的英国使团来到了中国，他们的目的很简单——一是祝贺乾隆皇帝八十岁寿辰；二是想借此机会，与大清建立邦交，互派使节。

有客自远方来，乾隆皇帝很高兴。他以为这是来朝贡的小国，于是，又是赐豪华的御宴，又是在避暑山庄接待，还赏了对方很多珍奇宝贝。至于对方送的礼物，他一脸看不上，蕞尔小国能有什么东西？最后问题出在礼节上，清廷让使节下跪觐见乾隆皇帝，对方不肯，说我们对女王也只是半屈膝，在这里怎么可能三叩九拜！这事谈不拢，两国邦交的计划也就泡汤了。

而彼时，外面的世界日新月异。从 16 世纪开始，欧洲和美洲大陆，利用大规模的航海和移民，早已拉开近代文明的帷幕。倘若他们能够看见这些，跟外部世界产生碰撞和交流，就会有惊人的发现：原来自己的世界、生活和规则，绝非天经地义毋庸置疑。然而，直到 19 世纪中期，中国人才真正打开眼睛，但已经太迟了。

再来看此时的贾府，在忙什么呢：贾赦在打鸳鸯的主意；贾政在跟清客们应酬，担忧宝玉的未来；贾珍召集狐朋狗友吃喝嫖赌；贾琏琢磨着联合鸳鸯，偷老太太的体己拿出来卖钱。

贾家已是穷途末路，王夫人连给老太太买礼物的银子都拿不出来，还是把铜锡家伙拿出去卖了三百两银子。财政已经极度吃紧，入不敷出，但为贾母办八十大寿，又花掉了几千两银子。用探春的话说，这是"百足之虫死而不僵"，架子还在，里面早就空了。这个钟鸣鼎食之族，在无尽的内耗中窒息、沉沦和衰败，太需要开一扇窗，进来些新鲜空气了。

宝琴，美貌碾压众人，才思敏捷，而且走南闯北，见识颇广。她年纪最小，却比一般人都自由，都开放，是不是代表着生命的另一种可能？

有可能。

身为万人迷，宝琴却并不在金陵十二钗之列，也不在副册和又副册里，太虚幻境里的薄命司里没有她。庚辰本第十七、第十八回，有脂批提到"后宝琴、岫烟、李纹、李绮，皆陪客也"，说宝琴不是主要角色，但在太虚幻境也是挂号的。不过，畸笏叟接着对此进行了批驳："副册十二钗总未的确，皆系漫拟也。"意思是批者主观想象，不足为据。

太虚幻境在离恨天、灌愁海、放春山、遣香洞中,全是离恨与哀愁。闻的香是"群芳髓(碎)",喝的杂和酒是"千红一窟(哭)""万艳同杯(悲)",再加上主殿门上的大字"孽海情天"……这苦,这悲,竟是弥漫于天地之间,无可逃脱,这正是《红楼梦》的主旨。

但是,在第七十回大家放风筝时,有一幕非常耐人寻味。宝玉的风筝是美人,探春的是凤凰,唯独宝琴的是大红蝙蝠风筝。蝙蝠谐音是"偏福",在中国的传统文化里,代表吉利,莫非偏偏宝琴有福气?

那日,她披着凫靥裘站在山坡上,身后一个丫鬟抱着一瓶红梅,贾母见了,喜不自胜,说这人品配上这梅花,竟比仇十洲的《双艳图》还好!彼时,正是大观园的鼎盛时期,"琉璃世界白雪红梅",也是女儿们的黄金时代——

黛玉穿上了掐金挖云的红香羊皮小靴,罩一件大红羽纱面白狐狸里的鹤氅,束一条青金闪绿双环四合如意绦,头上戴了雪帽,跟宝玉一起踏雪而来,众姊妹则一色的大红猩猩毡和羽毛缎斗篷,都在等他俩呢。他们无忧无虑,谈诗歌,谈人生,赏红梅,烤鹿肉,争联即景诗,雅制春灯谜,上演了大观园最为华彩的乐章。

多年以后,当宝玉"寒夜围破毡,冬月噎酸齑"的时候,他一定会想起这个时刻,琉璃世界白雪红梅,这个冬天,多么暖,多么好。

在曹公的八十回里,宝琴的故事还没来得及展开就结束了。她来了,如蜻蜓掠过水面,如《洛神赋》里的洛神,凌波微步、罗袜生尘,缥缈如仙。

如果定要给她一个结局,我希望她拥有不一样的人生。

这样一个王夫人

　　第七十三回，傻丫头在大观园里玩耍，无意中在假山处捡到一个绣春囊，刚好被邢夫人碰见，她便让陪房王善保家的拿给王夫人看。

　　王夫人又惊又怒，她最怕的就是大观园出现这等不洁之事。正恼怒中，王善保家的趁机插上一刀：太太，园子里的那些丫头们，确实该整治整治了。别的也就罢了，尤其那个晴雯，仗着她长得标致，没事就立起两只骚眼睛来骂人，妖妖趫趫，不成样子。王夫人听了，一下子触动了往事：我上次看见一个丫头，长得"水蛇腰，削肩膀，眉眼儿有些像你林妹妹的"正骂小丫头。我看不上这等狂样子，想必就是她了。

　　便让人去传晴雯。晴雯素日知道王夫人不喜装饰，就没刻意打扮，素面朝天地来了。粗服不掩国色，在王夫人眼里，却是"钗軃鬓松，衫垂带褪，有春睡捧心之遗风"，果然"妖精似的东西"！她冷笑："好个美人！真像个病西施了。你天天作这轻狂样儿给谁看？你干的事，打量我不知道呢！我且放着你，自然明儿揭你的皮！""我看不上这浪样儿！谁许你花红柳绿的妆扮！"

　　句句锋利如刀，把晴雯给骂蒙了，她哭着回到园子里，完全不知道发生了什么。

过完节，王夫人就开始行动了。她先打发了迎春房里的丫头司棋，就来料理怡红院了。宝玉看见周瑞家的强拉司棋走，非常难过，含泪道："我不知你作了什么大事，晴雯也病了，如今你又去。都要去了，这却怎的好。"他没想到，等待晴雯的，将是更残酷的命运。

王夫人命人把病重的晴雯从炕上拉下来，再架出去，只许带几件贴身的旧衣服，把好衣服留下给好丫头穿。接着，又叫把"坏丫头"四儿领出去配人，小戏子芳官等，也不能留着了，便让她们的干娘统统领走。

一场抄检，再加一番清洗，大观园失去了入画、司棋、晴雯、四儿、芳官、藕官和蕊官。

因晴雯本是贾母身边的人，王夫人要对贾母有交代的，她是这样说的：那个晴雯，病不离身，也比别人淘气，人又懒。前儿又病了，大夫说是女儿痨，我就让她出去了。若好了呢，也不必进来，配小子好了。

头头是道，却字字谎言。那个在病中，一夜无眠，挣着命补好宝玉的雀金裘的勇晴雯，简直就是怡红院的劳模！贾母着实纳闷：晴雯这丫头，我看着甚好，模样言谈针线都好，将来也就她可跟着宝玉，谁知竟变了！王夫人回答道：老太太挑中的人自然不错，只是她没造化，得了这病。况且有本事的人，未免就有些调歪。我也先选中她的，但她这人不大沉着。若论"知大体"，还是袭人第一，性情和顺，举止沉稳。

就这样，王夫人三言两语就把晴雯判了死刑，并钉在了道德耻辱柱上：懒、轻浮，外加痨病鬼，运气差，死了活该。

语言能抚慰人，也能杀人。

鲁迅先生在《狂人日记》中说："我翻开历史一查，这历史没有年代，歪歪斜斜的每叶上都写着'仁义道德'几个字。我横竖睡不着，仔细看了半夜，才从字缝里看出字来，满本都写着两个字是'吃人'！"道德不会直接杀人，它总是借助他人之手。而亮出屠刀的，却自以为真理在握，振振有词。

更令人沮丧的是，这些"刽子手"并非十恶不赦的坏人，他们甚至是平常人，是好人。柳妈这样吓唬祥林嫂：再嫁的女人死了以后，俩男人会争夺她，阎王爷就把她锯成两半，分给他们……说这话的时候，她一定觉得自己是在善意提醒。四婶不让祥林嫂触碰供品，也真心认为祥林嫂这个人"不祥"，而非怀揣恶意。

王夫人更是中国好儿媳、好母亲和好妻子，三位一体，完全没毛病。

她敬婆婆，心里也惦记着老太太，总为她着想。湘云请贾母吃螃蟹赏桂花，老太太问：在哪里摆？她答：老太太爱在哪里，就在哪里。吃完螃蟹，她又提醒老太太："这里风大，才又吃了螃蟹，老太太还是回房歇歇罢了。若高兴，明日再来逛逛。"老太太建议大家凑份子，为凤姐过生日，她说："老太太怎么想着好，就是怎么样行。"配药用人参，贾母拿出来的人参因保存太久，失了药性。她另外找宝钗买了一些，又嘱咐："倘一时老太太问，你们只说用的是老太太的，不必多说。"

她是慈母。宝玉放了学，一头扎进她怀里，跟她说话，她摩挲着儿子，爱意满满。宝玉挨打，她抱住贾政的板子，哭着求情：老爷管教儿子，我也不敢狠劝，但也要看看夫妻的情分。你如要勒死他，就先勒死我……字字血泪，更是趴在宝玉身上放声大哭，肝肠寸断。

对其他人，王夫人表现得也很通情达理。黛玉初进贾府，她提醒王熙凤，拿两匹缎子去给林妹妹裁衣服；贾府请妙玉，妙玉清高孤傲，王夫人表示理解：她是官宦小姐，自然骄傲些，那就下个帖子请她吧；刘姥姥第一次来，她出手给了二十两银子，第二次更赏了一百两，让她或做个小买卖或置几亩地，以后别再求亲靠友的。

即便讨厌赵姨娘，但对探春却相当不错。凤姐身体有恙，她安排探春、李纨和宝钗一起掌管大观园的日常事务。探春自己明白："太太满心疼我，因姨娘每每生事，几次寒心……如今因看重我，才叫我照管家务。"凤姐也说："太太又疼他（三姑娘），虽然面上淡淡的，皆因是赵姨娘那老东西闹的，心里却是和宝玉一样。"大太太能做到这一点，是很不容易的，一般人没这度量。

贾家是钟鸣鼎食之族、诗书簪缨之家，规矩多，讲究杂。王夫人上有精明老辣的贾母，下有"顽劣"的儿子，一旁有心怀不满的姐娌邢夫人，还有在角落里咬牙嫉恨的赵姨娘。而贾政，王夫人跟他生了两个儿子和一个女儿，他却更愿意在赵姨娘屋里歇息，跟王夫人没有什么话说……王夫人一个人周旋其间，实非易事。

但王夫人口碑不错。贾母对薛姨妈夸王夫人：你姐姐极孝顺我，不像大太太那样一味怕老爷，在我面前不过应景罢了。还说她："可怜见的，不大说话，和木头似的，在公婆面前就不大显好。"

王夫人还念佛，连刘姥姥都知道她乐善好施。但就是这样一个温和知礼的好人，出手却如此狠辣，可见人性之复杂之幽微。

听见金钏和宝玉说话有点轻浮，王夫人一巴掌打过去，"下作小娼妇，好好的爷们，都叫你教坏了"；看见晴雯这"妖精似的东西"，"好好的宝玉，倘或叫这蹄子勾引坏了，那还了得"！

王国维说：《红楼梦》之为悲剧，并非有哪个蛇蝎之人作弄，是但由"普通之人物、普通之境遇，逼之不得不如是"。每个人都有自己的角色和立场，都有自己的理由。按照这个解释，王夫人最在意宝玉的名声，一心要他走正道，担心他学坏，这也是人之常情。推而广之，像晴雯这样的悲剧，竟不可避免了。因此，在这样的悲剧面前，凡人无能为力。毕竟，人人皆有生之欲，自己的生之欲，往往是他人的地狱。

但欲望不是罪。

欲望是生命的原力，本身无关善恶，可承载人，也可淹没人。可怕的是狭隘，狭隘的人，他们的世界灰暗而单一，充满了道德偏见，往往不容异己。倘若有权力加持，更会"万马齐喑究可哀"，百灵鸟都会停止歌唱。所以才有阮籍穷途痛哭，嵇康广陵绝响。

平庸的好人，做起坏事来往往更可怕，因为他们自以为正确。汉娜·阿伦特曾说，其实那些纳粹的帮凶，也并非生来就坏，他们有的甚至是好人。但"恶是不曾思考过的东西"，他们不能分辨，总是不假思索，还勤勤恳恳地恪守职责，就这样，水到渠成地成了杀人机器的螺丝钉，这就是"平庸之恶"。

曹公为何偏偏让晴雯"撕扇子作千金一笑"？

褒姒裂帛，烽火戏诸侯，一直是"狐狸精"们的罪状，但很少有人去深究其中的真相。美只是美，是最无用的，既杀不了人，也卖不了国。所谓美色杀人，难道不是因为慕色之人，缺乏自制？至于灾祸，难道不是因为男性追逐权力而导致的吗？

曹公是在考验我们，考验我们对生命的理解，是否足够丰富辽阔：夏日的傍晚，一个天真的少女，心无旁骛地撕了把扇子，她和身边的人，都很喜悦，如此而已。如果提升一下，这里面是有人性的自由和解放的。与其绷紧神经，道德加持，不妨代之以审美观照。所以，宝玉说：千金难买一笑，几把扇子能值几何。是的，人总比物重要，人是目的，道德只是手段。

可惜，眼里只有物，只有道德，却看不见人的比比皆是。"粗粗笨笨"的袭人、"一生最看不惯这种人"的王夫人就是，她们看见的是伤风败德，是轻浮，是不成体统。

　　清洗怡红院时，王夫人骂芳官："唱戏的女孩子，自然更是狐狸精了！"在她，戏曲就是淫词艳语，什么"良辰美景奈何天"，什么"纱窗也没有红娘报"，这些，会坏人心智。戏子呢，自然就是"狐狸精"了，会带坏人。你看，她几乎天天看戏，却如此乏味无趣，一点儿艺术细胞也没有。贾母还讲究审美，讲究音乐、装修，满满的生活情趣，但王夫人看戏，只看到了"装丑弄鬼"。

　　一个人内心不自由，怎么能看见美？！

　　袭人无意中听到宝玉对黛玉倾诉衷肠，便吓得魂飞魄散，认为这是丑祸，是不才之事。但她自己却跟宝玉偷试云雨，还躺在床上装睡，引宝玉来玩耍。宝玉挨打后，她跑到王夫人那里，说：论理，二爷也该打！老这么下去，也不像话啊。二爷大了，里头姑娘们也大了，到底不方便，以后要搬出园子才好……这一番话，险些把大观园连根拔起。

　　但她的话，却句句入王夫人的心坎，她们惺惺相惜，相见恨晚。王夫人更是每月拨出二两银子给袭人，坐实了袭人准姨娘的身份。对着薛姨妈，王夫人含泪说：袭人这孩子，比我的宝玉强十倍！薛姨妈也连连点赞：这孩子行事大方，和气里带着刚硬要强，实在难得。但如果她们知道袭人和宝玉的真实关系，会怎么想？

　　眼前只有一条路的人是可怕的。雨果在《九三年》里写西穆尔丹，是那种目光笔直，毫无余地的"正直的人"。而地狱，往往藏在这样的观念里。

　　凤姐喜欢宝玉和黛玉，她还开黛玉的玩笑："你既吃了我们家的茶，怎么还不给我们家作媳妇？"王善保家的对晴雯充满恶意，凤姐却有意回护；还有鸳鸯，无意撞到司棋和潘又安的情事，她虽然又羞又急又怕，却担心司棋为此病倒，偷偷跑去安慰她，让她放心，并发誓不会告诉任何人。

我爱这些温情、自由而辽阔的心灵。

《红楼梦》是人性的世界，而非道德审判台。曹公有上帝之眼和菩萨心肠，下笔一向克制有分寸，即使对赵姨娘这样的人，也少有疾言厉色，总体上保持着客观和冷静。对王夫人，更是如此，下笔格外的谨慎，也格外的温厚。

王夫人痛骂晴雯，他这样解释："王夫人本天真烂漫之人，喜怒出于心臆。"程乙本把这句话删掉了，白先勇先生喜欢程乙本，说删得好，因为"天真烂漫"这个词，用在王夫人身上，不妥。

我宁愿认为，这是曹公特意对长辈留的面子，这里面是有理解，有担待，也有慈悲的。他写宝玉挨了打，王夫人趴在宝玉身上放声痛哭，其情其景，让人倍感心酸。曹公对血缘亲情，总是有体贴，他是典型的中国作家。

但他终究让宝玉写下《芙蓉女儿诔》，发出悲愤的天问："呜呼！固鬼蜮之为灾，岂神灵而亦妒？钳诐奴之口，讨岂从宽？剖悍妇之心，忿犹未释！"金钏、晴雯们受难，宝玉眼睁睁地看着，却无能为力，而那个辣手摧花的，竟是他的母亲！她就这样，亲手撕裂了他的世界，这是怎样的悲哀，怎么的无奈。

他哭着说："我究竟不知晴雯犯了何等滔天大罪！"我们也不知道。

抄检大观园，是荣国府大败落的开始。探春为此痛心疾首：我们大家族，是百足之虫死而不僵，从外头杀来，一时是杀不死的。总是自杀自灭，窝里斗，才会一败涂地。

但王夫人觉得自己是保护儿子。"都是为你好"，"你难道不理解我的苦心"？以爱、以道德的名义进行"谋杀"，大概是最典型的中国式悲剧了。

宝玉说："女儿是水作的骨肉，男子是泥作的骨肉。"可是，他也说：女孩儿未出嫁是颗无价宝珠，出了嫁不知怎么就变出许多不好的毛病儿来，再老了，更不是珠子，竟是鱼眼睛了。这不是鄙视中老年女性群体，也不是女权主义宣言，而是对"一个人怎么就变作两样"的困惑与哀伤。为什么女人沾染了男人的气息，就如此丑陋？

这是清与浊、纯真与世故的对立，也是生命个体内在的悖论。

刘姥姥第一次进荣国府前，曾提起未出嫁时的王夫人："着实响快，会待人，倒不拿大。"彼时，她是王家的二小姐，不是现在的王夫人。从二小姐成为这样的王夫人，也是一个很深的悲剧，那是另一个故事。

第四十八回"慕雅女雅集苦吟诗",是香菱的正传,因薛蟠外出做生意,宝钗带她去大观园住。

来到园里,香菱的第一件事,就是求宝钗教自己写诗。宝钗说:你真是得陇望蜀了!应该先去老太太那儿问候一下,再去园里姑娘们那里串串门,才是正理。宝钗总是那么忙,她的世界挤满了人,人情世故永远是最重要的。

黛玉则一口答应:学诗?好啊,那就拜我为师,我教你。不自谦不推托,立马就给香菱开了参考书目,还画了重点。

大观园的文青队伍,要壮大了。

看黛玉这样当老师:作诗,格调规矩和词句并不重要,关键是立意。如有真意趣,不用修饰辞藻,就好,这叫"不以词害意",黛玉是个好老师,香菱真是喜出望外。

香菱很快读完一本,黛玉让她谈谈感想,她说:"我看他《塞上》一首,那一联云:'大漠孤烟直,长河落日圆。'想来烟如何直?日自然是圆的。这'直'字似无理,'圆'字似太俗,合上书一想,倒像是见了这景的。若说再找两个字换这两个,竟再找不出两个字来。

再还有'日落江湖白，潮来天地青'，这'白''青'两个字也似无理。想来，必得这两个字才形容得尽，念在嘴里到像有几千斤重的一个橄榄。还有'渡头馀落日，墟里上孤烟'，这'馀'字和'上'字，难为他怎么想来！"

宝玉大赞香菱，说她已得诗之"三昧"，正是学诗之才。

"香菱学诗"，可与"黛玉葬花""晴雯补裘""湘云醉卧""探春理家"媲美，是园里最美的风景。彼时，也正是大观园的极盛时期。

香菱接着说："我们那年上京来，那日下晚便湾住船，岸上又没有人，只有几棵树，远远的几家人家作晚饭，那个烟竟是碧青，连云直上。谁知我昨日晚上读了这两句，倒像我又到了那个地方去了。"

这应该是薛蟠打死冯渊，抢走香菱，带她上京的路上。经历了这么多，所遇皆无好人，身边还有一个粗横的"呆霸王"，但香菱还能看见乡村日暮的炊烟，那烟，碧青，连云直上。

香菱真是天生的诗人。

众人赞叹香菱好学，探春更要补一个柬，正式邀请香菱入诗社。黛玉看她得趣，便以"月"为题，定下十四寒的韵，让她写写看。

香菱茶饭无心，坐卧不定，先写下"月挂中天夜色寒，清光皎皎影团团"，黛玉评其措辞欠雅。她苦思冥想，在池边树下，或出神，或抠土，一股子痴劲儿，路人都看呆了。最后她写，"一片砧敲千里白，半轮鸡唱五更残"，大家齐声喝彩，说这首诗真好！原来她苦志学诗，日间没有作出，竟是在梦里得了这八句诗。

古罗马的历史学家塔西佗说过："当你能够感觉你愿意感觉的东西，能够说出你所感觉到的东西的时候，是非常幸福的。"香菱那内心深藏的诗意，终于化成了文字，化成了诗。此时此刻，香菱一定是幸福的吧？

她晦暗的人生，就这样被诗照亮了。

诗是什么？诗是暗夜里的微光，是生命的觉悟。诗能照见人生，救赎自我。这点光，虽然微薄，但足以让生不再卑微，让死不再冰冷。

梁文道介绍过一本叫《被淹没和被拯救的》的书，写"二战"时的集中营。普莱默跟朋友聊天，聊到诗人但丁，情不自禁背诵《神曲》的结尾，却怎么也记不起最后几行。他着急，便跟狱友说，"你们有谁记得，请告诉我，我把我今天这份汤给你们喝，也就是我的血液，让我多活一天的这份血液，我要记起那几行诗"。

要记起那几行诗！要记起那几行诗！诗太重要了，诗让他在"失去文明的世界"里，活得更像一个人，而不是一个待宰的羔羊，一个囚犯。

曹公懂得。他让大观园起诗社：海棠社、菊花诗，写梅花诗，桃花行，咏柳絮词，他让那些美好而纤弱的女儿，一次次欢聚，一次次写诗……他让她们成为诗人，诗让她们闪闪发光，精神世界丰盈而独立，世界从此大不同。而大观园，也从地上的乐园，升华为灵魂的居所。

为了让香菱住进大观园，成为诗人，曹公颇费了一番笔墨：先安排薛蟠对柳湘莲起不轨之心，后者愤怒，狠狠地打了他一顿。薛蟠又狼狈又羞惭，在家呆不住，跑南方做生意去了。这样，香菱才有机会在大观园暂住一段时间。

看香菱如此学诗，宝玉最激动：呀，这样的人原该不俗！老天生人不会虚赋情性的，可见天地至公！

毫无疑问，这是香菱一生中最美好的日子。

香菱本来是甄英莲，《红楼梦》开篇第一回就是她。父亲甄士隐乃乡宦望族，秉性恬淡，对她爱若珍宝，本是现世安稳，岁月静好，一眼可望见未来。但命运似乎专跟甄家过不去——先是元宵节因下人疏忽，英莲被拐，接着因为隔壁葫芦庙和尚炸供，不小心引发了火灾，自家房子全被烧光。虽有几亩薄田，但因水旱不收，鼠盗蜂起，竟无法度日。甄士隐便投奔老丈人封肃，却被嫌弃被算计。到后来，"暮年之人，贫病交攻，竟渐渐露出那下世的光景来"。

如果甄士隐不让仆人带英莲去看灯，如果庙里的和尚炸供时小心点，如果老丈人为人宽厚……但命运不能"如果"。未出事前，甄士隐梦见了一僧一道，他们是命运的使者。甄士隐遇见他们，就如宝玉来到太虚幻境，窥见了命运。然而，我们明白，他们不明白，即使与命运狭路相逢，也懵然无知。

命运总是这样，不是太早，就是太晚。

当癞头僧说："你把这有命无运、累及爹娘之物，抱在怀内作甚？"甄士隐觉得这可真是疯话！僧又念道："惯养娇生笑你痴，菱花空对雪澌澌。好防佳节元宵后，便是烟消火灭时。"然后就不见了踪影。

这就是命运，并不因甄士隐恬淡、英莲可爱就格外温柔，它没有任何理由，只是击中他们，再摧毁他们。

整部《红楼梦》，其实是命运的故事，也是人与命运如何相遇的故事。

英莲长大后，被拐子卖给了冯渊，却因拐子贪心，又同时卖给了薛蟠。前者不相让，后者便强抢。冯渊本来是香菱的希望，却被薛蟠打死。打官司又遇到贾雨村，贾雨村为了巴结薛家、贾家，就胡乱结了案，并不念当年甄士隐厚待自己的旧情。

其实，薛蟠也不是什么大恶人。他只是一个任性的"富二代"，被母亲无原则地溺爱，欲望至上，情感粗陋，是《红楼梦》里的"西门庆"。不，竟还不如西门庆，至少后者尽管秉性刚强，还能取悦女性，在风月场上有一套。在冯紫英家的酒席上，薛蟠把唐寅念成"庚黄"。宝玉提议行酒令，要以女儿的"悲愁喜乐"为题，他念出："女儿愁，绣房里钻出个大马猴"，又唱"一个蚊子哼哼哼，两个苍蝇嗡嗡嗡"，简单粗暴，毫无审美，十足一个"呆霸王"，仿佛李逵闯进了大观园。

英莲再出场，是在第七回了。在周瑞家的眼里，她是一个才留了头的小女孩：好模样，竟有些像东府蓉大奶奶的品格儿！可卿既有宝钗的鲜艳妩媚，又有黛玉的风流袅娜，可见香菱有多美丽。

这时候她叫香菱，没有故乡，没有记忆，只有残酷的命运。

连王熙凤也为她可惜：这个薛呆子，抢来香菱也就新鲜了几天，很快也就马棚风一般了。

但香菱的厄运还没走到头，因为薛蟠后来娶了夏金桂。

曹公写夏金桂："未免娇养太过，竟酿成个盗跖的性气。爱自己尊若菩萨，窥他人秽如粪土，外具花柳之资，内秉风雷之性。"平时斗纸牌、掷骰子，最喜以油炸骨头下酒。嫁过来后，就一肚子鬼主意，一心挟制薛蟠，又折挫香菱——她设下圈套，故意让香菱撞见薛蟠和丫鬟宝蟾偷情，薛蟠羞怒，撵着打香菱。在二人的折磨之下，香菱气怒伤感，竟成了干血之症。

判词说香菱："自从两地生孤木，致使香魂返故乡。"按通常的拆字法，是说夏金桂嫁过来以后，香菱就被她虐待致死了。后四十回续写成：夏金桂下药暗算香菱不成，阴错阳差反毒死了自己。薛蟠感念香菱的好，便把她扶正了，最后她难产而死，给薛家遗下一子。这，成了拍案惊奇，成了善恶有报的世情剧，与曹公的初衷差别太大了。

香菱太悲惨，大概续作者也看不下去了。可是，伟大的作家固然心慈，但下手却一定要狠，因为命运本无道理可讲。

当厄运来临之时，香菱依然那么天真，她对自己的未来一无所知。迎春出嫁了，人去屋空，紫菱洲轩窗寂寞，一片寥落。宝玉正黯然神伤，她笑嘻嘻地来了，拍着手兴奋地告诉宝玉：你二哥哥要娶桂花夏家的姑娘呢！这下可好了，咱们又多了一个作诗的人。

她以为夏金桂也该是大观园里的人，是跟她们一样的人。

倒是宝玉，为香菱担心不已。七十回以后，大观园已经风雨飘摇，桃花社竟不能成，大观园被抄检了，宝钗搬走了，司棋、入画被撵了，晴雯死了，芳官等人出家了，迎春嫁给了中山狼，探春也将要远嫁了……"池塘一夜秋风冷，吹散芰荷红玉影"，大观园就要风流云散了。到"美香菱屈受贪夫棒"，已经是第八十回，贾家也大厦将倾。

对夏金桂，宝玉充满了困惑：也是鲜花嫩柳，与众姊妹一样，何以如此性情？女儿本是水作的骨肉，清净洁白。然而，夏金桂的出现超出了他的经验，撕裂了他的世界。他向王道士求妒妇方，但人心和命运，岂是膏药能贴好的？

那个红着脸微笑着"情解石榴裙"的香菱，那个在书中第一回就惊鸿一瞥的女孩，跟晴雯一起，早早被抛弃，被碾碎。她是那么美，又那么无辜。愈美好愈脆弱，曹公就这样，把美好写到极致，然后再亲手打破。

鲁迅说宝玉"爱博而心劳"，王国维说他想担荷所有苦难，所以日日忧心。是的，他时时刻刻想分担别人的痛苦，蔷薇花下，画蔷的龄官默默哭泣，一旁的他焦虑满怀。要命的是，从金钏到龄官到晴雯到香菱，他眼睁睁地看她们受苦，却无能为力。身为"情僧"，却承受了人世间最丰富的痛苦，这就是他的命运。

《红楼梦》写生命，也写命运。黛玉、宝钗、探春、王熙凤、迎春、晴雯……都有自己的爱与梦，痛与痴，也都被命运的洪流无情裹挟。

问题来了，如果人终其一生要服从命运，被无名力量决定，人存在的理由又是什么？

要有自由意志！看《伊利亚特》里的英雄，他们的命运早就被决定，但还是要举起投枪，死都要做"最勇敢最杰出的人"。是的，生而为人，依然可以在命运的阴影下，活出自由、尊严与美。

所以，在喑哑的时代里，有人敞开了去爱，有人要学诗，看见了美。

夏金桂找碴儿，嫌香菱这名字不通：哼，菱角又有什么香味？香菱说：菱角花有香味的。还有荷叶莲蓬，也有清香的。虽然不比花香，但静日静夜或清早半夜细细去领略，那香味比花儿都好闻呢。就连菱角、鸡头、苇叶、芦根得了风露，那一股子清香，就令人心神爽快。

这是怎样的诗意，怎样的情怀！这就是香菱的诗与远方。整个世界都充满恶意，她还能拥有如此丰富的审美与感受力，香菱真让人心碎。

有的人，顺风顺水，活得却无比粗糙，对美视而不见。

香菱是最不起眼的菱角、苇叶和芦根，低到尘埃里，从不曾进入恢弘的文学世界。但在曹公笔下，她是高贵洁白的女儿，连名字都极尊贵，极清净。

曹公在开篇说：我这书里，不过"几个异样的女子，或情或痴，或小才微善，并无班姑、蔡女之德能"。他念念不忘的女儿们，没有伟大的事迹，也不是道德模范。她们就是她们，已足够美好。这个世界已经有太多丰功伟绩，太多腌臜气味，唯独缺少美，缺少灵魂。

刘姥姥讲"雪地抽柴"的故事，说小姐茗玉，十七岁就死了。后来成了精，梳着溜油光的头，穿着大红袄儿，白绫裙子，早晨在雪地抽柴……宝玉说：这样的人，是虽死而不死的。

是的，所有美好的女儿都是不死的！《红楼梦》是写给所有不死之人的挽歌。

贾政不是假正经

我读中学的时候，课本上节选了《宝玉挨打》。

那个时候，我被告知：贾政打宝玉，是旧势力对新生力量的残酷镇压，集中体现了封建社会的父权。你看，贾政自己夺过板子，"咬着牙狠命盖了三四十下"，板子打下去"又狠又快"，又不听人劝，反说："明日酿到他弑君杀父，你们才不劝不成！"

没毛病，确实可恶！

近年似乎多了点心平气和，再细读这一节，发现这打人者，自己也又痛又泪，简直是遍体鳞伤。而且，打宝玉也算事出有因——先是素无往来的忠顺王府来寻琪官，引出宝玉有"玩戏子"的嫌疑；再有金钏跳井死了，一向待下宽柔的贾家从未有过这类事，贾环又趁机告黑状，说是宝玉强奸未遂，金钏才跳井……而贾政，气得面如金纸，"喘吁吁直挺挺地坐在椅子上，满面泪痕"。

待宝玉一来，便如箭在弦上，不得不发，这"又狠又快"的板子，竟一气呵成了。

宝玉被打得气息奄奄，小衣上全是血痕，王夫人赶来大哭：我已将五十的人只这一个孽障，老爷你要勒死他，就先勒死我！贾政也泪如雨下。贾母颤巍巍地赶来，贾政又是赔笑，又是苦苦叩求认罪。这是"手足耽耽小动唇舌，不肖种种大承笞挞"，所有人都在哭，宝玉也被打了个半死。

王国维根据叔本华的理论，把悲剧分为三种：一是有极恶之人制造的；一是盲目的命运；一是"剧中子人物之位置及关系而不得不然者。非有蛇蝎之性质与意外之变故也，但由普通之人物、普通之境遇，逼之不得不如是"。他认为第三种最可取，即普通人在普通境遇下，出于自然的反应，却相互对立，彼此制造了灾祸。

这场家庭悲剧，无一人有罪。

贾政，是一个气急了的父亲。试想，如今哪个父母能容忍孩子不读书，却"玩戏子"，还侮辱异性呢？

高明的作家，不会人为划分人性的等级，制造善恶对立，而是心怀慈悲，体察每个人的不得已。他只是写下他们的境遇，他们的局限。

再看书中其他的父亲，暴力简直是居家必备。贾赦看上石呆子的古扇，贾琏没买成。贾雨村构陷石呆子下狱，把古扇送给贾赦。贾赦炫耀雨村的本事，贾琏表示：弄得人坑家败业，也不算什么本事。此刻的贾琏，良知闪闪发光，却被贾赦打了一顿，都破了相了。

贾母一行人来清虚观打醮，贾珍嫌贾蓉懒，上来就骂："我这里也还没敢说热，他到乘凉去了。"又喝命小厮去啐他，往他脸上吐口水。后来听赖嬷嬷说起，贾家父亲对儿子粗暴是祖传，除了打骂，贾珍的爷爷性格更是火暴，审儿子像"审贼"一样。

对儿子，贾赦是蛮不讲理，贾珍是人格羞辱。相比之下，贾政对宝玉，就只是误会和隔阂了。

隔阂是必然的。传统的大家庭，父子不只是父子，背后还有坚硬的权力结构——三纲五常，父父子子，更有家国同构，不孝就是不忠，孝顺得好还可以做官。血缘亲情不再单纯，混杂了道德、习俗和制度。父亲有绝对权威，对儿子不仅有处置权，还有所有权。

权力让人傲慢。于是，神州大地，盛产严父。

孔鲤是孔子的独生子，有人问他：您多少也得到过特别的教诲吧？孔鲤讲了两件事——某天，孔子在庭院里，孔鲤恭恭敬敬迈着碎步从他面前走过，被孔子叫住，问他：学诗了吗？孔鲤答，还没有。孔子说，不学诗，就不会说话。孔鲤退而学诗。又一天，孔子又在庭院里，孔鲤又迈着碎步走过，又被叫住问：学礼了吗？孔鲤答，还没有。孔子说，不学礼，就不会做人。于是孔鲤退而学礼。

孔鲤讲完，这人很高兴地说："问一得三。闻诗，闻礼，又闻君子之远其子也。"

"君子远其子"，是说君子对儿子要保持距离，不能溺爱。圣人如此，后人更是纷纷板起脸了。

宝玉去上学，要跟父亲辞行。书中说"偏生这日贾政回家早些，正在书房中与相公清客们闲谈"，意思是宝玉本来希望贾政不在家，却偏偏在。贾政见宝玉来请安，便冷笑道："你如果再提'上学'两个字，连我也羞死了。依我的话，你竟顽的是正理。仔细站脏了我这地，靠脏了我的门！"幸亏有众清客圆场，两个年老的赶紧拉了宝玉出去，不然不知如何收场呢。

宝玉当然怕这样的贾政。只要一听见"老爷叫宝玉"，他就两眼发黑，连林妹妹都顾不上了。

贾母深知这一点，她最疼宝玉。幸亏有她，不然宝玉的人生一定千疮百孔。曹公也深知这一点，第三十七回就让贾政点了学差，外出公干去了，直到第七十回才回来。而这两年多，正是宝玉和姐妹们最美好的年华，也是大观园最鼎盛的时期。这样的时光，父亲一定不能在身边。

不过，贾政虽然是严父，但他紧绷的脸，也是有表演成分的。

"大观园试才题对额"：大观园刚落成，这天，在园子里玩的宝玉，躲闪不及，迎面遇到了贾政和众清客。贾政因私塾先生赞宝玉会对对联，有"歪才情"，便命他跟来。

这一回宝玉倒大放异彩。进门处，众人说"叠翠""锦嶂"，还有"赛香炉""小终南"什么的，宝玉说：此处非正景，不如叫"曲径通幽处"，既留下探景余地，又大方气派。众人大赞，贾政笑道："不可谬奖，他年小。"注意，贾政终于笑了。待宝玉写出"绕堤柳借三篙翠，隔岸花分一脉香"，贾政更是点头微笑。自然，还是要骂："畜生，畜生，可谓'管窥蠡测'矣！"然后又命："再来一个。"

你看，他明明喜欢宝玉的才情，却口口声声骂他贻笑大方，明明想炫耀自己的孩子，却要摆出一副臭脸。

一路下来，倒是照见了这个严父的另外一面——其实，他不暴躁，就是古板了点，嘴硬了点，架子也端得太足。

到了稻香村，黄泥砌的矮墙，墙头是稻草秆茎，还种着几百株杏花，贾政笑道：有意思！未免勾起我归农之意。这话是官场标配，表明自己不迷官、不恋栈，内心也住着一个陶渊明呢。

宝玉脱口说这地方不好，全靠人力穿凿扭捏而成，"远无邻村，近不负郭，背山山无脉，临水水无源"，很像在城市里装模作样地搞"农家乐"。没等宝玉说完，贾政喝道："又出去！"刚出去，又叫回来，凶巴巴地命宝玉再题一联。走到水闸处，宝玉建议叫"沁芳闸"。他又说：胡说！偏不用"沁芳"二字。

话虽这么说，省亲别院所有的门牌匾额，几乎都用了宝玉的提议。

到后来，在第七十六回，黛玉和湘云在凹晶馆联诗，说起凹晶馆和凸碧堂名字的由来："实和你说罢，这两个字还是我拟的呢。因那年试宝玉，因他拟了几处，也有存的，也有删改的，也有尚未拟的。

这是后来我们大家把这没有名色的也都拟出来了，注了出处，写了这房屋的坐落，一并带进去与大姐姐瞧了。他又带出来，命给舅舅瞧过。谁知舅舅倒喜欢起来，又说：'早知这样，那日该就叫他姊妹一并拟了，岂不有趣。'所以凡我拟的，一字不改都用了。"

贾政懂得欣赏黛玉的笔墨趣味，还曾夸奖宝钗博学，并非迂腐之人。

宝玉虽怕贾政，但对这个父亲，也不乏亲情和敬意。宝玉对黛玉发誓，说的是：我的心里，除了老太太、老爷、太太，第四个就是妹妹你了。有时贾政不在家，宝玉路过他的书房，也要下马致敬。

作为一个伟大的中国作家，曹公写大家族的生活，写贾母、贾政和王夫人，温情脉脉，下笔格外亲厚。中国式的家庭，既是伦理，也是情感依托，是可以提供情感庇护和安全的地方。但在西方文化中，"家"没有背负这样的期望。亚里士多德认为"家庭是人们为满足日常生活需要而建立的社会的基本形式"，强调的是功用，而非责任。

传统大家族的父子关系，是一个过于庞大、过于沉重的话题，对当事人来说，这两个角色恐怕都不轻松。

比曹雪芹晚生的裕端，按前辈姻亲转述，说他"身胖头广而色黑，善谈吐，风雅游戏，触境生春，奇谈娓娓令人终日不倦"；好友敦诚说曹公："四十萧然太瘦生"，嗜酒，猖傲，写一手好诗。

不管是胖是瘦，他一定是个有趣的人，这样的曹公，到底会有一个怎样的父亲？也许，贾政身上，多多少少会有他父亲的影子吧。值得一提的是，曹公的父亲，到底是曹颙还是曹頫，至今还无定论。对他，我们知道得太少了。

也有人说，贾政是"假正经"，一个腐儒！俞平伯先生便这样说：偏偏他叫贾政！试想贾字底下什么安不得，偏要这"政"字。贾政者，假正也，假正经的意思。书中正描写这么样一个形象。

他哪里是"假正经"？他是真正经！

在贾家，他最正经，最明白，也最有克制力。

他的哥哥贾赦，袭了爵，一大把年纪"苍白胡子"，还要娶鸳鸯作小老婆，居然还会派邢夫人去说合。贾母训了邢夫人一番，就连袭人和平儿也在背后说："这个大老爷太好色了，略平头正脸的，他就不放手。"贾赦对子女也很不负责，执意要把女儿迎春许给孙绍祖，贾母也懒得管。只有贾政深恶孙家，知其非诗礼名族，劝过两次，可惜贾赦不听。

宁国府里的贾敬，索性到道观里炼丹，后来重金属中毒，死相很难看。贾珍无人管束，闹翻了天。儿媳秦可卿死后，他悲痛万分，一心要用无价之宝"樯木"来装殓。贾政提醒他：此物恐非常人可享者，殓以上等杉木就可以了。但贾珍不听，葬礼是一路奢华到底。

他们都在尽情挥霍，只有贾政最正常，也最憋屈。

贾珍是族长，袭爵的是贾赦。贾政居的只是员外郎，是虚职，又非正经科举出身。而且上有老母，下有"逆子"，贾赦对他还满怀敌意，中秋节贾赦说"偏心"的笑话，已然是当众表示不满了。

贾政不像其他人那样，没脸没皮，放飞自我。《红楼梦》一开始，他就是一个五十岁左右的中年人，按说也正当年，却看他大观园题诗，来到稻香村，说自己有归农之意，纵然有矫情成分，却也看出他的人生确实乏味。

贾政中规中矩，私生活毫无瑕疵，唯一让人不解的，是似乎和赵姨娘的关系比和王夫人的关系还要好些，不由得让人很怀疑他的品位。不过，他也没什么选择——王夫人这块木头，比他还寡淡呢。赵姨娘虽是惹祸精，至少还有一股子奇异的活力。

那贾政日常的生活又是怎样的？不外派闲差的时候，就镇日与清客们应酬往来，贾雨村也经常拜访。每次贾雨村来，贾政都要拉出宝玉来陪客，宝玉不胜其烦。修建大观园，贾政并不参与，书中说他"不惯俗务"。

一脸正经，专攻道德文章，无心事功，这就是儒家读书人了。儒家擅长描画理想和道德模范，喜大言，在事功方面却无甚心得，少建树，再加上对人性有过高的期待，显得过于务虚。所以庄子讽刺儒家，"明乎礼仪而陋于知人心"。

书中说："近日贾政年迈，名利大灰，然起初天性也是个诗酒放诞之人，因在子侄辈中，少不得规以正路。"这实在是我们最熟悉的人——沿着前人的老路，捧着圣贤书，目光笔直，不怀疑，不恐惧，一路走下去。然后人到中年，一事无成，再告诫孩子："什么《诗经》，古文，一概不用虚应故事。只是先把《四书》一气讲明背熟，是最要紧的！"

这是中年的哀歌，也是规矩人的哀歌。

上元节大家制灯谜，他作的是："身自端方，体自坚硬。虽不能言，有言必应。"谜底是砚台，正合他自己的样子。

他也想活泼一下，讲笑话："一家子一个人最怕老婆的。这个怕老婆的人从不敢多走一步。偏是那日是八月十五，到街上买东西，便遇见了几个朋友，死活拉到家去吃酒。不想吃醉了，便在朋友家睡着了。第二日才醒，后悔不及，只得来家赔罪。他老婆正洗脚，说：'既是这样，你替我舔舔就饶你。'这男人只得给他舔，未免恶心要吐。他老婆便恼了，要打，说：'你这样轻狂！'唬得他男人忙跪下求说：'并不是奶奶的脚脏，只因昨晚喝多了黄酒，又吃了几块月饼馅子，所以今日有些作酸呢。'"

大家都笑。又是怕老婆，又是喝洗脚水，这笑话其实是有点恶趣味的，何况贾母、王夫人、邢夫人以及姑娘们都在一旁。

这让我想起西门庆装风雅。那天，西门庆招待蔡御史，悄悄安排了两个妓女，蔡御史不好意思，又不舍得拒绝。西门庆笑曰："与昔日东山之游，又何异乎？"蔡曰："恐我不如安石之才，而君有王右军之高致也。"西门庆把蔡御史比作谢安，蔡御史又拿出王羲之来比西门庆，这太吓人了！谢安和王羲之会死不瞑目的。

无趣的人玩幽默，恶俗的人装风雅，都是事故现场。

有人说，宝玉长大了，会成为贾政。大观园终会烟消云散，每个人也都要告别青春，走向灰暗的中年，从诗酒放诞到俯首认命，学乖了。所以，晴雯不死，会成为赵姨娘，黛玉也会长成宝钗。

但宝玉之所以是宝玉，不是因为他诗酒放诞，青春年少，而是因为他的爱与温柔，因为他的"意淫"，以及在所有美好面前低下头来的谦卑。他喜聚不喜散，从生看见死，洞见繁华世界的另一面，这里面饱含了深情，也充满了丰富的痛苦，这是他的生命哲学。他说：文死谏武死战，最沽名钓誉，看透了道德的把戏和历史的虚妄。而他，也最懂得黛玉的诗意和孤独。

《红楼梦》是一面镜子，有人看见了生活，有人看见了命运，也有人看见了超越自身局限的可能。

加缪有一部小说叫《卡利古拉》。卡利古拉跟人对谈，谈如何看待这个世界。那个人选择顺从这个世界的逻辑，认为应该维护它，粉饰它，并为这个世界辩护。但卡利古拉受不了，他觉得这个世界充满了"血腥味、腐尸味、发烧时的苦涩味"混合起来的味道，他觉得这很"恶心"。

这是他对世界清醒的认知。而我们大部分人，跟贾政一样，都是"那个人"，选择了默默顺从，深信不疑。

宝玉挨打后，黛玉说："你从此可都改了罢！"他回答：你放心，我就是为这些人死了，也甘心。他对黛玉说：我死了，魂也要每日来一百遭。这就是逆子贰臣，至死不改初衷。

宝玉永远成不了贾政，贾政也永远不可能理解宝玉。

宝玉写《姽婳词》。贾政先是嫌第一句粗鄙，又挑剔：已写过"口舌香""娇难举"，何必再堆砌"丁香结子芙蓉绦"？他和众清客一样，只会计较辞藻和叙事，关心用字用句，期待"必另有妙转奇句"，满眼"流利飘荡""绮靡秀媚"。而宝玉写的："何事文武立朝纲，不及闺中林四娘！我为四娘长太息，歌成余意尚彷徨。"这里面的愤怒、同情与惋惜，他并不懂。

贾政其实是后四十回里的甄宝玉。甄宝玉也曾和宝玉一样，后来却深悔年少轻狂，而把显亲扬名视为正业，并称以前的自己是"迂想痴情"。他选择了所谓的"飞路"，按照法国哲学家福柯的说法，这是心甘情愿地被"规训"了。

每个人心中都有一座大观园。大观园终将崩塌，是悲剧。遗忘它，否定它，则是更深的悲剧。

那天，众人在一起过上元节。只要贾政在，宝玉惟有喏喏，湘云也缄口禁言。贾母明白，酒过三巡，便撵贾政去歇息。但贾政不走，赔笑道："今日原听见老太太这里大设春灯雅谜，故也备了彩礼酒席，特来入会。何疼孙子孙女之心，便不略赐以儿子半点？"

贾政是个好儿子，他在跟老母亲卖萌呢。

但接下来，他看小辈们作的灯谜，元春的是"爆竹"，迎春的是"算盘"，探春的是"风筝"，惜春的却是"佛前海灯"。他想：爆竹乃一响即散之物，算盘打动乱如麻，风筝是飘飘荡荡之物，海灯则一味地清净孤独，今乃上元佳节，怎么都是不祥之物呢。待看到宝钗做的"焦首朝朝还暮暮，煎心日日复年年"，更觉得"小小之人作此词句，更觉不祥，皆非永远福寿之辈"。想到这里，倍觉烦闷，大有悲戚之状。

大厦将倾，别人还在醉生梦死，他却从灯谜看出谶语，悲伤无比。

曹公写贾府之衰落，福克纳也写美国南方世家之崩坏，异曲同工。

但福克纳笔下的父亲，往往是暴君，是家族崩溃的重要因素。《押沙龙！押沙龙！》里的父亲，托马斯·斯特潘就是。他的暴虐令人闻风丧胆，在亲人眼里，他是一个"天堂不会要，地狱不敢留"的人。

贾政却是一个好人。

正因为如此，这大厦倾覆、树倒猢狲散的大悲剧，于他，显得格外悲凉。他主动告别过去，死过一次，也没换来好结局。最后"落了片白茫茫大地真干净"，宝玉还有爱与美的记忆，而他，却空空如也。

这真是一个悲哀的故事。

程乙本干了什么

《红楼梦》这本书，不止后四十回掺杂不清，笔墨官司众多，还有好多不同的版本。

1791年冬天，一百二十回活字印刷的程甲本问世，取代了之前流传的脂评手抄本，同时添了后四十回。但仅两个月之后，又出现一个程乙本，程乙本前言说："因急欲公诸同好，故初印时不及细校，间有纰缪。今复聚集各原本详加校阅，改订无讹，惟识者谅之。"意思是，初版出得太急，未免有纰漏，这次我改好了，请行家鉴赏。

问题是，程乙本不仅修改了后四十回，还对前八十回进行了一番修缮。改续书也就罢了，反正自己改自己的。但修改前八十回曹公的原稿，据有心人统计，改了将近两万字！而且自言改得不错，这就要好好商榷一下了。

那么，到底改得好不好呢？读者自有发言权。

白先勇先生特别喜欢程乙本，在他的新书《细读红楼梦》里，经常拉出庚辰本和程乙本"找不同"。总是痛扁庚辰本，说其不通、不对、不好、写坏了。我的看法正相反，是程乙本写坏了。现在就抓几个典型，大家一起参详。

第一回就被改得面目全非。大家知道，庚辰本里的顽石，是女娲补天剩下的一块通灵石，被弃大荒山无稽崖青埂峰下，鲜明莹洁，且又缩成扇坠大小，被经过的一僧一道带走，让他去那花柳繁华地去见识一番。注意，此处惟有甲戌本多出几百字，写顽石正自嗟自叹，一僧一道经过，大谈红尘中事，顽石想见识一番。一僧一道便念动咒语，把顽石缩成扇坠大小，便于携带。

而神瑛侍者，则住在西方灵河岸上的赤霞宫，无意中浇灌了三生石畔的绛珠仙草。这仙草得以长大，修成女体，内心郁结缠绵不尽之意。闻听神瑛侍者在警幻仙姑处挂号下凡历劫，她也要一起去，把一生的眼泪还他。就这样，贾宝玉和林黛玉的前身分别是神瑛侍者和绛珠仙草，宝玉出生时嘴里含的美玉，便是通灵石头。

庚辰本和甲戌本的线索很清晰。石头是石头，神瑛侍者便是神瑛侍者。

但程乙本，却把顽石和神瑛侍者合二为一。青埂峰下的顽石，自行缩成扇坠大小，自己到处游玩，到太虚幻境串门，被警幻仙子赐名神瑛侍者，留在赤霞宫。神瑛侍者见三生石畔的"绛珠仙草"，"十分娇娜可爱"，便日以甘露灌溉。接下来的故事，便与庚辰本一致。

这就乱了。首先，宝玉的前世是顽石还是神瑛侍者？如果顽石和神瑛侍者是一个人，那宝玉出生时嘴里含的美玉，又是啥？自己含自己出世么？其次，既然顽石可以四处溜达，自己都能去太虚幻境，又何需一僧一道做中介呢？真是一笔糊涂账。

还有，程乙本的顽石，非主动要求下凡历劫，而是被动的，被一僧一道携带下凡。主动还是被动，差别很大——前者是自我选择，后者是被动应对。最后，程乙本写神瑛侍者因为绛珠仙草，生得"十分娇娜可爱"，遂以仙露浇灌。庚辰本并没写仙草"娇娜可爱"，神瑛侍者是无意中随手浇灌，一切都是偶然，没有理由。

你更喜欢哪个设置？我个人更喜欢庚辰本和甲戌本。爱情不需要理由，神瑛侍者之所以要浇灌绛珠仙草，不是因为她可爱，而是因为她就在那里，这就是缘分。

被程乙本动了手脚的，还有一些细微处。

"宝钗借扇机带双敲"一回，宝玉问宝钗怎么不去看戏，宝钗嫌热，宝玉便说："怪不得他们拿姐姐比杨贵妃，原来也体丰怯热。"程乙本改成："怪不得他们拿姐姐比杨妃，原也富胎些。""富胎"真的比"体丰怯热"好么？我猜宝钗更接受不了"富胎"。

第二十九回"清虚观打醮"，张道士见贾母，寒暄一番，又叹道：我看哥儿的形容身段，跟当日国公爷一个稿子！"说着两眼流下泪来。贾母听说，也由不得满脸泪痕。"程乙本是这样的："说着，两眼酸酸的。贾母听了，也由不得有些戚惨。"

类似改动不少，程乙本似乎更喜欢口语。事实上，《红楼梦》前八十回的对白，十分符合人物的性格和身份。主子有主子的气派，下人有下人的语法，宝玉和众姐妹也都有自己的话语体系，又雅致，又灵气，有时也旁逸斜出，但都不失贵族的身份和教养。

第八回的回目，庚辰本是"比通灵金莺微露意，探宝钗黛玉半含酸"，程乙本是"贾宝玉奇缘识金锁，薛宝钗巧合认通灵"，哪个更贴合内容？这个且不说，正文写宝钗看宝玉的美玉，念上面的"莫失莫忘，仙寿恒昌"，一旁的莺儿说：听着跟姑娘金锁上的字是一对儿呢！宝玉便要看，果然，金锁上写"不离不弃，芳龄永继"。正在这时，"黛玉摇摇的走过来"，程乙本改成"黛玉摇摇摆摆的走过来"。恕我愚钝，我实在不能接受"摇摇摆摆的黛玉"！胡适先生也忍不住许道："原文'摇摇的'是形容黛玉的瘦弱病躯。竟改为'摇摇摆摆的'，这竟是形容詹光、单聘仁的丑态了。"

第三十五回，玉钏给宝玉送荷叶莲蓬汤，看见宝玉，玉钏是"满面怒色"，程乙本改为"满脸娇嗔"！因姐姐金钏之死而对宝玉不满的玉钏，此时居然撒起娇来，这是怎么回事？

宝玉挨了打，袭人去见王夫人。推心置腹进言一番，王夫人大为感动，最后表态："我就把他交给你了，好歹留心，保全了他，就是保全了我。我自然不辜负了你。"程乙本怎么改的？"我索性就把他交给你了，好歹留点心儿，别叫他糟蹋了身子才好。自然不辜负你。"糟蹋了身子！身为贵族的王夫人说话会如此粗直？后四十回的黛玉也这样，喊着："我这里并没亲人，我的身子是干净的。"一口一个身子，哪里是黛玉？

众人去清虚观打醮，在大门口坐车，程乙本多了一段："那街上的人见是贾府去烧香，都站在两边观看。那些小门小户的妇女，也都开了门在门口站着，七言八语，指手画脚，就像看过会的一般。之间前头的全副执事摆开，一位青年公子，骑着银鞍白马，彩辔朱缨，在那八人轿前领着那些车轿人马，浩浩荡荡，一片锦绣香烟，遮天压地而来。却见鸦雀无声，只见车轮马蹄之声。"

作者自以为写出了富贵阵势，可是，远不如"宝玉骑着马，在贾母轿前。街上人都站在两边"，这是不写之写，是留白，留出想象的余地。其实，如此热闹的大场面，吃瓜群众不能抢戏。而且最后两句跟描写秦可卿葬礼如出一辙："浩浩荡荡，压地银山一般从北而至。"曹公从没有这样的重复之语。

这些也就罢了，实在计较不过来。但有些地方改的，不仅形变了，连意也走样了，神也散了。

秦可卿死后，众人送葬到铁槛寺，在一个小村庄里休憩。宝玉见炕上有个纺车，他不认识，又好奇，便上手拧转。一个十七八岁的村庄丫头跑了来乱嚷：别动坏了。"宝玉忙去开手，陪笑说道"：我没见过这个，所以试试。被女孩子呵斥，还要赔笑脸，这就是宝玉。

但程乙本改成"宝玉也住了手，说道"，宝玉的笑脸不见了，修改者难道不知道宝玉见了女儿，一向是低头赔笑，温柔至极么？

话说二丫头被家人叫走了，宝玉怅然无趣。待众人要启程，庄妇来叩赏。"宝玉却留心看时，内中并无二丫头。一时上了车，出来走不多远，只见迎头二丫头怀里抱着他小兄弟，同着几个小女孩子说笑而来。宝玉恨不得下车跟了他去，料是众人不依的，少不得以目相送，争奈车轻马快，一时展眼无踪。"

程乙本改成："宝玉留心看时，并不见纺线之女。走不多远，却见这二丫头，怀里抱着个小孩子，同着两个小女孩子，在村头站着瞅他。宝玉情不自禁，然身在车上，只得眼角留情而已。一时电卷风驰，回头已无踪迹了。"

你觉得哪个更符合宝玉的形象？

二丫头如此爽利，如此灵动，宝玉觉得这真好，这只是审美、欣赏和眷恋，就像在袭人家里，看见"穿红"的女孩便念念不忘一样。妙在对方对宝玉也并不特别留意，更谈不上留情，她有她的小兄弟、小姐妹，她有她的生活，二人擦身而过，互为生命中的过客，这样就足够好。

到了程乙本，二丫头瞅着宝玉，宝玉又瞅着二丫头，又是情不自禁，又是眼角留情……这是要闹哪一出，莫非又是一对秦钟和智能？

还有，凤姐到底有没有作风问题？总有人说她跟贾蓉有问题，我一直不明白这看法从何而来，后来看了程乙本才知道，原来是程乙本在搞鬼！

第六回"刘姥姥一进荣国府"，凤姐正跟刘姥姥寒暄，贾蓉来借玻璃炕屏，凤姐跟他说了几句话，贾蓉告辞，凤姐又喊他回来——"贾蓉忙复身转来，垂手侍立，听阿凤指示。那凤姐只管漫漫的吃茶，出了半日的神，又笑道：'罢了，你且去罢。晚饭后你来再说罢。这会子有人，我也没精神了。'贾蓉应了一声，方慢慢的退去。"

程乙本改成："贾蓉忙回来，满脸笑容的瞅着凤姐，听何指示。那凤姐只管慢慢吃茶，出了半日神，忽然把脸一红，笑道：'罢了，你先去罢。晚饭后你来再说罢。这会子有人，我也没精神了。'贾蓉答应个是，抿着嘴儿一笑，方慢慢退去。"

程乙本这么改，是想把凤姐和贾蓉的关系搅浑呢。但凡有贾蓉和凤姐的对手戏，他都让凤姐不管不顾、语带暧昧，脸红了又红，全不顾旁边还有刘姥姥，有一群丫鬟婆子。说好的贵族体面呢？

还有"苦尤娘赚入大观园，酸凤姐大闹宁国府"，凤姐把尤二姐哄骗到荣国府，安顿好，就来宁国府找尤氏和贾蓉的碴儿来了。贾蓉当初一力撺掇，尤氏虽觉得偷娶尤二姐不妥，但她人微言轻，没人听。凤姐来者不善，又是哭，又是骂，又是装可怜，尤氏哭着认错，贾蓉更是磕头不绝，自己打自己耳光，丑态百出。出够了气，凤姐还得了五百两银子，顺水推舟当了好人，说自己会好好招待尤二姐。尤氏和贾蓉一齐笑说："到底是婶子宽洪大量，足智多谋。等事妥了，少不得我们娘儿们过去拜谢。"

程乙本当然不会放过这个机会，不仅让凤姐看贾蓉示弱，就一下子心软了。而且最后还来了这么一场："凤姐儿道：'罢呀！还说什么拜谢不拜谢！'又指着贾蓉道：'今日我才知道你了！'说着，把脸却一红，眼圈儿也红了，似有多少委屈的光景。贾蓉忙陪笑道：'罢了！少不得担待我这一次罢。'说着，忙又跪下了。凤姐儿扭过脸去不理他，贾蓉才笑着起来了。"

凤姐杀气腾腾，对着二人哭骂一场，最后居然又是脸红，又是眼圈儿红，又是委屈，又是扭脸：这是撒娇调情呢！而且当着尤氏和众人的面！

我要为凤姐抱不平！

有一次贾琏对平儿发狠抱怨："他防我像防贼的，只许他同男人说话，不许我和女人说话……他不论小叔子侄儿，大的小的，说说笑笑，就不怕我吃醋了。"平儿却说："他醋你使得，你醋他使不得。他原行的正走的正。"平儿懂凤姐，至少比程乙本作者懂。

凤姐的世界那么大，她要的是权势，是金钱，是众星捧月，是被人景仰，她是女王大人，哪有时间去想那些乱七八糟的事！何况，上看下看，贾家的男性，更无一个是男儿，她能看上谁？

再说了，她看得上贾蓉？才怪！在贾家的男性群体里，贾蓉最没品行，最没贵族气质——不是替凤姐捉弄贾瑞，抽空还敲了五十两银子的竹杠，就是趁着筹建大观园，干"大有藏掖"的事，在尤二姐面前更是没皮没脸，人品猥琐、言语下流，连旁边的丫头都看不下去。何况，贾蓉还是她闺蜜秦可卿的老公！

即使看得上贾蓉，也不至于当众调情吧？她是"凤辣子""泼皮破落户"，公然邀请宝玉叔嫂同车。如果这就是她不检点的证据，那阮籍就一定跟他嫂子有私情。"阮籍嫂尝还家，籍见与别，或讥之。籍曰：'礼岂为我辈设也！'"对风言风语者，凤姐一定跟阮籍一样，赏个大白眼。

程乙本为什么处心积虑地要坐实凤姐和贾蓉的事？因为他眼中的凤姐，一定跟贾蓉有问题！这跟《世说新语》里的"或"即"旁人"没什么区别，看热闹嚼舌头的吃瓜群众罢了。

还有，两次都写凤姐"脸一红"，这词汇是不是有点贫乏，有点单调？后四十回也是这样——不是"脸红"，就是"放声大哭"，就是"一跺脚"，黛玉也"脸红"，五儿也"脸红"，袭人也"脸红"。宝玉、凤姐都"放声大哭"。贾政、宝玉、贾琏、凤姐都"一跺脚"……处处捉襟见肘。

看看前八十回，"蜂腰桥设言传心事"，写小红故意邂逅贾芸："那贾芸一面走，一面拿眼把红玉一溜；那红玉只妆着和坠儿说话，也把眼去一溜贾芸：四目恰相对时，红玉不觉脸红了，一扭身往蘅芜苑去了"。连个小丫头都这么灵动，没有比较就没有伤害。

文字呈现的人物举止、言谈，只是人性的冰山一角，重要的是藏在水面以下的部分。那幽微的内部世界，才是弗洛伊德所说的人性的"深渊"，这深渊有多深广，人性就有多丰富。曹公的笔，是钻头，马达强劲直抵深处。在他笔下，人人复杂多面、独一无二——凤姐是凤姐，小红是小红，绝不雷同。程乙本明显笔力不济，对人性的理解，太表面。

这是力所不逮，有时又涉嫌用力过猛。

第七十四回"抄检大观园"，众人来到怡红院，袭人乖乖地拿出自己的箱子让众人搜检，正想替晴雯打开，只见"晴雯挽着头发闯进来，'豁'一声将箱子掀开，两手捉着，底子朝天，往地下尽情一倒，将所有之物尽都倒出。王善保家的也觉没趣，看了一看，也无甚私弊之物"。

而程乙本则多了一堆话："王善保家的也觉无趣，便紫胀了脸，说道：'姑娘，你别生气。我们并非私自就来的，原是奉太太的命来搜查；你们叫翻呢，我们就翻一翻，不叫翻，我们还许回天天去呢，那用急得这个样子！'晴雯听了这话，越发火上浇油，便指着他的脸说道：'你说你是太太打发来的，我还是老太太打发来的呢！太太那边的人我也都见过，就只没看见你怎么个有头有脸大管事的奶奶！'"

后面还有一段凤姐暗喜，王善保家的又羞又气，凤姐又劝王善保家的赶紧走之类的话，啰里啰唆，懒得贴了。

有人认为程乙本改得好，让晴雯说这一段话，更彰显晴雯的火暴脾气和反抗精神。白先勇先生就这么认为。

我觉得这是对晴雯的误解。晴雯确实是爆炭脾气，一点就着，但她不是缺心眼没教养。她是老太太欣赏的人，在公共场合，她知分寸懂进退，嘴贱舌毒也只在怡红院里。你看，王夫人之前派人把她喊过来，面对王夫人的一腔无名恶意，她的对答算是有理有节，应对得很机智。抄检之时，怎么可能不管不顾，自撞枪口！

晴雯和王善保家的话都太多了，啰啰唆唆地各自解释动机。其实，这是作者在不停地解释，生怕我们看不懂。高明的作家，是金庸笔下的黄药师，从不屑于解释，只冷冷地说："就是我杀的！怎么样？"这才是高手。

最后再看几个小例子。庚辰本第七十回："如今仲春天气，虽得了工夫，争奈宝玉因冷遁了柳湘莲，剑刎了尤小妹，金逝了尤二姐，气病了柳五儿……"程乙本改成："争奈宝玉因柳湘莲遁迹空门，又闻得尤三姐自刎，尤二姐被凤姐逼死，又兼柳五儿自那夜监禁之后，病越重了。"

第三十一回，晴雯跌碎了扇子跟宝玉拌嘴，袭人过来和稀泥，晴雯说："因为你服侍的好，昨日才挨窝心脚；我们不会服侍的，到明儿还不知是个什么罪呢！"程乙本改成："因为你伏侍得好，为什么昨儿才挨窝心脚啊！"

第六十回，赵姨娘来骂芳官，芳官不干了，叽里呱啦地顶回去，最后说："我又不是姨奶奶家买的。'梅香拜把子——都是奴几'。"程乙本却在后面加了一句："罢咧！这是何苦来呢！"

我就不评了。各位朋友，你们认为改得如何？

小谈《红楼梦》的
后四十回

　　我还记得，小时候读的第一本《红楼梦》，是人民文学出版社的一百二十回本，封面是绛红色的，写着作者是曹雪芹、高鹗。多年以后才知道，原来后四十回并非曹公所著，而是高鹗续作。现在想想，未经原作者允许，便署上自己的名字与原作者并列，真是有点奇怪。

　　因为史料匮乏，后四十回到底是否续书，以及续作者是否是高鹗，都是众说纷纭，成了难解的谜案。这种考证事体，一言难尽，不如先抛到一边，回到文本本身，只看作品，因为文字会吐露很多秘密。

　　张爱玲是资深红迷，她说，自己读到第八十一回"占旺相四美钓游鱼"的时候，便觉"天日无光，百般无味"，仿佛进入了"另一个世界"。待知道这是高鹗续书之后，她忍无可忍："《红楼梦》未完还不要紧，坏在狗尾续貂成了附骨之疽。"愤怒之情溢于言表。

　　前八十回和后四十回，阅读落差，比比皆是。续书里的人物，个个失去了光彩，性格大变，言语乏味，举止无措，趣味尽失。

　　比如宝玉，在续书里居然给巧姐讲《列女传》，大谈列女的节与烈，还认认真真地跟贾代儒交流"忠孝节义"之心得，讨论做八股文的技巧。跟姐妹们说话聊天，不是胡说八道，就是呆头呆脑，还动不动就放声大哭……对生命、情感、灵魂了无兴趣，也没了感悟力和同情心。这还是宝玉吗？明明被抽去了脊梁骨，连"翩翩浊世佳公子"都称不上。而那个赞许黛玉"从不说混账话"，批评"文死谏武死战"是沽名钓誉，对所有美好的生命，都情深义重的宝玉，永远定格在了第八十回。

俞平伯先生说："高氏的失败，不在于'才力不及'，也不在于'不细心谨慎'，实在因两人性格嗜好的差异。"（《红楼梦辨》）曹雪芹把宝玉拉出学堂，送进大观园，高鹗又将宝玉从大观园拽到学堂，最后还让他中了举。之所以出现如此悖谬的情况，是因为曹雪芹与高鹗二人的环境、心境、思想、情感及文学功力手段，相去甚远也。

跟前八十回相比，后四十回的用词显得很贫乏。人物的行为举止，不是大哭、跺脚、脸红，就是咬牙、生气、笑嘻嘻，千篇一律。

有些桥段，也刻意摹写前八十回。比如，前有探春写了一副花笺给宝玉，提议开诗社，续书就有宝钗给黛玉写信；前有清虚观打醮张道士提亲，续书就有清客给宝玉提亲，对方居然希望宝玉倒插门，这也太小看贾家了吧；前有贾环故意使坏，用蜡油烫伤了宝玉的脸，续书就有贾环去探望生病的巧姐，把药锦子打翻，被凤姐骂……不只是情节雷同，作为一个贵族少奶奶，凤姐要亲自给巧姐煎药，贾环还主动来看巧姐，"双眼乱看双手乱动"。前八十回贾环看见凤姐，像老鼠见了猫，哪里还主动送上门来，还"双眼乱看双手乱动"呢。

细微处见功夫，细节里有神灵。后四十回的细节，粗陋甚至缺乏常识，禁不起推敲。

而贾家复兴、凤姐之死、湘云守寡、妙玉被污等情节，更是穿凿附会、乌烟瘴气。气得俞平伯在给顾颉刚的信中说，高鹗"与雪芹的性格差得太远了，不适宜续《红楼梦》"。

后四十回，不仅让宝玉从空灵高贵的精神国度，直接跌入了世俗，连大观园的女儿们，也纷纷失去了个性和灵气，从"珍珠"变成了"鱼眼睛"。

黛玉开始大谈"况且你要取功名，这个也清贵些"，宝玉听着很不入耳。她不再是那个聪明剔透的绛珠仙子，变得总是挂念跟宝玉的婚事，梦里也向宝玉逼婚，搞得宝玉要挖出心给她看。还打旋跪在贾母面前，求老太太成全自己……读着让人气闷，有摔书的冲动。

且看"宴海棠贾母赏花妖"，枯死的海棠又开了花，众人皆内心狐疑，惟有黛玉喜气洋洋地说："当初田家有荆树一棵，三个弟兄因分了家，那荆树便枯了。后来感动了他弟兄们仍旧在一处，那荆树也就荣了。可知草木也随人的。如今二哥哥认真念书，舅舅喜欢，那棵树也就发了。"黛玉能说出这样的话，真是白日见鬼。

前八十回的黛玉有如藐姑射仙人，飘逸超卓，有如洛神，凌波微步，全是意态，全是气韵。曹公本来特别爱描写人物的衣饰，写宝玉，写凤姐，写宝钗，不厌其烦地铺陈他们的头饰、衣袖和花色。但对黛玉的穿着，曹雪芹却惜墨如金，只有"琉璃世界白雪红梅"那一回，写"黛玉换上掐金挖云红香羊皮小靴，罩了一件大红羽纱面白狐狸里的鹤氅，束一条青金闪绿双环四合如意绦，头上罩了雪帽"，虽有"金""红"杂于其中，但无一丝一毫的俗气，只觉明艳动人。

但在续书里，黛玉成了这样的："略换了几件新鲜衣服，打扮得宛如嫦娥下界，含羞带笑的出来见了众人"，"身上穿着月白绣花小毛皮袄，加上银鼠坎肩；头上挽着随常云髻，簪上一支赤金匾簪，别无花朵；腰下系着杨妃色绣花锦裙。真比如：亭亭玉树临风立，冉冉香莲带露开"。

读到"略换了几件新鲜衣服"，一股寒酸之气扑面而来。戴金饰、穿杨妃色锦裙的黛玉，这画面太美，我不忍看。前八十回，曹公在细节上，比如衣饰、住处绝不马虎。戴着赤金盘螭璎珞圈，"彩绣辉煌，恍若神妃仙子",一定是凤姐;穿着"蜜合色棉袄,玫瑰紫二色金银鼠比肩褂,葱黄绫棉裙,一色半新不旧,看去不觉奢华",自然是宝钗。葱黄、蜜合色和杨妃色,这色系属于宝钗。"凤尾森森,龙吟细细"的潇湘馆正配黛玉;"异香扑鼻,奇草仙藤愈冷愈苍翠"的,必是宝钗住的蘅芜苑;而栽着梧桐,三间屋子不曾隔断疏阔的秋爽斋,是探春住的;宝玉的怡红院,则像天宫一样,"锦笼纱罩,金彩珠光,连地下踩的砖,皆是碧绿凿花"。

在后四十回里,贾家这个"钟鸣鼎食、诗礼簪缨"的世族大家,再也没有了以前的讲究和气度。别的不说,单单饮食,也会闹出意想不到的低级笑话来。

第四十回里大名鼎鼎的"茄鲞",让刘姥姥大为惊叹:这是茄子?别骗我了!待听到王熙凤说这茄鲞的做法:把茄子皮儿削了,茄肉切成丁,用鸡油炸了,再用鸡脯肉并香菌、新笋、蘑菇、五香腐干、各色干果子,都切成丁,用鸡汤煨干,将香油一收,外加糟油一拌,放在瓷罐子里封严,要吃的时候,拿出来,用炒的鸡瓜一拌就是。

刘姥姥听完,便摇头吐舌道:我的佛祖!这茄子要用十几只鸡去配它,难怪是这个味道!

台湾的蒋勋在《蒋勋读红楼梦》一书中,说他到朋友家做客,一道菜叫"老豆腐",平平常常,吃起来却醇厚香甜,特别好吃。一问才知,原来这豆腐要和鲍鱼等山珍海味一起,文火煲四十八小时,最后弃海味只留豆腐。茄子、鸡和老豆腐、鲍鱼这些原料,不算罕见,但烹调的过程却需要想象力。贵族饮食之精,并不在于食材有多珍贵,而是在于制作过程的复杂与精妙。

第八十七回黛玉病体欠安,紫鹃让厨房精心准备了饭菜,先是一碗"火肉白菜汤",还在汤里加了"一点儿虾米,配了点青笋紫菜"。事实上,但凡有点美食常识的,都知道青笋、紫菜和白菜配起来并不美味。紫鹃可能觉得一碗汤太简单素净了，还"熬了一点江米粥"。黛玉担心厨房弄得不干净，紫鹃安慰姑娘说没事，是我亲眼看着她们做的，又提议："还有咱们南来的五香大头菜，拌些麻油、醋可好么？"饶是这样，黛玉还说："只不必太累赘了。"

火肉白菜汤、江米粥、五香大头菜，荣国府的饮食是如此亲民接地气！可是，咱再接地气也得尊重饮食的常识啊：谁的晚饭会一碗汤再加一碗粥呢。

好怀念前八十回里的美食！只说汤，就有"酸笋鸡皮汤""荷叶莲蓬汤""虾丸鸡皮汤""碧粳粥""鸭子肉粥"……再看一个丫头的午饭，是厨房柳嫂子给怡红院的芳官送来的"一碗虾丸鸡皮汤，一碗酒酿清蒸鸭子，一碟腌的胭脂鹅脯，还有一碟四个奶油松瓤卷酥，并一大碗热腾腾碧荧荧蒸的绿畦香稻粳米饭"，芳官见了却说："油腻腻的，谁吃这些东西！"

这就是差距。

有人说："既然高鹗续的这么差，为什么还一直流传至今？"

答案很简单，因为完整更好。尤其是国人，不仅喜欢大团圆结局，而且接受不了残缺。所以续者纷纷铆足了劲，要全璧之美，《后红楼梦》《红楼复梦》《红楼后梦》《红楼补梦》……据说有一百多部。

这些续书的结局，几乎都是皆大欢喜。宝玉没出家，黛玉、鸳鸯们根本都不必死。就连在前八十回里已经死去的金钏和晴雯，续书作者也有办法让她们复活，让宝玉都娶了，尽享齐人之福，简直成了土皇帝。贾家自然也不会败落，不仅家道中兴，有的书还让贾家再攀财富和名望的高峰。在一本续书里，黛玉继承了巨额遗产，国家危难之际，她全部捐出，被朝廷嘉奖，摇身成了诰命夫人，宝玉也跟着沾了光。

这么一比，高鹗的续书还算不错的呢。

再骂骂《红楼梦》后四十回

　　日前，读了白先勇先生的《细读红楼梦》。白先生是著名小说家，也是世家弟子，酷爱昆曲，审美必然不俗，对《红楼梦》的许多见解，也非常精辟。

　　但让我百思不得其解的是，他极其推崇程乙本，一有机会就痛批庚辰本。而且，他居然盛赞后四十回，认为有些地方比前八十回还精彩，甚至认定后四十回应该是曹雪芹的原稿，并非高鹗续写，因为写得很成功。

　　他谈及张爱玲对后四十回的愤怒，曾反问道："续书之说"还未出现时，为何没人看出来是续书？也没人质疑后四十回的文学价值？而一旦"续书之说"出炉，大家才纷纷发现不对头？

　　其实也不难解释。自《红楼梦》问世，就很少有人去关注它的文学价值。大多数读者，或把它当成家世忧愤之作，忙于从书里查寻爬梳曹家真事以及宫廷历史；或热衷于猜测书中人物的原型，把一部伟大的虚构作品看成对现实的复制，一心要把小说拉回地面。

　　但白先生还说，后四十回的文字与前八十回不同，是因为：前八十回，写的是贾家之盛，自然文字华丽，而后四十回写贾家之衰，文字自然萧疏。问题是，这并不是华丽与萧疏的不同，而是思想境界与文字功力的差异。借用刘姥姥的话：瘦死的骆驼比马大，拔一根汗毛，比我们的腰还粗呢。可是，后四十回的整个框架已经朽坏，根本不是骆驼，而是绵羊了。

在第五回，曹公已经剧透：为官的，家业凋零；富贵的，金银散尽……好一似食尽鸟投林，落了片白茫茫大地真干净！在开篇，也通过甄士隐详解《好了歌》，为整部书定下了浓厚的悲剧调子。

可是，在续书里，只有宁国府和贾赦获罪被抄家，荣国府根基未动，而且圣上还恩赐贾政袭爵，后来还家道中兴了，有兰桂齐芳之盛。至于白先勇盛赞的"黛玉之死"和"宝玉出家"，确实应该赞一下续书作者，居然能让黛玉死，让宝玉出家，还算是悲剧。相比之下，有些续书，让宝玉妻妾成群，把能娶的都娶了，有的续书还让金钏、晴雯复活了，更可怕。

但是，"黛玉之死"和"宝玉出家"仍是败笔。

我在《黛玉的明媚与哀愁》一文中，说"林黛玉焚稿断痴情"，太过刻意，冲突太鲜明——一边是宝玉和宝钗结婚入洞房，一边是黛玉焚稿惨死，有太强的戏剧性，不符合前八十回含蓄隽永的美学格调。而且黛玉之死，写得很惨，与其说是悲剧，不如说是惨剧——让读者痛掉眼泪，恼恨"调包计"的始作俑者狼外婆贾母和王熙凤，无暇反思，去探求更内在的悲剧之因。

真正的悲剧，应该引发深沉的思考，而非只激发眼泪与愤怒。

至于"宝玉出家"，续书硬让宝玉与宝钗圆了房，中了举，临走还留下一个遗腹子！续书作者，念念不忘的还是世俗道德——出家可以，取个功名先，留下血脉先，不孝有三无后为大嘛。然后再让宝玉披着大红斗篷，在船头上拜别贾政，红红白白的，有很强的画面感。我不知道这算不算精彩，总觉得宝玉出家这一幕，拖泥带水，莫名有种戏剧感和喜剧感。

不知为什么，续作者特别喜欢写宝玉和宝钗的闺房之乐：让宝玉呆呆地看宝钗梳头，还专门让秋纹跑去叮嘱宝钗："别在风地里站着！"惹得贾母、凤姐还有一干老婆子丫头都笑。还让王熙凤看着宝玉和宝钗相敬如宾恩爱缠绵，联想到贾琏，自怨自伤起来。

这真符合"空对着山中高士晶莹雪，终不忘世外仙姝寂寞林"吗？王熙凤的形象，也变得又蹊跷，又猥琐起来。这个彪悍自信、见识不凡的女人，在续书里，变得铁石心肠，疑神疑鬼，婆婆妈妈，嘀嘀咕咕，竟成了邢夫人之流。而贾母呢？也变成狼外婆了。

黛玉刚死，贾母跟薛姨妈谈论宝钗和黛玉的性格，说黛玉素来多心，所以不长寿。如此冷漠无情，面目可憎，哪里还是之前那个有爱心、懂生活、疼女孩、审美爆棚的生活家呢？

正在这时，凤姐来了，说笑话逗贾母和薛姨妈。她说的竟是宝玉和宝钗新婚夫妇的闺房之景：宝玉拉着宝钗的手，两个人扭过来，扭过去……宝妹妹急得把手一扯，宝兄弟病后自然脚软，一下子扑在宝妹妹身上……贾母和薛姨妈都笑起来，几个人兴致勃勃地八卦了一番闺房琐事，还扯到贾琏和凤姐身上。几个长辈，为老不尊，津津乐道于小辈的隐私，老牌贵族说话有这么随便吗？分明是几个无聊至极的长舌妇。

贾母接着说：猴儿，你不叫我们想你林妹妹，你林妹妹恨你，将来不要独自去园子里，提防她拉着你不依。凤姐笑着说："他倒不怨我。他临死咬牙切齿倒恨着宝玉呢！"

看看！人都死了，还在这里嚼舌，吃人血馒头，还是以前的贾母和王熙凤吗？前八十回里，贾母是疼爱这个外孙女的，而王熙凤，断不会如此毫无心肝。别忘了，她俩都是大观园的保护人，对园子里的人一直关爱有加。

还有宝玉和黛玉的感情，在续书里，再也没有灵魂层面的相知。不妨看看第八十一回中，宝玉和黛玉的一段对话，我复制一下：

（迎春误嫁中山狼，宝玉难过，向王夫人建议接回迎春，王夫人笑他不通事理。他无精打采，来到潇湘馆，刚进了门，就放声大哭起来）黛玉才梳洗完毕，见宝玉这个光景，倒吓了一跳，问："怎么了？和谁怄了气了？"连问几声。宝玉低着头，伏在桌子上，呜呜咽咽，哭的说不出话来。黛玉便在椅子上怔怔地瞅着他，一会子问道："到底是别人和你怄了气了，还是我得罪了你呢？"宝玉摇手道："都不是，都不是！"黛玉道："那么着为什么这么伤起心来？"宝玉道："我只想着咱们大家越早些死的越好，活着真真没有趣儿！"黛玉听了，更觉惊讶，道："这是什么话，你真正发了疯了不成！"

宝玉接下来的一段话有点长，懒得贴上来，无非唠唠叨叨地解释自己为何伤心。"而黛玉听了这番言语，把头渐渐的低了下去，身子渐渐的退至炕上，一言不发，叹了一口气，便向里躺下去了。"

客官，读这段文字，有啥感受？

黛玉躺下就躺下呗，还要低头，退身子，叹气，再躺下，有必要写这一整套的慢动作吗？非但不美，还说不出的别扭、难看，哪里像一个贵族少女？！

再看二人的对话，黛玉不停地追问宝玉，还说宝玉"真正发了疯"，这分明是袭人的语气。前八十回，宝玉说话，袭人听不懂，就以为他说疯话。黛玉，可是最懂宝玉的，宝玉出去私祭金钏，她知道；宝玉看了龄官和贾蔷的爱情，心醉神迷，说各人只得各人的眼泪，她明白……何尝需要如此追问？

而那宝玉，也是呆呆的，回答总是无智无趣，言语浮夸。俩当事人像陷入了语言和情绪的怪圈，哪里是知心恋人？倒像猜谜，而且猜得很拙劣，完全暴露智商短板。

说好的默契呢？说好的相知呢？

第三十二回"诉肺腑心迷活宝玉"以后，宝黛之间没再有误会，宝玉说"你放心"，而黛玉已经完全明白宝玉对自己的感情。二人心心相印，高度默契。

经过"金兰契互剖金兰语"，黛玉从此便将宝钗当亲姐姐。她的鬓角松了，宝钗会替她抿好。宝琴来了，黛玉赶着叫妹妹。宝玉看着心中纳罕，便找了黛玉想问问——

宝玉笑道："我虽看了《西厢记》，也曾有明白的几句，说了取笑，你曾恼过。如今想来，竟有一句不解，我念出来你讲讲我听。"黛玉听了，便知有文章，因笑道："你念出来我听听。"

宝玉笑道："那《闹简》上有一句说得最好：'是几时孟光接了梁鸿案？'这句最妙。'孟光接了梁鸿案'这五个字，不过是现成的典，难为他这'是几时'三个虚字问的有趣。是几时接了？你说说我听听。"

黛玉听了，禁不住也笑起来，因笑道："这原问的好。他也问的好，你也问的好。"宝玉道："先时你只疑我，如今你也没的说，我反落了单。"黛玉笑道："谁知他竟真是个好人，我素日只当他藏奸。"

因把说错了酒令起，连送燕窝病中所谈之事，细细告诉了宝玉，宝玉方知缘故，因笑道："我说呢，正纳闷'是几时孟光接了梁鸿案'，原来是从'小孩儿口没遮拦'就接了案了。"

比较这两段，是不是高下立判？在曹公笔下，宝玉委婉地问，黛玉立刻明白，接上话茬儿，灵气十足。宝黛二人，都是懂得，全是体贴，一切尽在其中。

重要的不是说出来的部分，而是没有说出来的。曹公是典型的中国作家，擅长留白。他笔下的人生，既辽阔又深邃，几乎涵盖了整个中国。他的文字简省优美，气象万千。

他的思想和美学，不是轻易能模仿的。

倘若换了续书作者，恐怕又要长篇大论。蹩脚的作家，总低估读者的智商，酷爱解释。生怕读者看不懂，恨不得把来龙去脉都掰开揉碎给你看。

而高明的作家，不需过多旁白。他信赖自己的文字，也相信读者。

《金瓶梅》和《红楼梦》：哪个更伟大

近年来，《金瓶梅》开始热了，几个文化名人在自媒体上，陆续开讲《金瓶梅》。一时间，让人生出"文人不谈金瓶梅，便是读书也枉然"之感。有意思的是，他们大多都褒金贬红，说《红楼梦》固然伟大，但显然《金瓶梅》更伟大。

我理解他们的爱。因为我也喜欢《金瓶梅》。

数年来，《金瓶梅》一直背负着淫书之名。但每一个爱上它的人，都无比推崇它的伟大。袁宏道说《金瓶梅》"云霞满纸，胜于《七发》"，田晓菲说它是"成年人的哀书"，作家格非说它"是一部愤激之书，也是一部悲悯之书"。田晓菲说，《金瓶梅》比《红楼梦》更好；格非说，《金瓶梅》实在胜过《红楼梦》。

只是，伟大的著作只能是一部吗？难道一定要金红互撕，撕出个高低来？

我从来不觉得一本书一个作家，就可以写透人性，写尽人生。英国有莎士比亚，也有乔伊斯；俄罗斯有托尔斯泰，也有陀思妥耶夫斯基；德语文学有歌德，还有卡夫卡……没有谁最伟大，而是群星闪耀，相互映衬。惟其如此，文学的天空才更为辽阔而迷人。

高晓松说：《金瓶梅》写的才是"真正的生活"。而《红楼梦》就是一出经典的偶像剧，宝黛谈恋爱，大观园里起诗社，都太理想，太乌托邦了。

问题是，什么才是"真正的生活"？

西门庆家的红烧猪头肉、蒜汁面、烧鸭子和油炸螃蟹，固然接地气；荣国府里的茄鲞、椒油莼齑酱和荷叶莲蓬汤，未必就不是真正的生活。

西门庆开生药铺、贩卖绸布、娶有钱的寡妇、结交官府、升官发财泡女人，是生活；贾宝玉读闲书、作诗、淘胭脂、挨打、谈恋爱，甘心为丫鬟充役，爱博而心劳，日日忧心，也是生活。

潘金莲嫁给武大郎，武大人物丑陋，性格懦弱，她不甘心。爱上武松，不得；移情西门庆，杀夫，嫁给西门庆。她聪明伶俐，又争强好胜，又妒忌李瓶儿生儿得宠，担心西门庆到处泡女人，分外焦虑，四面树敌。但她雪夜弄琵琶，装丫鬟示爱，每日争宠斗气，也有说不尽的烦恼和寂寞……这是生活。

林黛玉进了荣国府，遇到宝玉，写诗、发呆；跟宝玉在桃花树下读禁书，春困发幽情；葬花，写《葬花吟》；俏语谑娇音打趣湘云，给刘姥姥起外号；教香菱写诗；中秋节和湘云联诗悲寂寞；爱上宝玉，愁肠百结，却心事终虚化……也是生活。

李瓶儿嫁给花子虚，又与西门庆墙头密约；花子虚死，择吉佳期却鬼使神差嫁了蒋竹山；终于曲折嫁到西门府，心满意足，一味隐忍，一心贤良；生了官哥，却被潘金莲视为仇寇；官哥死，她也活不了，万分不想死，舍不得西门庆，与西门庆抱头痛哭，死后一再托梦……这是生活。

薛宝钗藏愚守拙，滴水不漏，口碑好；她扑蝶，她金蝉脱壳；她坐在宝玉床前绣肚兜；兰言解疑癖；借扇机带双敲；小惠全大体，写"好风频借力，送我上青云"，最后却金簪雪里埋……难道不是生活？

《金瓶梅》写市井，《红楼梦》写贵族，都是生活。

如果说《红楼梦》不是"真正的生活"，那么，谁又能告诉我，"真正的生活"该是什么样子呢？

"真正的生活"，从来就不曾存在。大千世界，婆娑众生，所谓真实再现，根本就不可能。刘姥姥眼里的世界，跟黛玉眼里的世界，哪个更真实？归根结底，生活变成文字，就是想象，是语言，是镜中花、水中月，至于真正的生活，人人试图抵达，却终究抵达不了：正是"假作真时真亦假，无为有处有还无"。

《金瓶梅》写破败的人生，是"成年人的哀书"（田晓菲语）。《红楼梦》里也有破败与幻灭，是"悲凉之雾，遍被华林"（鲁迅语），都是我们的生死，我们的哀乐，我们的歌哭。

我是"红迷"，也是"金粉"。

依然记得，几年前的某一天，我下决心啃这本大书。最先击中我的，并不是书中大尺度的性描写，而是西门庆的死："相火烧身，变出风来，声若牛吼一般，喘息了半夜，挨到巳牌时分，呜呼哀哉，断气身亡。"西门庆贪欲丧身，本是自作自受，但他的死，在作者笔下，是如此真切，如此痛苦，让人"不敢称快"，反而生出深切的同情。"作者就是这样，强迫我们从西门庆身上发现我们自己"（格非语）。

《金瓶梅》的结尾，写兵荒马乱之时，吴月娘带儿子孝哥、丫鬟小玉，一路逃难，来到永福寺。遇见普静和尚，小玉半夜偷看普静和尚念经、超生亡魂——西门庆、武大、李瓶儿、陈敬济、潘金莲……这些死去的人，一个个投胎转世了，连小配角周义也有了去处。如此，生生死死，方生方死，他们都没有死，也都死不了。而是兜兜转转，变成了你、我、他，活在这人间世。

《金瓶梅》的故事，就这样，成了你和我的故事；就这样，照见我们沉重的肉身，无穷的欲望。

至于《红楼梦》，写的并非乌托邦，不是一味凌空蹈虚。虽然世上并无大观园，只是曹公在书中苦心营造的伊甸园，是地上的太虚幻境，但大观园里的人和事，却无比的真实。

黛玉珍视爱与尊严；宝钗努力做完美的人；晴雯嘴贱又骄傲；袭人隐忍且现实；探春满是忧患；迎春是那么懦弱；龄官爱上贾蔷；藕官既忘不了药官，又爱蕊官；就连粗使丫头小红也有小野心。大观园之外的世界——王熙凤自有彪悍的人生；贾母有她的通达与世故；贾政那么正经却无趣；薛蟠又那么粗陋；柳湘莲萍踪侠影，也有他的脆弱……这都是我们。

人性如此繁复而幽深，每个人都有创口和深渊，也有光荣和梦想。

米兰·昆德拉说：小说存在的理由，在于说出只有小说才能说出的东西。小说，是对存在的勘察，是对人性多重可能性的探求。

兰陵笑笑生似乎没有文学上的野心，《金瓶梅》的结构、叙事和趣味，乍看上去跟"三言二拍"并无二致。而武大、武二、潘金莲、西门庆、王婆，原本是《水浒传》里的人物，他甚至懒得另起炉灶，拿过来就用。只是安排武松的刀杀错了人，让潘金莲和西门庆多活了七年——《金瓶梅》的故事，基本就发生在这七年里。

但他对人性有着无穷的好奇和体察，《金瓶梅》文学价值远超《水浒传》，后者是绿林好汉的江湖世界，恩怨分明，黑是黑白是白。你看兰陵笑笑生，笔下全是市井小人物，他写西门庆和应伯爵们日日厮混，打牙逗嘴，看潘金莲、李瓶儿你来我往，斗气斗心眼，就像纪录片导演，事无巨细，一路跟拍。

他集天才、顽童和大师于一身，把道德、伦理、友情、爱情等拆解得七零八落，留下一堆沉重的肉身，个个欲火中烧毫无心肝。

哪里有秩序？哪里有价值？哪里又有希望呢？但他似乎并不在意。

这个荒寒的世界真让人心碎。

曹公是天才，也是情僧。跟兰陵笑笑生不同，他对文学有一种天生的敏感与自觉。你看，《红楼梦》从女娲补天开辟鸿蒙到青埂峰下，到灵河岸边三生石畔，再到贾家这钟鸣鼎食之家，天地苍茫，红尘滚滚，气势何等恢弘；他特意隐去朝代，架空了背景；故意使出障眼法，又是假语村言，又是"假作真时真亦假，无为有处有还无"；他甚至艺高人胆大，不走寻常路，开篇就剧透，把书中人物的结局，通通泄露；他居然让千里之外、芥豆之微的刘姥姥，拉开故事的帷幕……

曹雪芹有超凡的文学敏感，以及对文学的高度自觉，换言之，他知道自己在写什么，为什么要写。

他说：我写的这些女子，也是"或情或痴，小才微善，并无班姑、蔡女之德能"，其事迹原委，只供大家消愁破闷，几首歪诗熟话，可以喷饭供酒而已。他说：自己半世潦倒，已经是罪过，但最大的罪恶，莫过于遗忘那些"行止见识，皆出于我之上"的"当日所有之女子"。

这里有深深的忏悔，是曹公代表男性群体，对女性的忏悔；是宝玉看见美好的女子，便心甘情愿低下头来的爱与温柔。

君不见，当下的直男癌患者，依然多如牛毛、川流不息，且皆不以为病。

因此，曹公的忏悔、宝玉的低头，独一无二，举世无双。

他并不是做梦，或只是书写理想，他愿意去看，也看得见那些女孩子的美好与灵魂。

是的，仅有《金瓶梅》是不够的，否则只有一个彻底塌陷荒凉到底的世界。但《金瓶梅》的世界，同样弥足珍贵，它可以让我们破除假面，直视欲望与内在的破败，从而绝处逢生。

也正如此，当那些一直被欲望折磨、控制的人，尘归尘土归土，死的死，逃的逃，韩爱姐对陈敬济的一往而情深，才让人怦然心动，也才能深切体悟《红楼梦》的美好与深情。

毕竟，这个世界上只有一部《红楼梦》，也是寂寞的啊。

毋庸置疑，《金瓶梅》是《红楼梦》的老师，是不可逾越的高峰，曹公从兰陵笑笑生处亦偷师不少。但曹雪芹之高明，在于他并非亦步亦趋地模仿，而是拔地而起，另起一座高峰。

从此，我们便拥有了金红两座高峰，各自风景无限。它们并肩，它们握手，它们对望，相互照见。

《金瓶梅》叙述欲望和沉沦，《红楼梦》发现灵魂和救赎。

世界圆满了。

谁是男神？贾宝玉还是西门庆

因为爱《红楼梦》和《金瓶梅》，我被学生称为"喜欢两金一红的女老师"（另一金乃金庸）。课堂上讲一金一红，尤其是《金瓶梅》，还是有些困难的。一听西门庆这名字，学生们纷纷面露不屑，似乎在大学课堂讲这么一个人，有玷污他们纯洁心灵之嫌。

其实，西门庆真不算恶棍。

第一，他确实好色，但从不霸王硬上弓。

潘金莲的竹竿不小心掉下去，砸到了西门庆，两人没有立刻打得火热，那只是坊间说书的水准，不是西门大官人的风格。于是便有"老王婆茶坊说技"，不厌其烦定下"挨光"的整套战略。有干娘的理论指导，再加上自己久惯风月，西门庆实践起来便如鱼得水。

对了，我们有必要先把"道德"悬置起来，否则便谈不下去。整部《金瓶梅》，都需要各位看官按捺住跃跃欲试的道德评判冲动，因为这本书所展现的，是比道德现象更复杂幽深的人间图景。

李瓶儿原是西门庆结拜兄弟的老婆。常言道"朋友妻不可欺"，然而，不欺负朋友妻的西门庆就不是西门大官人。其实也说不上欺负，隔帘偷窥、巧妙暗示、墙头密约，郎情妾意，你情我愿。李瓶儿对西门庆，也是爱到骨子里——她说他是医她的药。

除了家花，这厮的野花，共计有宋惠莲、王六儿、如意、贲四嫂、林太太、来爵媳妇，还有妓女李桂姐、郑爱月，两个巴掌还是能数过来的，没有传说中那么邪乎。

西门庆想和她们发生关系之前，通常都遣小厮前去探口风："西门爹想过来和你说说话，你愿不愿意啊？"通常这些女性并不抗拒，甚至喜出望外。尤其是宋惠莲，西门庆的垂青让她容光焕发——会打扮了；有钱买零食了；腰杆也壮了；也自信了；打起秋千来像飞仙一样，终于高端大气上档次了。而王六儿跟西门庆私通，她老公韩道国不仅知情，而且颇有庆幸之意：这两口子把这个当生意做了。结果买了丫鬟，换了房子，还有人过来送礼走西门庆的后门，日子过得好不滋润。

当然，你可以指责这些女性肤浅、虚荣。很多人眼里的道德，只责人不责己，口吐道德大棒，比孙悟空还厉害。但兰陵笑笑生从不审判，他只是呈现，这背后是深厚的慈悲。

第二，传说西门庆对女性动辄打骂，其实大都事出有因。

"最惯打妇熬妻，又管挑贩人口"（张四舅）、"打老婆的班头，坑妇女的领袖"（蒋竹山），这是坊间传说，多少有妖魔化的倾向。况且这两人的动机不纯，话就更不可信：前者图财，想阻拦外甥媳妇孟玉楼带着大笔财产嫁给西门庆；后者贪财，想傍李瓶儿这个富婆。

西门庆确实打过女人，一次是听说潘金莲和小厮有私情；另一次是娶李瓶儿，恼她之前认为自己势败转身嫁给了蒋竹山。对方声泪俱下苦苦哀求，西门庆也就丢下马鞭子：算了，过去的就让它过去吧。

在和女性的关系上，西门庆甚至有天真愚钝的一面：被他包养的李桂姐，背着他接别的客人，被他发现了两次，当场翻了脸，发誓再也不上她的门了，但李桂姐打旋下跪，连连赌咒发誓，他也一次次地信了。

西门庆也有情深之时。李瓶儿得了血崩生命垂危，屋内腌臜，道士叮嘱西门庆万不要进去，以免祸及自身。他独自一人坐在书房内，长吁短叹："我怎生忍得！宁可我死了也罢，须厮守着和他说句话儿。"便走入房中，与李瓶儿诉衷肠，二人抱头痛哭。李瓶儿死了，他抱着她冰冷的身体，离地跳得有三尺高，哭得嗓子都哑了。

后来，他也死了。临死前最放心不下的是潘金莲，他嘱咐吴月娘：休要念以前六姐的不懂事，看在他的面子上，照看则个。

唉，简直算有情有义的男人了！

第三，西门庆长得好看。

在《水浒传》里，西门庆背负着财主的原罪，是奸诈的暴发户，不道德的帽子下，怎么可能有一张英俊的脸呢？《金瓶梅》的作者却说他："风流子弟，生得状貌魁梧，性情满洒"，"秉性刚强，做事机深诡谲"。

潘金莲第一眼看到的西门庆："长腰才""张生般庞儿，潘安的貌儿""风流浮浪，语言甜净"，身材挺拔，长相俊朗。西门庆与孟玉楼相亲，一见面几句话玉楼便十分中意，不顾张四舅的万般阻拦，执意要嫁。想来，这长相是有几分功劳的。

第四，西门庆能做生意，会赚钱。

作为一本著名的"小黄书"，《金瓶梅》一书描写的性场面，并不算密集，甚至还不如喝酒的场面多。相比之下，西门庆的商业活动的场景更多一些。

西门庆赚钱的路子宽——娶了两任有钱的小妾，孟玉楼和李瓶儿，带来很多家私。开了生药铺、当铺、绸缎铺和绒线铺，同时还放高利贷。更会结交官府，认了蔡京当干爹，人脉大开。通过蔡御史，走后门比其他商户早一个月兑换盐引，发了一笔财。

透过这些复杂的经济和官场网络，我们看到，一方面明代中后期的经济贸易相当活跃，差点形成"资本主义萌芽"；另一方面，西门庆的经济头脑灵活，赚钱的手段相当高明。至于官商勾结权力寻租，太阳底下没新鲜事，西门庆也只是遵循了那个时代的"潜规则"。

写到这里发现，西门庆居然算是一个很不错的男人。我听到了节操掉在地上摔碎的声音，不不不，一定是哪里出了问题。

是时候请我的男神出场了。

贾宝玉做我的男神很久了。

小学时，我偷偷读了《红楼梦》，人民文学出版社的，已经破破烂烂有头无尾了。那时，很卖力地背下了黛玉的《葬花吟》，当然不懂其意，只是觉得很拉风。彼时，宝玉只是一个模模糊糊的影子，是黛玉的背景，可有可无。

等年龄渐长，读懂了黛玉葬花，也便明白了宝玉，明白他听到黛玉那边唱《葬花吟》，何以会恸倒。于是，这个"面如敷粉，唇若施脂，转盼多情，语言常笑。天然一段风骚，全在眉梢；平生万种情思，悉堆眼角"的贾宝玉，便牢牢地驻在心底，成为我生命中不可替代的男神。

他在桃树下读《西厢记》，一阵风来，落英缤纷。他小心翼翼地用衣服兜着花儿，放到水里去。这时，林妹妹来了，她说自己在山坡上有一个花冢，何不把花儿埋在里面，强如顺水漂到那腌臜的地方，宝玉喜上眉梢连连称是。

黛玉是他的女神，怎么做都好。因为她从不说让他留意经济仕途之类的"混账话"；她是真正的诗人，人和诗都风华绝代，举世无双；他和她一起花下读禁书，她说这书真是好，辞藻警人余香满口；因为爱他，她不免为金玉姻缘而疑虑重重，林妹妹的这些小性，他深深理解，打叠出千般小心万种温柔，只为了林妹妹一展愁眉；他挨了打，疼得死去活来，醒来看见林妹妹哭得红肿的双眼，赶紧说我一点也不疼，我是做出很疼的样子骗他们的，好妹妹，你别哭啊；他有伤去不了潇湘馆，便让晴雯把自己的旧手帕送给黛玉，林妹妹，你能体会这手帕的深意吗？是的，黛玉体会得到；尽管他对她说过最炽热的情话，不过是"你放心"，但这三个字所包含的情谊，却比什么都深都重，黛玉听了便站立不住；他屁颠屁颠地跑到潇湘馆，哪怕林妹妹如何不理他，他都会笑着说："好好的，为什么不来？我便死了，魂也要一日来一百遭呢"……

当然，他也年少轻狂过，也曾说过：等我死了，你们的眼泪流成河，我的尸首就漂啊漂啊漂走了……但在梨香院目睹龄官和贾蔷柔肠百结的爱情，他终于明白：原来只能得一个人的眼泪葬自己。从此，在他心里，博爱与爱情有了清晰的界限。

这是怎样的一个男人啊！他不仅懂得爱，而且会爱：这爱里全是理解、体贴和尊重，是天生的痴情，天性的温柔。

正因为懂得，所以他每每会在美好的女儿面前低下头来，心悦诚服。甘心为女孩们充役，为她们淘胭脂，篦头发，为平儿理妆，给香菱换弄脏的石榴裙……甚至挂念宁国府小书房画中的美人，无意撞破茗烟和卍儿的私情，他赶紧安抚女孩，"你别怕，我是不告诉人的"，并沉思良久。谁会为一个不相干的小丫鬟沉思啊？但他会。去铁槛寺的路上，遇见村里的二丫头，也让他心驰神往。相比之下，那个秦钟就只会色眯眯地说："此卿大有意趣。"

正因为懂得，他会为晴雯写出《芙蓉女儿诔》。从来没有一个男性为一个女儿的死如此痛苦、悲愤，如果有的话，也不过是为《列女传》竖上一个贞节牌坊。他太懂得女儿的清洁、诗意和珍贵了，歌德的"永恒之女性，引导我们飞升"，在宝玉这里，落地生根，长成了参天大树。

宝玉尊重一切生命，有情的，无情的。他乐于去帮助每一个需要帮助的人，不求回报。这不仅仅是善良，而且是建立在自由意志之上的绝对道德了。小厮们在他面前完全不讲规矩，丫鬟们对他也不客气，甚至贾环，这个自卑阴郁的弟弟故意使坏烫他的脸，他也只是说：就说我不小心烫的。他为蔷薇花下画"蔷"字的龄官焦心，自告奋勇替彩云瞒赃……

有人说，如果我也像宝玉这么富有，不愁吃喝、不问仕途，我也镇日闲游于女儿堆里，这又有何难！

生而富贵不是宝玉的原罪，他的见识、道德和出身没有必然的关联。贾家有的是贾赦、贾珍和贾琏们，歪瓜裂枣、污浊不堪，让人神清气爽的贾宝玉，却只有一个。

现在你终于知道，我为什么不肯承认西门庆是一个好男人了吧？

王小波说：一个人只拥有一个此生此世是不够的，还应该拥有诗意的世界。是的，一个人只有肉体性生存是不够的，我们还需要爱，需要美，需要灵魂。

灵魂的高度，才是衡量个体存在的重要尺度。

可是，很多人是胡乱长，一不小心就长歪了，根本看不到还有另外一个生存的维度——灵魂的维度。即使看到，也相逢不相识。在西门庆眼里，贾宝玉是什么？没准就是一个傻瓜。

领略了宝玉灵魂的芳香，再看西门庆，一切都变了。西门庆完全匍匐于现实世界，服从身体的逻辑，他对财色的贪婪，无法克制欲望的软弱……这些人性的芜杂和晦暗，我们很熟悉，不是吗？其实他就是我们中的一员。

《金瓶梅》的世界，如此真实，也因此格外残酷。

从两性角度来看，表面上西门庆和金莲们算你情我愿，但前者占据绝对优势，是男权携带着金钱和身份的双重资本，对女性的占有和索取。面对这凌厉的攻势，他身边的女性没有一个能抗拒，一一成了他的女人。然而，她们——潘金莲、李瓶儿、春梅，个个不得善终。

金莲是书中唯一有文艺细胞的女性。她填词，唱曲，弹琵琶，偶遇西门庆，被激发出来的，不只是肉体的欲望，也有在武松那里严重受阻的爱的渴望。然而，西门庆却不是一个好的爱情对象。武大死后，他有两个多月的时间没来找潘金莲，却娶了孟玉楼。王婆在街上拦住醉醺醺的他，才想起被自己抛闪许久的金莲。

娶了潘金莲之后，他又马不停蹄地梳笼了妓女李桂姐，在窑子里一待就是半个多月。金莲给他写情书，被李桂姐看见，他赶紧扯了个稀烂；又跟隔壁的花子虚老婆李瓶儿，墙头密约……这个男人，一路被荷尔蒙牵着走，性浮情浅。潘金莲情感和肉体的双重需求，都得不到满足，她满腔的焦灼和不安全感，正源于此。

当文青遇到土豪，被打垮的总是文青。她破罐破摔，一路摔下去直到暴尸街头。

他们都不是坏人，他们只是软弱可怜。被自己的欲望一路裹挟到底，没有头顶的星空、心中的道德律，缺乏自救的能力。社会却提供了各种腐烂的机会，空心人就是这样炼成的。

有人说：我不和土豪谈情说爱，我只要他的物质平台。贾宝玉最后穷困潦倒成那样了，我才不要。

好吧，不过要记住：

第一，你的西门庆，假如没有因纵欲而暴亡，他会变老。

一个没有学识、教养和责任感、不懂得爱、内心空空荡荡的男人，他的未来除了油腻、猥琐之外，还有其他的可能性吗？到时候，终日伴着这个被酒色财气掏空了的臭皮囊，没准你想死的心都有。当然，也有另一个可能，就是吐啊吐的也就习惯了。

　　第二，你真的以为嫁给了贾宝玉就是死路一条？那就太不了解宝玉了！以他精准的诗歌鉴赏力，对黛玉葬花的感同身受，艺术修养和审美，绝对超一流。在现代社会，他完全可以做艺术批评家，也可以从事跟美有关的职业，而且一定做得相当出色。

　　作为贾宝玉的伴侣，你不用担心会变成可怕的"鱼眼睛"——他爱你，一个被爱包围的女人，会一边摇着孩子，一边读诗。这么好，这么美。

　　至少，他没有长成猥琐男的危险，即使发福、变老、皱纹爬满脸庞，他也会以一双温柔而清亮的眼睛，看见你的灵魂。

　　"存在先于本质"，贾宝玉和西门庆是人性的两种可能性。说到底，当西门庆还是贾宝玉，还是一个选择的问题。

《金瓶梅》懂女人，《红楼梦》懂爱情

　　高晓松在《晓说》里谈未来的人工智能（AI），畅想有 AI 来打理人类那些低级需求，比如吃喝拉撒睡。这样一来，人类会有更多的时间，去操心更有价值的事情，比如哲学，比如审美。

　　听起来不错。

　　但他把做爱乃至爱情，也归到低端需求里。他说：既然 AI 可满足人的全方位需求，就不用麻烦去谈恋爱了，还可以把 AI 想象成任何女人，比如苏菲玛索。说到这里，他特意强调了一下：十六岁的苏菲玛索哦！

　　多坦率！其实很多男性的理想女性就是：年轻！年轻！再年轻！十八岁不错，十六岁更好！天真单纯，像一张白纸，可以涂上自己最满意的颜色。千古男人少女梦啊！金庸笔下可谓美女众多，但他格外钟情的还是小萝莉，比如小昭、钟灵和双儿，年轻可爱，圣洁痴情。她们的世界那么小，刚好只放下一个男主角。

　　金庸是虚构，高晓松则玩真的。他三十六岁时娶了一个十七岁的姑娘，非常满意：她的世界观都是我塑造的……她对这个世界的看法，甚至听音乐、看电影，都受我影响。所以我们的观念大多一致，这样很幸福。

喜欢小萝莉，简称少女控。中国的男人很专一，自始至终都喜欢十八岁的少女，按照自己的想法占有她，然后塑造她。这也是男权社会里，大多数男人的梦想吧？日本小说《源氏物语》，主人公光源氏收留了小女孩紫姬，教育她学会了顺从，崇拜他，对他全心全意无所保留："从幼年起，无论何事，凡我心中不喜爱的，她从来不做。"

他娶了她，但后来紫姬郁郁而亡，结果并不好，而高晓松也离了婚。

这些少女，不是"袅娜少女羞，岁月无忧愁"，就是"笑颜如花绽，玉音婉转流"，她们不是《红楼梦》里被宝玉奉若神明的"水作的骨肉"。因为她们只有青春，只有笑靥，而没有内心世界，没有灵魂。

她们之所以被赞颂，是因为在很多男人眼里，这样刚刚好：好塑造，好驾驭，也刚好可以衬托出大男人的气概。连《聊斋志异》里的狐狸精，也懂男人的心理，所以个个都变化成妙龄美少女，满是处女的芳香。

而《金瓶梅》里的女性，却仿佛来自另一个世界。

他笔下的女性都已婚，他笔下的少女，是没故事的。韩爱姐在第三十七回里曾惊鸿一现，尽管她"意态幽花秀丽，肌肤嫩玉生香"，西门庆却只看见了她母亲——二十九岁的王六儿。韩爱姐再次出场，是在几年以后，彼时她已婚，跟着母亲一起，从事皮肉生意，她的故事，也正是从那个时候开始的。

潘金莲遇到西门庆，是二十五岁；李瓶儿二十四岁嫁给西门庆。在兰陵笑笑生笔下，她们美貌而妖娆，浑身都是故事。西门庆见了她们，总是心摇目荡，"酥了半边"。而孟玉楼嫁给西门庆时，已经三十岁了！作者这样写三十岁的她："行过处花香细生，坐下时淹然百媚。"当年胡兰成想形容张爱玲的坐姿仪止，不得好词句，张爱玲对他说：这两句最好，可以送给我。

西门庆死后，清明节吴月娘等人去上坟，李衙内偶然看见玉楼，不觉心摇目荡，观之不足。回家后念念不忘这个"长挑身材，瓜子面皮，模样儿风流俏丽"的玉楼，想尽办法，最后遣了媒人去说合，终于娶得美人归。

而彼时的玉楼，已经三十七岁了，李衙内三十一岁，还是姐弟恋。

那个时代，女性十三岁就嫁人生子，三十七岁差不多已经是中老年妇女了。在妙龄少女扎堆的传统文学世界里，这个年纪的女性，只配当慈爱的母亲、低眉的儿媳或凶悍的婆婆……个个都无趣得很，毫无女性魅力。你看，一个女性，倘若不再年轻，不仅丧失了审美价值，连实用性也被打了折扣。

我想起了夏姬，那个中国历史上著名的"狐狸精"。她是春秋时代的人，出身郑国公室，不巧先后两任丈夫都死了，她作风豪放，除了跟陈灵公私通，另外还有几个情人。一次，情人间乱开玩笑，惹怒了夏姬的儿子，夏姬的儿子射死了陈灵公，引发了陈国内乱。楚国趁机跑来主持正义，楚庄王看上了夏姬。大夫屈巫进谏：大王，这个女人很危险啊，她克死了两个丈夫，又让陈国大乱，不能娶！后来夏姬就嫁给了襄老，再后来襄老战死。正是这个屈巫，带她私奔到了晋国。

值得一提的是，私奔那年她四十三岁，已是不惑之年。

有人为之震惊，就是后来写《列女传》的刘向。夏姬的时代，文明尚未烂熟，女性的贞操、男性的忠烈，还不是勒紧脖子要人命的绳索。那时候，夏姬不过是一个美丽而放纵的女人，没人多想。但后来，道德越来越高调，人性却越来越猥琐。于是在后来的刘向笔下，夏姬成了这个样子："其状美好无匹，内挟伎术，盖老而复壮者。"意思是这个女人这么老了，还能让屈巫为之发狂，一定身怀邪术，会采阳补阴，是妖女！

他不懂为何一个"老女人"还能引发屈巫的爱情，只好脑洞大开，怪力乱神一番。

不懂美，不懂爱，也就罢了。连想象力也这么色情，这么猥琐。

相比之下，兰陵笑笑生简直是中国男人的另类和叛徒。

他懂女人。他让时间赋予女性独特的意韵与风致，呈现她们的爱与痛，肉体的沉重与现实的纠结。他笔下的女人是酒，滋味老辣；是风，浩浩荡荡；也是生活，既沉重又轻盈。

她们甚至在道德上都有瑕疵。

潘金莲婚内出轨，爱武松不得，又与西门庆偷情，乃至毒杀了武大；嫁给西门庆后，斗志昂扬，战斗力爆表，听篱察壁，争宠惹气；最后施计吓死了官哥，气死了李瓶儿……在《水浒传》里，她的脑门被贴上明晃晃的淫妇标签，是罪人，所以被杀得理直气壮。

但兰陵笑笑生让武松的刀延迟了七年。这七年的时间，写满了潘金莲的爱与痛、美与罪。

他写她的坏，也写她的美：漂亮聪慧，机变伶俐，弹词唱曲，知书识字，写一手好情书；写她的爱与情趣：她不爱三寸丁谷树皮的武大，热烈地爱上武松；又爱上西门庆，思念情人"无情无绪，用纤手向脚上脱下两只红绣鞋儿来，试打相思卦"；跟西门庆、孟玉楼下棋，她输了，却把棋盘扑撒乱，走到瑞香花下，倚着湖石，把手里的花撮成瓣，撒西门庆一身，绣像本此处，评点者忍不住说，"事事俱堪入画"；西门庆老去李瓶儿屋里，她不堪冷落，雪夜里拥衾而坐，弹起琵琶："懒把宝灯挑，慵将香篆烧。挨过今宵，怕到明朝。细寻思，这烦恼何日是了？"眼泪扑簌簌流下来。

是的，这些画儿一样美好的场景，也属于那个毒杀了武大、又与陈敬济偷情、欲火中烧、嫉妒成性的潘金莲。

这就是《金瓶梅》的伟大之处。兰陵笑笑生不是道德家，他有上帝之眼和菩萨心肠。他笔下的人性，复杂而幽深。《金瓶梅》的世界，可谓藏污纳垢。如果你是道德家，几乎所有人都会触怒你；如果你是老古板，潘金莲们会让你如坐针毡；如果你想从书中寻找人生的价值和意义，你必然会一无所获。

潘金莲一定会被杀死。但道德杀不死她，只有作者能。

兰陵笑笑生让她被最爱的人杀死："武松先用油靴只顾踢她肋肢，后用两只脚踏她两只胳膊：'淫妇，自说你伶俐，不知你心怎么生着，我试看一看'，一面用手去摊开她胸脯，说时迟那时快，把刀子去妇人白馥馥心窝内只一剜，剜了一个血窟窿，那鲜血就冒出来。那妇人就星眸半闪，两只脚只顾蹬踏。武松口噙着刀子，双手去斡开她胸脯，扑哧的一声，把心肝五脏生扯下来，血淋淋供养在灵前。后方一刀割下头来，血流满地。"

写到这里，作者忍不住叹道："武松这汉子端的好狠也！"绣像本也有评点：读至此不敢生悲，不忍称快，然而心实恻恻难言哉。是的，她的生，她的死，足以唤起我们永恒的战栗和慈悲。

在《金瓶梅》里，我最喜欢潘金莲。她活得惊心动魄，无所顾忌；她身上既有强大的生命力，也有破败宇宙的深渊。她是叔本华所说的满腔欲望、拥有狂暴意志的人，倘若没有对生命的自省，没有爱情和艺术的平衡和转化，最终必将摧毁自己。

这个危险而又有致命吸引力的女人，倘若有机会的话，完全可以拥有丰富而强悍的人生。如果她来到《红楼梦》的世界，来到大观园里，她又会是怎样的活法？换言之，她会成为谁？林黛玉？还是王熙凤呢？

都有可能。

她有强大的生命力，蔑视规则，是"脂粉队里的英雄"，跟王熙凤算是同路人。让她走出西门庆的后花园，到荣国府当个管家，她那无处泼洒的力比多，没准可以转化成正面的能量，像王熙凤那样管家理政，举重若轻。

不过，我更愿意她成为黛玉。千万不要以为这是对颦儿的冒犯，我爱黛玉。她们都冰雪聪明，灵气十足，也都心直口快，天真热烈。只是金莲身不由己，深陷淤泥中快速黑化。如果，她出身于贾家这样的贵族之家，命运是可以被改写的——她可以写诗，爱上一个人，而那个人恰好也爱她，并且懂她，珍惜她，她会不会留住美丽与聪慧，并多几分诗意和独立？

为什么不可能呢？文学和爱情，是转化，是平衡，可以建构自己的秩序和美，去抗衡浑浊的生活之流。在贫瘠的岁月里，诗和爱情是自我救赎的飞地。毕竟，看见爱，看见美，世界会大不一样。

《红楼梦》里的爱情，让人心醉而神迷。宝黛爱情当然最美好，也最深邃，不过，今天只谈龄官和贾蔷。

龄官"眉蹙春山，眼颦秋水，面薄腰纤，袅袅婷婷，大有林黛玉之态"，是十二个小戏子中的一个。元春省亲，夸她唱得好，贾蔷让她唱《游园》《惊梦》，她定要作《相约》《相骂》，个性都有点像黛玉。第二次出场，是在蔷薇花架下，她拿着簪子一边在土上划"蔷"字，一边悄悄流泪。宝玉在一旁看痴了：这女孩子一定有说不出来的大心事，心里不知如何煎熬！

她的心事，就是爱上了贾蔷。

那日，宝玉因心中烦闷，来到梨香院想听龄官唱《牡丹亭》。龄官在炕上躺着，见他进来，纹丝不动。宝玉在她旁边坐下，赔笑央求她唱《袅晴丝》。谁知龄官见他坐下，忙抬身起来躲避，正色说："嗓子坏了，前儿个娘娘传我们进去我还没有唱呢。"宝玉一看，原来她就是那日在蔷薇花下划"蔷"的女孩。

从小到大，宝玉从未被人如此厌弃过，人人把他当宝贝，当凤凰。他红了脸讪讪地要走，宝官告诉他：蔷二爷来了让他唱，他必定唱。只见贾蔷提着个鸟笼子来了，宝玉便要看他二人情形。只见贾蔷兴冲冲去找龄官，说怕她自个待着发闷，便买来雀儿陪她，这雀儿还会衔着旗串戏台！一边说，一边给她看。

众人都觉得有趣，惟有龄官冷笑两声，赌气睡去。贾蔷赶紧赔笑，只听龄官说道：我被关在你们家这牢坑里唱戏，你弄了这雀儿来，偏也会干这个！这不是在打趣我吗？贾蔷慌了，赶紧赌身发誓，把雀儿放了生，把笼子也拆了。龄官说：我今儿个咳嗽咳出血来了，今儿个大夫来瞧，你也不问问我！我就这样没人管没人理的，偏又病着，一边说一边哭。贾蔷赶紧要出去找医生，龄官却又说："站住！这会子大毒日头地下，你赌气去请了来，我也不瞧！"贾蔷听了，只得站住。

为什么她的眼里常含着泪水？因为爱得深沉，也爱得绝望。

龄官是一个小戏子，而贾蔷是贾家的正牌玄孙，虽然父母双亡，但地位如此，龄官爱上他，大概是没有未来的。尽管如此，爱情还是不期而至。贾蔷曾跟着贾珍胡混，初始并不是一个讨人喜欢的角色——他长相俊美，跟着贾珍沾染了花花公子习气，遛鸡逗狗，花街柳巷。后来又和贾蓉去捉贾瑞的奸，敲诈了贾瑞五十两银子，其作风可见一斑。

但此时此刻，他和她柔肠万种，深情缱绻，美得超凡脱俗。他不再是那个整日游荡的破落公子，而是一个温柔的爱人。

爱，是奇迹，也可以创造奇迹。"当你爱上一个人，你就有了软肋，同时也拥有了铠甲。"是的，爱，是能力，也是结果；能激发人性里的崇高，让灵魂得以飞翔。所以杜拉斯说：爱情是不死的英雄梦想。

　　沉浸在爱情里的人，已然忘我。在一旁看着的宝玉，也站立不住，方才领会了龄官"划蔷"的深意。贾蔷一心在龄官身上，也不顾送他。宝玉一路痴想，回到怡红院长叹：昨夜我还说你们的眼泪葬我，竟错了！原来"只是各人各得眼泪罢了"！我果然是"管窥蠡测"。

　　龄官，是宝玉的爱情导师。这个多情公子，曾见了姐姐就忘了妹妹，让林妹妹满怀惆怅和疑虑。如今，他终于明白，什么是博爱，什么是爱情！原来爱情是这个模样！每个人都有自己的眼泪，自己的缘分。

　　多么痛的领悟！这就是成长。

　　贾蔷和龄官后来怎么样了？书中没交代。后来戏子们被遣散，龄官也没消息，看情形，她应该是早逝了。龄官和贾蔷的爱情，是宝黛爱情的镜中影像，都是没结果的爱情。

　　然而，重要的不是结果，而是过程。正如波德莱尔的诗所言："旧爱虽已分解，可是，我已保存爱的形姿和爱的神髓！"会爱，能爱，总是幸运的。

史太君两宴大观园，酒席上刘姥姥吃了一口茄鲞，一脸不相信：别哄我了，茄子哪有这个味！再细嚼：虽有一点茄子香，但还不像茄子，奶奶快告诉我是怎么做的，我也回去照着做。

凤姐说："这也不难。你把才下来的茄子把皮鎞了，只要净肉，切成碎丁子，用鸡油炸了，再用鸡脯子肉并香菌、新笋、蘑菇、五香腐干、各色干果子，都切成丁子，用鸡汤煨干，将香油一收，外加糟油一拌，盛在磁罐子里封严，要吃的时候拿出来，用炒的鸡瓜一拌就是。"

刘姥姥听呆了，只喊佛祖：倒要十来只鸡来配它，难怪是这个味！

问题是，按王熙凤的食谱真的能做出来吗？真有人试了，结果做出来的"茄鲞"不好吃，也不好看。亲口尝过北京红楼宴中"茄鲞"的邓云乡先生说，一点也不像《红楼梦》里的食物，倒像"宫保鸡丁加烧茄子"！

曹公笔下的美食，不是吃，而是美学。就如大观园，即使按图索骥重建，也未必就是大观园。

宝玉挨了打，想喝"小荷叶儿小莲蓬儿的汤"。乍一看，以为是荷叶和莲蓬做的汤，其实不是。王熙凤说：口味倒不高贵，就是磨牙了点，做起来麻烦。"借点新荷叶的清香，全仗这好汤"，分付厨房拿出几只鸡，另外添了东西，做出十来碗来。做一次不容易，索性多做一些，大家都跟着宝玉尝个鲜儿。

做这道汤不仅要好几只鸡，还要模子。都是一尺多长，一寸见方的银模子，刻着豆子大小的菊花、梅花、莲蓬、菱角，三四十样，十分精巧。薛姨妈表示长见识：你们府上想绝了，喝碗汤还要这个！她家是皇商，也算豪富，但在荷叶莲蓬汤面前，也秒变刘姥姥。宝玉去看宝钗，吃的是糟鹅掌鸭信和酸笋汤，是至今常见的南方小吃，很家常。荷叶莲蓬汤走的是高端文艺小清新路线，关注的不是吃什么，而是怎么吃。

这很贵族。

贵族就是连黛玉都步步留心，时时在意，因母亲说过"外祖母家与别家不同"：是一桌子人吃饭，旁边丫鬟执着拂尘、漱盂、巾帕，一声咳嗽不闻，寂然饭毕；是门口有大石狮子，有挺胸叠肚指手画脚的看门人，还有簇簇轿马，刘姥姥要掸掸衣服，蹭到角门前搭话。

讲究到极致，就是话也不好好说，吃也不好好吃，茄子也没了茄子味。

没有富贵生活经验的人，写不出这种格调。不信，去读后四十回，高鹗没贡献出一道像样的菜。病中的黛玉，吃的是"火肉白菜汤""江米粥"和麻油醋拌的"五香大头菜"，可怜的黛玉，还说味道不错。两碗汤加小咸菜，也违背常识啊，这是根本不懂生活。

同样没富贵过，兰陵笑笑生就不一样。

他对生活有无穷的热爱与好奇心，也有千钧笔力呈现最琐细的生活。他兴致勃勃地写吃，写喝，写西门庆的酒席，潘金莲们的小食。他笔下的饮食男女，热气腾腾，活色生香。

潘金莲、李瓶儿和孟玉楼一起下棋,李瓶儿输了钱。金莲让人买了一坛金华酒,一个猪头和四个蹄子,教来旺媳妇宋蕙莲去烧。宋把猪头剃刷干净,用一大碗油酱,茴香大料,拌好,扣定,只用一根柴火,不用两个小时,烧得皮脱肉化。再配上姜蒜碟,用大冰盘盛好,端过来。有这一手绝活,宋蕙莲会活在很多人心里。

香味就这样蹿出来的,钻到嘴巴里,胃里,看得人口舌生津。面对这样的食物,我们真是没一点隔阂。可见千百年来,中国人的口味一直没变。这顿小吃花了五钱银子,金华酒三钱,一个猪头和四个蹄子二钱银子。西门庆聘的秘书温秀才,每月工资三两银子,常峙节花三十五两银子买一套小院,西门庆果然豪阔。

但比起荣国府,还是差远了。刘姥姥不小心掉到地上的鸽子蛋,凤姐说"一两银子一个"。好家伙,荣国府一盘鸽子蛋,能买几百个猪头了!壮观!

除了宋蕙莲牌猪头肉,西门家常吃的是嘎饭、烧鸭子、鲜鱼、雏鸽……无非是鸡鸭鱼肉,浓浓的市井气。一次,应伯爵和谢希大在西门庆家里,登时狠了七碗面,搭配的是蒜汁和猪肉卤,十分接地气。"潘金莲激打孙雪娥"一回,西门庆早点要吃"荷花饼、银鱼鲊汤"。银鱼据说从春秋时期就是驰名美味。而荷花饼,听着很文艺,却只是一种北方常见的白面烙饼。

这就对了,西门庆配烙饼,宝玉才吃荷叶莲蓬汤。

对吃,《金瓶梅词话》比《绣像批评金瓶梅》更热情,比如词话本这样写:"一碟鼓蓬蓬白面蒸饼,一碗韭菜酸笋蛤蜊汤,一盘子肥肥的大片水晶鹅,一碟香喷喷晒干的巴子肉,一碟子柳蒸的勒鲞鱼,一碟奶罐子酪酥伴的鸽子雏。"在绣像本就被简化成"四碟菜"。

词话本的:"两大盘烧猪肉,两盘烧鸭子,两盘新煎鲜鲥鱼,四碟玫瑰点心,两碟白烧笋鸡,两碟炖烂鸽子雏儿。然后又是四碟脏子:

血皮、猪肚、酿肠之类",在绣像本里也成了"两大盘烧猪肉并许多菜肴"。

词话本的描写,盆满钵满,排山倒海,尽显老饕本色,吃货应该更喜欢。

后来西门庆做了官,攀上了蔡太师,当了副提刑,饮食也高大上了:比如刘太监送来"糟鲥鱼",西门庆送给应伯爵两尾。应伯爵说让婆娘"细细地打成窄窄的块儿,拿他原旧红糟儿培着,再搅些香油,安放在一个磁罐内。留着我一早一晚吃饭儿,或遇有个人客儿来,蒸恁一碟儿上去,也不枉辜负了哥的盛情"。

这么看来,应花子也曾阔过,在吃的方面,颇有心得。鲥鱼非一般平民能享,全仗西门庆的权势,所以应伯爵尽力奉承一番。还有,把鲥鱼糟起来,也说明当时运输条件保不了鲜,有钱有势如西门庆也很难吃到新鲜鲥鱼。

西门庆赞助朋友常峙节买了房子,常二嫂做了四十只大螃蟹答谢:剔剥净了,里面酿着肉,外面用椒料、姜蒜米儿团粉裹就,香油、酱油醋造过,香喷喷酥脆好吃。这款酿螃蟹和两盘烧鸭子一起端上来,帮闲食客纷纷叫好。螃蟹成了酥脆口味,看来被油炸过,西门庆平素喜欢吃口味重的多油或煎炸食品。

比如书房赏雪时的玫瑰鹅油烫面蒸饼、只有李瓶儿和郑爱月会做的酥油泡螺,还有酥油白糖熬的牛奶,都是三高食品:高糖高脂高胆固醇。

到后来,西门庆已经吃不下去了。无休止的吃和性,让他的身体严重超载。应伯爵来访,见桌上摆着酥油白糖熬的牛奶,香甜美味,他一饮而尽,"咂咂"称好。西门庆却懒得吃,抱怨身上酸痛。应伯爵说:你这胖大身子,日逐吃了这等厚味,岂无痰火?

西门庆这样重口,还用人乳吃补药,吃胡僧药壮阳,不得病才怪。他该吃清淡点，喝玫瑰清露。芳官送了半盏给柳五儿，柳五儿的妈柳嫂子又赶紧转赠病中的侄子，"现从井上取了凉水，和吃了一碗，心中一畅，头目清凉"。倒很适合西门庆。可惜这是荣国府的特供，他捞不着。

富人也有富人的烦恼。

贾母请刘姥姥喝茶吃点心，有藕粉桂糖糕、松瓤鹅油卷，还有一寸大小的螃蟹馅饺子，贾母皱眉："这油腻腻的，谁吃这个！"

这样的话，一个小丫头也说过。宝玉过生日这天，厨房的柳嫂子给芳官送了午饭：一碗鸡皮虾丸汤、一碗酒酿清蒸鸭子、一碟腌的胭脂鹅脯、一碟四个奶油松瓤卷酥，还有一大碗热腾腾碧荧荧的绿畦香稻粳米饭，芳官说："油腻腻的，谁吃这些东西！"

生活在别处。所以，晴雯要柳嫂子做"面筋炒芦蒿"吃，探春和宝钗商议要吃"油盐炒枸杞芽"，拿五百钱给厨房另做；湘云甚至烤起了鹿肉，脂粉娇娃割腥啖膻，宝琴也跟着凑热闹，黛玉肠胃弱，只能当围观群众了；薛蟠得了"这么粗这么长粉脆的鲜藕，这么大的大西瓜，这么长一尾新鲜的鲟鱼，这么多大的一个暹罗进贡的灵柏香熏的暹猪"，邀请宝玉去尝鲜，图个新奇特；刘姥姥第二次来荣国府，吃好喝好临走还"拐"了一车东西。平儿叮嘱她：下次把你们晒的那个灰条菜干子和豇豆、扁豆、茄子、葫芦条儿各种干菜拿来，我们这里都爱吃。这趣味，妥妥的城里人向往"农家乐"。

对了，绿色的粳米饭，不是一般的白米饭，是特供。汪曾祺的《八千岁》里写："一囤晚稻香粳——这种米是专门煮粥用的。煮出粥来，米长半寸，颜色浅碧如碧萝春，香味浓厚，是东乡三垛特产，产量低，价极昂。"

从这里看，《红楼梦》的饮食习惯，偏南方。西门庆家的主食呢？一般是烙饼、春饼、包子、烧卖和面条，明显的北方人。有人说兰陵笑笑生是江浙一带人士，不管你信不信，反正我是不信的。

《金瓶梅》的吃，热气腾腾，按里面的食谱去烧菜，物美价廉，还真有人整理出了《金瓶梅饮食谱》，据说极具操作性。可是，按《红楼梦》里的美食去烧，难了。别说茄鲞和荷叶莲蓬汤，就连中秋节王夫人孝敬给贾母的小菜"椒油莼齑酱"，也不太好炮制。

曹公写茄鲞，写螃蟹，写荷叶莲蓬汤，写的是遥远的记忆，以及对美好生命的怀恋，是醉翁之意不在酒。正如普鲁斯特在《追忆似水年华》里，"小玛德莱娜"蛋糕入口的一刹那，过去的时光纷至沓来——他想起斯万家的花园，贡布雷的一切……

饼干不只是饼干，茄鲞也不只是茄鲞。

关于吃的最欢乐、最诗意的记忆，该是螃蟹宴了。

在宝钗的提议下，湘云做了一次东道主，请贾母、王夫人等吃螃蟹、赏菊花。螃蟹是薛家当铺的伙计送的，酒也是现成的。据刘姥姥后来算账，这顿螃蟹宴花了大概二十两银子，是一户庄稼人一年的生活费。

螃蟹宴摆在藕香榭，王熙凤说：山坡下还有两棵桂花，开得正好，坐在河中间的亭子里，敞亮，水碧青，眼睛看着也清亮。凤姐是文盲，审美却不俗，贵族气派已入骨入髓。

进了藕香榭，栏杆外放着两张竹案，上面有杯箸酒具、茶具，还有两三个丫头扇着风炉在煮茶，另一边也扇着炉子在烫酒。贾母深表满意，吃了茶，便搭桌子吃螃蟹。凤姐嘱咐：螃蟹不要多拿，就放在蒸笼里，吃完再拿。螃蟹热着才好，冷了会犯腥。

主子们三桌，又在边廊上摆了两桌，让鸳鸯、琥珀、彩霞、彩云、平儿坐下。凤姐伺候贾母，鸳鸯腾出手来专心吃螃蟹。凤姐忙乎完了，鸳鸯便斟了一杯酒，送到凤姐唇边，凤姐一扬脖吃了，琥珀、彩霞也如法炮制。平儿掰了个满黄的螃蟹，听琥珀开自己的玩笑，便去抹她的脸，琥珀一躲，刚好抹在凤姐脸上，大家忍不住笑成一团。

黛玉只吃了一点子肉，觉得心口微微的疼，要烧酒吃，宝玉连忙命人把合欢花浸的酒烫一壶来。她秉性柔弱，平日吃的是人参养荣丸，需要热补，禁不得螃蟹这大寒之物。

吃完螃蟹，便是诗会。这一次，黛玉的三首菊花诗都夺了魁，宝玉欣喜万分，作螃蟹诗助兴："持螯更喜桂阴凉，泼醋擂姜兴欲狂。"黛玉一高兴，也和了一首："铁甲长戈死未忘，堆盘色相喜先尝。螯封嫩玉双双满，壳凸红脂块块香。"谁知宝钗的兴致也来了，咏螃蟹别具一格："眼前道路无经纬，皮里春秋空黑黄。"一反平日的温柔敦厚，言辞犀利，众人纷纷说讽刺世人太毒了。

有人说，是因为宝黛一唱一和，宝钗泛酸，写诗嘲笑他俩呢。宝黛钗，三人行总有故事。宝玉和黛玉说话，宝钗必会笑眯眯地走来搭话。宝玉和宝钗聊天，黛玉也会摇摇地走来。

小儿女的情爱，最恼人，也最甜蜜，最好看。

吃了螃蟹，用菊花叶儿桂花蕊熏的绿豆面子擦手去腥，喝合欢花浸的酒，主子和奴才们也暂时忘了上下尊卑，打成一片，欢声笑语。一定要有诗会，她们纷纷写起了菊花诗。黛玉赞湘云的"圃冷斜阳忆旧游"，背面傅粉，最好；湘云夸黛玉的"孤标傲世偕谁隐，一样花开为底迟？"也把菊花问得无言可对……何其雅哉！

螃蟹宴是在第三十八回，彼时，正是大观园的鼎盛时期。

全是气氛、格调和文化，是生活的美学，是诗意生活的极致。这样的日子，这样的欢乐，连空气里都荡漾着自由与美。可惜，盛宴必散，终归到头一梦，万境归空，而她们，并不知道命运将有多残酷。

《金瓶梅》里，吴月娘们也一起吃蒸螃蟹，似乎也没什么讲究。倒是潘金莲一直在挖苦李瓶儿，家长里短，明争暗斗。

兰陵笑笑生到底是谁？我们对他一无所知，他把自己隐藏得如此彻底，就像一粒沙隐入了沙漠。他是大师，也是最高明的隐士。而曹公，其实，我们对他也知之甚少。只知道他曾经显赫的家世，但他本人却少有资料传世。他的朋友说他嗜酒，狷傲，写一手好诗，会画画，会做风筝。

想必也做得一手好菜吧？不会做菜的诗人不是好作家。

贫如杜甫，也写"夜雨剪春韭，新炊间黄粱"；写"蒌蒿满地芦芽短，正是河豚欲上时"的苏轼，更是标准吃货。他发明了东坡肉，还有东坡羹，据说是春笋、齑粉（姜、蒜、韭菜的碎末儿）、荠菜做成。几乎跟曹公同时代的袁枚，更会煮茶叶蛋："鸡蛋百个，用盐一两，粗茶叶煮，两枝线香为度。如蛋五十个，只用五钱盐，照数加减，可做点心。"

还有明代的张岱，写《湖心亭赏雪》的那位，是有名的生活家。每到十月，便举办"蟹会"：一人分得六只蟹，为怕冷腥，便轮番煮吃。辅食有肥腊鸭、牛乳酪、醉蚶，用鸭汁煮的白菜，水果有谢橘、风栗、风菱，蔬菜有兵坑笋，饮用玉壶冰，饭用新余的粳白米，漱口用兰雪茶。没说如何去腥，相比之下，曹公的菊花叶儿桂花蕊熏的绿豆面子，更为妙绝。

中国人是多么热爱吃啊！

词话本有一段饮食，绣像本没有删，第四十九回西门庆是这样招待胡僧的："一碟头鱼、一碟糟鸭、一碟乌皮鸡、一碟舞鲈公。又拿上四样下饭来：一碟羊角葱火川炒的核桃肉、一碟细切的馏馂样子肉、一碟肥肥的羊贯肠、一碟光溜溜的滑鳅。"又有一道汤饭："一个碗内两个肉圆子，夹着一条花肠滚子肉，名唤一龙戏二珠汤；一大盘裂破头高装肉包子。"随即又有"一碟寸扎的骑马肠。一碟腌腊鹅脖子……一碟子癞葡萄，一碟子流心红李子……一大碗鳝鱼面，与菜卷"。

评点者张竹坡不断提醒我们，这些菜，从形状和颜色上，堪可类比男女性器官。而这个胡僧长相也奇特，像男性那话儿的形状。

就这样，在兰陵笑笑生的笔下，食与色融为一体。孔子说，食色性也。填饱肚子与性需求，乃最基本的人性，孔夫子这句话充满对人性的体谅。他自己对吃也很讲究，是谓"食不厌精脍不厌细"。但他大概并没想到，对很多人来说，吃和性，竟成了一生中唯一的寄托，无暇顾及其他。对于他们，身体是所有的疆域，而青春、自由、爱和美，却无处安放。

读《金瓶梅》，于杯盘狼藉中，我们看见了贪婪、无休止的欲望和沉重的肉身。

读《红楼梦》，在日日宴饮里，我们看见的是哀伤，是一去不复返的繁华、青春和爱。

《金瓶梅》结束处，
《红楼梦》开始

　　大观园全盛之时，钗黛不过十五岁左右，真正的豆蔻年华。王熙凤也超不过二十五岁。而潘金莲二十五岁时遇到西门庆，孟玉楼嫁入西门家已然三十，从吴月娘到李瓶儿到春梅，有故事的都是资深已婚女性，烟火气十足，正是宝玉不忍直视的年龄。

　　《红楼梦》写贵族，写爱情，而《金瓶梅》写土豪，写性，二者气质大相径庭。荣国府的美食是茄鲞、小荷叶莲蓬汤，照着菜谱都做不出来，靠的是想象。在大名鼎鼎的茄鲞面前，读者往往成了刘姥姥，一脸懵圈。西门家呢？吃的是烧鸭、蒜汁儿面、鲜鱼，高贵一点的是糟鲥鱼、酿螃蟹。有一次金莲、玉楼还吃起了红烧猪头肉，十分接地气。

　　一直以来，《金瓶梅》都被目为"小黄书"，这先入为主的偏见，让很多人与之失之交臂。实际上，它对人性与世情的描写，入骨入髓，滋味万千。明代袁宏道赞其"云霞满纸"，说它琐碎之外有无限烟波；清代张竹坡更赞其为"天下第一奇书"，并为它写下十几万字的批注。

　　其实，《金瓶梅》是《红楼梦》的老师——曹公自《金瓶梅》处有不少借鉴，从遣词造句、排篇布局，到人物形象，都能看到《金瓶梅》

的影子。

《红楼梦》一开篇，就有大剧透。顽石在青埂峰下嗟叹，听那一僧一道言红尘之事，不觉凡心大炽，却被告诫："到头一梦，万境归空。"甄士隐原本恬淡闲适，却家破人亡，终至大彻大悟，是命运，也是预言；第五回"宝玉梦游太虚幻境"，看了薄命司的册子，听了十二首《红楼梦》曲子。当事人虽然懵懂无知，但我们却知道，这就是结局，是"食尽鸟投林，落了白茫茫大地真干净"……一僧一道和太虚幻境，代表了命运。故事还没开始就剧透，这完全是不按常理出牌。

《金瓶梅》就这样做过，而且是两次：先让吴神仙给西门庆和众妻妾算命，再是元宵夜，安排吴月娘等人邂逅占卜的婆子，算命的充当了命运使者。

《金瓶梅》的剧透方式，很生活；而《红楼梦》剧透起来，更宏大，更缥缈。

《红楼梦》里秦可卿死了，葬礼规格很高。王侯路祭，彩棚高搭，压地银山一般。公公贾珍悲痛万分，哭得像泪人一般，"恨不能代秦氏之死"。《金瓶梅》里李瓶儿的葬礼，也十分豪华，车马喧天，宾客盈门。西门庆跳着脚哭了又哭，又是花三百二十两银子买罕见的"桃花洞"，打造李瓶儿的棺材，又是找人画像，整整闹了四个章回。

虽然一个是贵族，来的宾客都是王侯将相；一个是土豪，往来者不过是地方官和大户，却堪可对照着读。

还有若干小细节，看出《红楼梦》对《金瓶梅》的致敬。如李瓶儿临死，丫鬟迎春梦见她下炕来，推了自己一下，说："你们看家，我去也。"晴雯死的那天，宝玉也梦见她走进来，笑着说："你们好生过罢，我从此就别过了。"

比如《金瓶梅》里的薛姑子其人其事，在《红楼梦》里就是马道婆及其所为。

听小优唱"忆吹箫玉人何处也"，西门庆思念起李瓶儿，被潘金莲看见，"故意把手放在脸儿上，这点儿那点儿羞他"；《红楼梦》第二十八回，宝玉说了一个奇怪的药方，王夫人不信，宝钗也拒当证人，只见黛玉"在宝钗身后抿着嘴笑，用手指头在脸上画着羞他"。

此般对照，参差交错，趣味丛生，就不一一列举了。

说到人物形象，二者也多有相通之处。潘金莲是《金瓶梅》的第一女主角，她在《水浒传》里，一出场就被视为淫妇，又通奸又谋杀亲夫，最终死于武松刀下，没有任何可同情之处。到了《金瓶梅》，潘金莲依然是潘金莲，个性未改，劣迹斑斑。

但是，跟《水浒传》不同，兰陵笑笑生没有让武松手起刀落，结果了潘金莲，而是刀下留人。于是，潘金莲有了为自己辩护的机会，拥有了一个更丰富、更驳杂的人生。我们看见，当初那个愿意变卖钗环买房跟武大过日子，跟西门庆初见低眉垂首满脸羞涩的良家少妇，是怎样步步惊心，最终坠落深渊的。

她不是天生的坏人。一开始，她爱武松而不得，虽然又羞又怒，心有不甘。但如果没什么意外，也就跟着武大一路磕磕绊绊过下去了，世人不都这么过来的吗？可是，隔壁老王，她的邻居王婆为了赚几个钱，帮着西门庆设圈套，骗金莲入港；郓哥为报复王婆，向武大道破奸情，撺掇他捉奸；金莲初始并无毒死武大之意，但武大说武松回来必不罢休，于是王婆出主意，西门庆拿来砒霜，她下手毒杀武大；嫁给了西门庆，一心要独享宠爱，却又陷入无休止的妻妾之争，养猫吓死官哥，气死李瓶儿……一步错步步错，竟是再也回不了头。

她的人生，充满这样的黑暗与罪恶，却不曾怀有一丝恐惧和战栗，更无自省与忏悔。元宵节，众妻妾算卦，她拒绝："我是不卜他。常言：算的着命，算不着行……随他明日街死街埋，路死路埋，倒在洋沟里就是棺材。"不怕因果报应,不相信命运,这样胆大包天的宣言,你想到了谁?

是的,王熙凤。

馒头庵的尼姑净虚,想让她帮忙疏通官司,她说:"(我)从来不信什么是阴司地狱报应的,凭是什么事,我说要行就行。"跟潘金莲一样,不信命运,不信鬼神,在意的只是今生今世。

王熙凤是升级版的潘金莲。她们是名副其实的歇后语女王,张口就是一串串俗语、比喻和歇后语,市井气十足,却机敏有趣。她们一出场,必然风生水起,摇曳多姿。西门庆说金莲"怪小油嘴儿,专爱咬群";孙雪娥说金莲的嘴"淮洪一般",没人扛得住。王熙凤更是凤辣子,贾母口中的"泼皮破落户",李纨说的"透明心肝玻璃人"。大观园的姑娘个个是文青,可她,却像一个女土匪。

她们都泼辣狠毒。金莲对宋惠莲、对李瓶儿母子,对可能的敌人,下手之快之狠,令人胆寒。凤姐更是明里一把火,暗藏一把刀——毒设相思局、弄权铁槛寺、计赚尤二姐。比起潘金莲,她权力大,胃口和场面也大。

只是,金莲再聪明再厉害,只能辗转于西门庆的床笫,腾挪于妻妾间争宠斗气。茶杯里起风波,螺蛳壳里做道场,未免狭隘。曹公却让王熙凤手掌大权,管家理政,当了荣国府的半个掌门人。不仅有"协理宁国府"的霸道从容,又有"金紫万千谁治国,裙钗一二可齐家"的补天之才,她的明与暗、精明与强悍,格局宏大,气象万千!曹公威武!

俞平伯说:"《红楼梦》之脱胎于《金瓶梅》,自无讳言。"更有评论说:"非特青出于蓝,真是蝉蜕于秽。"王熙凤之于潘金莲,真是点石成金。

再如"彩云易散琉璃脆",本是《金瓶梅》宋蕙莲的评语,曹公改为"霁月难逢，彩云易散。心比天高，身为下贱"，给了晴雯当判词。于是，那个美丽轻浮的宋蕙莲，摇身一变，成了大观园最美丽、最嘹亮的勇晴雯。前者被西门庆勾搭，倍感荣耀。后者单纯骄傲，无比清白。

有意思的是，《红楼梦》里的宝钗，长相是"面若银盆，眼如水杏。罕言寡语，人谓藏愚；安分随时，自云守拙"。在《金瓶梅》里，她也有一个孪生姐妹，即西门庆的大老婆吴月娘，也是"面如银盘，眼如杏子，举止温柔，持重寡言"，二人长相、气质如出一辙。但宝钗不是月娘的简单翻版，后者眼光浅陋，愚钝又贪财；而她博闻强识，文化素养高，不语亭亭，堪称道德模范。二者自不可同日而语。

《金瓶梅》的世界，是灰色的。潘金莲一路做尽坏事；李瓶儿气死前夫花子虚，撵走蒋竹山，让人心惊胆战；吴月娘贪财愚笨；孟玉楼深沉世故；孙雪娥愚蠢颠顸；庞春梅也一言难尽，自有其复杂与暗黑；还有西门庆，贪嗔痴一个不少……虽非大奸大恶，但人人都是灰的、烂的、脏的。个个都自私，眼里只有自己，对他人视而不见。人人都那么荒唐，却都一副聪明相。所谓天日无光，万马齐喑，莫过于此了。

我们不禁要问：到底什么样的人生才值得一过？

兰陵笑笑生拒绝提供答案，也无意提供。但他在书的结尾，还是让韩爱姐爱上了陈敬济，并爱到极致：他死了，她痛苦得要寻无常，一心为他守节，最终削发毁目。张竹坡说："爱"通"艾"，其艾火可灸那世人忘恩负义之辈。爱姐之爱，是微弱的火，让这晦暗的世界，似乎有了一线光亮。也许，连作者也受不了这个灰败的世界了。

王小波说：只拥有一个此生此世是不够的，还应该拥有诗意的世界。王尔德也说：有人生活在阴沟里，而有人看见了天上的星星。

《金瓶梅》结束的地方，正是《红楼梦》的开始。

米兰·昆德拉说："小说的精神是持续性的精神：每一部作品都是对前面的作品的回答，每个作品都包含着小说以往的全部经验。"在这个意义上，这两部相隔将近两个世纪的伟大作品，必定有内在的精神关联。我以为，《红楼梦》是对《金瓶梅》的回应。

《金瓶梅》是欲望的世界。

西门庆有无边的欲望，用潘金莲的话说，是恨不得把全天下的女人都弄到床上。在潘金莲的眼里，他风流浮浪，语言甜净，都是哄女人的手段。他偷娶了潘金莲，又梳笼妓女李桂姐，留恋烟花；跟结义兄弟的老婆李瓶儿偷情，还娶到家里；他封官生子一时风光无两，又勾搭上王六儿；官哥死了，他去郑爱月那里求安慰；瓶儿死了，他痛哭流涕，却在守灵时又睡了奶妈如意，最后又勾搭上王招宣的遗孀林太太。

天下的女人何其多哉！宋蕙莲死了，又有一个奶妈如意儿。李瓶儿死了，又来了一个何千户的太太蓝氏，"仪容娇媚，体态轻盈"，"比花花解语，比玉玉生香"，又是太监的侄女，有貌有钱，堪称"白富美"，活脱脱又是一个李瓶儿。西门庆见了，那是魂飞天外，"未曾体交，精魄先失"。

于是他三十四岁就死掉了，而且是纵欲而亡。临死前，他更是快马加鞭，从"踏雪访爱月"到林太太，到如意，到王六儿，中间还摁倒了贲四嫂，醉得糊里糊涂时被潘金莲灌多了春药，终于挣扎着死掉，死前"牛吼"了一夜，痛苦万状。在他的葬礼上，应伯爵们送了一副祭文："生前耿直，秉性坚强，软的不怕，硬的不降……逢乐而举，遇阴伏降。锦裆队中居住，齐腰库里收藏。"一言以蔽之，西门大官人的一生，是色情的一生，战斗的一生。

这个男人，就这样被自己的性格和肉体所奴役，被欲望驱使着一路小跑。他当然不懂爱，也没什么精神追求。有了钱就是盖房子、扩花园，多娶几个老婆，多勾搭几个女人。但他不是坏人，他的贪婪、软弱、肤浅，是人性的普遍弱点。《金瓶梅》就这样剥皮见骨，照见了人性的深渊。

这样的人，在《红楼梦》里也有，比如贾赦、贾珍、贾琏和薛蟠，就是翻版的西门庆。但是，大观园里还有一个独一无二的宝玉。

不过，在西门庆和宝玉之间，先有一个风月宝鉴的故事。

贾家义学塾师贾代儒的孙子，也是贾家子弟的贾瑞疯狂地"爱"上了王熙凤，先是搭讪挑逗，后又上门骚扰，被情欲蒙住了双眼，一次次自投罗网。第一次被凤姐警告加作弄，他独自在过道里，朔风凛凛侵肌裂骨，一夜几乎被冻死，回家后，又被祖父惩罚，跪在风地里读文章，其苦万状。但他还是跑去找王熙凤，这次被贾蔷和贾蓉捉住勒索，又被浇了一头的屎尿，回家后就一病不起。

即便如此，他对凤姐的性幻想却丝毫不减。跛足道人送他一面镜子，叫"风月宝鉴"，说是来自太虚幻境，专治"邪思妄动之症"，两面都可以照人。但是，如想活命，千万不要照正面，要照反面，切记切记！贾瑞拿起镜子一看：反面却是一个骷髅，便吓了一跳，骂道士害自己。再翻过来看正面，却见妖娆的凤姐在镜子里招手，喜不自胜，荡悠悠地进了镜子找凤姐。如此一次次照正面，一次次云雨，便死也，"身子底下冰凉渍湿一大滩精"。

每读此处，总想到西门庆将死的样子。

我们读这一段时，知道照正面是死路一条。但贾瑞并不知道，他是当事人：局中人。生而为人，破除不了自己的有限性，常常围于狭隘的自我，并受其奴役。卢梭早就说过："人生而自由，却无往不在枷锁之中。"

觉悟太难了，所以才需要宗教，才需要文学。

文学是凡人的宗教，一方面呈现我们的破败和局限，终有一死的悲哀，以及流沙般荒谬的人生；另一方面，也发出永恒的呼告：人之所以为人，是因为我们还拥有自由意志！而正是因为这一点，让我们与动物区别开来。

所以，我们又有了宝玉。

宝玉的意淫也是无边的。他拒绝为官做宰，却操心一切美好的人和事，他惊异于女儿世界的清净和美好："女儿是水作的骨肉，男人是泥作的骨肉。我见了女儿，我便清爽；见了男子，便觉浊臭逼人。""凡山川日月之精秀只钟于女儿，须眉男子不过是些渣滓浊沫而已。"在神灵般的女儿面前，他心甘情愿地低下头来。

正因为如此，宝玉的爱与温柔，深情与忏悔，才更打动人心。

在蔷薇花架下，他看见一个女孩，蹲在地上一边用簪子划字，一边哭泣。顺着她的笔画在手心里写了几遍，原来是个"蔷"字，他看痴了：呀，这个女孩心里一定有天大的心事，才这般煎熬。唉，可惜我不能帮你分担。正感慨间，忽儿一阵云彩过来，落下雨来，他赶紧喊：别写啦，快去躲雨吧，看把自己淋湿了。却忘记自己也无避雨之物，早就被淋湿了。

宝玉之可爱之珍贵，正在于他的情深义重，对女性拥有深切的同情，对她们的爱与痛，能感同身受，从而生出真正的谦卑与尊重。

他对黛玉的爱，跟张生对崔莺莺，柳梦梅对杜丽娘截然不同，更非西门庆式的肉欲冲动。而是精神层面的惺惺相惜，日夜牵挂的关切，一个灵魂对另一个灵魂的寻找，是"你放心"的深情，是"我死了，魂儿也要一日来一百遭"的热烈。

宝玉来到潇湘馆，在窗外听见黛玉说："每日家情思睡昏昏。"原来黛玉一边在床上伸懒腰，一边细细长叹。《金瓶梅》写陈敬济去找金莲，至门首，听金莲娇声低唱："莫不你才得些儿便将人忘记。"

两个场景，形同，而神魂大不同。

宝玉忘情，对紫鹃说："若共你多情小姐同鸳帐，怎舍得叠被铺床？"这是张生对红娘说的，语带轻佻，黛玉登时摞下脸来："外头听了村话来，也说给我听……拿我取笑，我成了爷们解闷的！"吓得宝玉再也不敢说了。就这样，黛玉始终坚持爱情的纯粹，而宝玉，也愈来愈懂得爱情之意。

宝黛之爱，天真清透，美好无匹。而金莲和陈敬济，情也？欲也？可谓复杂而晦暗。

在西门庆的诸多女人中，金莲是唯一一个渴望爱情、富有激情的，却一路走来，处处爱而不得，最后暴尸街头。而吴月娘只在意钱财和地位；李娇儿只知搂钱，无情无义；孟玉楼平静地嫁给西门庆，又平静地嫁给李衙内，没有任何感情的波澜，她们却都能平安到底。大观园里，木石前盟破碎，金玉姻缘胜出；天真骄傲的晴雯死了，粗粗笨笨的袭人能活下来。太阳底下无新鲜事，现实世界的逻辑都是一样的。

然而，爱与激情并非罪恶，而是充沛的生命力，是艺术的源头。有爱有激情的人，至少不会平庸。尼采崇尚的酒神精神，就是激情的产物。

如有机会，金莲是可以当诗人，当艺术家的。

黛玉就是大观园的文艺女神。这得益于曹公苦心营造了大观园。这个园子，原本是省亲别墅，"未许凡人到此来"，它既在尘世之中，又超越尘世。大观园里，有黛玉之风流袅娜，宝钗之鲜艳妩媚，湘云的霁月光风，也有探春的敏锐高远，晴雯的天真骄傲……遍地芳华，各有其美。

而黛玉，是最诗意、最自由的一个。她的爱情，她的灵魂，是大观园里最动人的。

她把生命的激情转化为爱情，转化为艺术。她写"一朝春尽红颜老"

十里稻花香"；写"娇羞默默同谁诉，倦倚西风夜已昏"，写《五美吟》，写《桃花行》，写"侬今葬花人笑痴，他年葬侬知是谁"，追问"天尽头，何处有香丘"……祭奠落花，为青春、生命以及一切美好而脆弱的事物唱挽歌。她是真正的诗人，也是哲学家，"质本洁来还洁去，不教污淖陷渠沟"，是她的生命哲学。

她也爱上宝玉。和他一起看禁书，一起葬花，一起说呆话，当叛徒；元春省亲，他作诗作得慢，她便悄悄写在纸条上，搓成个团子，掷在他跟前；她在贾政回来之前，写了一卷钟王蝇头小楷给他充当作业；她嗔他见了姐姐就忘了妹妹，见了妹妹就忘了姐姐；她看着他抿嘴一笑："我替你数着做和尚的遭数。"她看着他："我为的是我的心。"她在他送来的旧手帕上写下："眼空蓄泪泪空垂，暗洒闲抛却为谁？尺幅鲛绡劳解赠，叫人焉得不伤悲！"敞开了肺腑，大胆去爱。

他们是爱人，更是知己。他说：女儿是水作的，男人是泥作的。他把北静王所赠的御赐香串送给她，她却掷而不取："什么臭男人拿过的！我不要他。"他闻曲文悟禅机，她当头一问："尔有何贵？尔有何坚？"他说：林妹妹从不说"混账话"！她写诗，他叫好；她葬花，他协倒。

然而纵然有木石前盟，无边的深情，也敌不过冰冷的现实。宝黛之爱终究是水中月，镜中花。正是"悲凉之雾，遍被华林"，"千红一哭，万艳同悲"，曹公不仅写爱，写美，更写下爱和美的双重破碎。

只是，一切真的是"到头一梦，万境归空"吗？

这是兰陵笑笑生和曹公共同面对的。

《金瓶梅》是一部喧闹的书，骨子里却全是虚无和苍凉。尽管书中穿插佛道中人，也无补世道人心，因为薛姑子之流，个个都利欲熏心，贪嗔痴一个不少。开篇诗云："豪华去后行人绝，萧筝不响歌喉咽。雄剑无威光彩沉，宝琴零落金星灭。玉阶寂寞坠秋露，月照当时歌舞处。当时歌舞人不回，化为近日西陵灰。"真是万念成空，草木同朽。喧闹过去，惟剩荒寒。

曹公也有《好了歌》，"好便是了，了便是好"，有"纵有千年铁门槛，终须一个土馒头"，更有"食尽鸟投林，落了片白茫茫大地真干净"的大悲与大空，看上去，跟《金瓶梅》之繁华落尽、万物成灰，异曲而同工。但是，终究"因空见色，由色生情，传情入色，自色悟空"，多了一个"情"字。

《红楼梦》自言此书"大旨谈情"。儒家以道德为万物生民立命，而曹公以情为人间世界立心，心中的情爱，便是那头顶的星空。他笔下的宝黛，终是情热之人。

脂批透露，八十回后有情榜，宝玉"情不情"，黛玉"情情"。情，可自度，亦可度人。黛玉专情，爱得纯粹，爱得高贵。宝玉博爱，世间万物，从飞鸟鱼虫，到人间儿女，他都温柔以待。

《金瓶梅》之强悍，在于对现实剥皮见骨。《红楼梦》之珍贵，在于发现生命的各种可能性，以及情的珍贵，爱的宗教。

每个人都是孤独的，是一座座孤岛。唯有爱，将孤岛连成陆地。

《红楼梦》是本
什么样的书

一、红学的江湖

网上评选十本最难读的经典小说，《红楼梦》高居榜首。也总是有学生向我抱怨：老师，《红楼梦》太难读了哦！第一回就云山雾罩，读到第五回了，还没故事，没情节，不知道作者到底要写什么。

《红楼梦》真的这么难读吗？其实并非如此。

我个人认为，《红楼梦》之所以难读，原因大概有：一、《红楼梦》衍生了一门红学，有时候很深奥很枯燥，有时候又极为离奇⋯⋯还处处有笔墨官司，又兼众说纷纭，争论不绝。围绕着这本书，有很多人为制造的沟壑和陷阱，很多读者还没进荣国府的大门，就被这些东西绕晕了。就这样，《红楼梦》越来越神秘，越来越复杂。二、没有形成良好的阅读习惯。

有一次我在南京十三中作讲座，一个学生提了一个问题：老师，神瑛侍者下凡后，是甄宝玉，不是贾宝玉；绛珠仙草下凡以后，是黛玉，但贾宝玉是补天之余剩下的那块顽石，就是美玉，他叫贾宝玉，就是假的宝玉嘛。

这么一说，真把《红楼梦》给全盘推翻了，敢情宝玉和黛玉的爱情，是一场错爱。这孩子一定读过红学家周汝昌的书。周汝昌写过一本书，专门阐述这个观点，说黛玉还错泪了，她还泪的对象应该是甄宝玉，不是贾宝玉，贾宝玉的真爱另有其人。

我还听说过各种离奇的说法，比如贾宝玉是崇祯皇帝；金陵十二钗影射的是康熙的十二个皇子……你看，红学家们的观点流传多么深广，影响有多大！所以，进入这本书之前，我要先简单地介绍一下我所认识的"红学"。

鲁迅说：《红楼梦》这本书，是"经学家看见《易》，道学家看见淫，才子看见缠绵，革命家看见排满，流言家看见宫闱秘事……"我既不想当流言家，也不想当红学家，我只是一个普通的红迷。当红学家，是要经权威认证的，十分复杂，堪比 ISO9001 认证！比刘姥姥进荣国府难多了。

"红学"，顾名思义，就是研究《红楼梦》的学问。那么，"红学"到底研究的是什么呢？这个，恐怕连红学内部的人，都未必能说清。

所谓红学，有很多研究风格很多分支，考据、考证和索隐是主流。什么是考据和索隐？一般而言，就是挖掘《红楼梦》里隐藏的历史秘密，这听起来不太像读小说，倒是搞历史研究。是的，在很多人眼里，《红楼梦》不是一部单纯的文学作品，他们相信书里有密码，埋藏了很多说不出的秘密。而他们的任务，就是从书里找出来这些秘密，多半是宫廷秘闻，书中人物、事件多有影射。总之，是一心要把虚构的文学作品，拉到现实的地面上来。

"红学"中最显赫的算是考据派和索隐派了，如果把"红学"当江湖，"考据"和"索隐"就相当于金庸笔下的"少林"和"武当"。

"考据"就是历史考证，他们坚信书里的人和事，都曾真实存在过。索隐派呢，就是探索幽微，认为书里的人与事都有所影射，表面的文字没有意义，要挖掘文字背后隐藏的真事。《红楼梦》开篇不就有个甄士隐吗？那就是"真事隐"的意思，至于是什么真事，那就八仙过海各显神通了。索隐派比考据派历史更悠久，旧红学大部分是索隐。

是的，红学分"新红学"和"旧红学"。

1921 年，胡适写了《红楼梦考证》，开启了"新红学"时代。而旧红学呢，通常是指《红楼梦》成书之后到胡适之前的研究，《红楼梦》一问世，就有不少人关注，但大部分是索隐。有说《红楼梦》是影射清世祖与董鄂妃的，董鄂妃就是秦淮名妓董小宛，也有说写的是康熙时代宰相明珠家里事的。另外也有一些零零散散的评点，不成气候。清光绪年间，两个老者一个喜欢黛玉，一个喜欢宝钗，见面就吵，吵不过就想动手，叫"几挥老拳"，这就是"旧红学"时代的逸闻了。

20 世纪初，有一本书，非常有名，算是"旧红学"的高峰，就是 1917 年出版的《红楼梦索隐》，作者是蔡元培。一听这书名，就知道他是索隐派。他说：《红楼梦》绝对是政治小说，主题就是反清复明，比如贾宝玉，就是传国的玉玺，影射康熙时废太子胤礽的。而宝玉爱红，其实是在纪念"朱"，明朝的皇帝姓朱嘛，说明作者对明朝很怀恋。

这就是索隐派的基本思路，在他们眼里，《红楼梦》处处是密码，处处是微言大义。

同时代的胡适却不同意，说《红楼梦》分明是曹雪芹的自传，不是反清复明！两人互不服气，就打嘴仗。胡适的《红楼梦考证》，力主自传说，他"大胆假设，小心求证"，对《红楼梦》的作者、版本和后四十回提出了自己的看法。

我们现在基本都认定，《红楼梦》的作者是曹雪芹。但也有人坚称，作者不是曹雪芹，有说是洪升的，是吴梅村的，是冒辟疆的，等等等等，至今依然存在争论。

胡适断定《红楼梦》的作者就是曹雪芹，他是根据一些史料记载，得出这个结论的，并且梳理出了曹家的基本情况，比如他认为曹雪芹的父亲就是曹頫。他认为后四十回是高鹗续写的，之前，很少有人意识到这个问题。张爱玲听到这个说法，很赞同：难怪这么烂！因为她非常非常非常讨厌后四十回，我也是。

在《红楼梦》的版本方面，胡适的贡献也很大。

笼统地说，《红楼梦》有两大版本系统，一是脂评本，一是程本（以后也会简略谈谈版本问题）。多年来，大家读的基本是一百二十回的程本（程本也分程甲本和程乙本，其中程乙本对前八十回的文字进行了删改）。但胡适发现了一个脂评本的残本，在1927年，他花重金买下了《脂砚斋重评石头记》，只有十六回，有脂砚斋等人的评点，正是甲戌本。目前有三个最有名的脂批本，就是甲戌本、庚辰本和己卯本。

尽管对《红楼梦》兴趣盎然，但胡适对《红楼梦》的文学价值评价却一点也不高。在他眼里，《红楼梦》这本小说很一般，跟伟大不搭边。他说：《红楼梦》的思想见地，还不如《儒林外史》，而文学技巧呢，也比不上《海上花》和《老残游记》。

第一次看到他这个说法，我有点不相信自己的眼睛！

胡适对《红楼梦》的兴趣，基本上停留在考据上，对它的文学性，并不看重。其实，很多"红学"研究者，也不太关心《红楼梦》的文学价值，他们似乎并不懂得欣赏虚构的作品，对小说的艺术并不感兴趣，他们的兴趣不在小说，而在历史。打个比方，他们对大观园的一草一木很感兴趣，甚至到处考证真实的大观园到底在哪里，但是，对生活在大观园的人却视而不见。

有一个红学大腕周汝昌，大家都比较熟悉了。他在曹学方面颇有建树，有人说他开创了"曹学"。那么，什么是"曹学"呢？就是研究曹雪芹家世的学问嘛。我们知道，有关曹雪芹本人的史料极其有限，非常少，而且大多是间接材料，是曹雪芹的朋友、亲戚、朋友的朋友无意间透露一点曹雪芹的信息。曹公是哪里人？他的父亲到底是曹頫还是曹颙？他的生卒年月？到底有没有写完《红楼梦》？这些问题，都没有定论，也不可能有定论，因为没有更多可靠的史料。

然而，这些都难不倒研究者。他们的脑洞开得很大，路子很狂野。曹学的研究思路就相当独特，就是到《红楼梦》里面，去搜寻曹家的线索，认为贾家有的，曹家也应该有；曹家有的，贾家里必定有。于是乎，改头换面、移花接木、掐头去尾、乾坤大挪移……江湖因此狼烟四起。

我对曹学不感兴趣，所以也不太关注这一块。但周汝昌先生的《红楼梦新证》，开篇自序断定：不了解曹雪芹本人，就不可能理解《红楼梦》。这个说法，却值得商榷。鸡蛋好吃，一定要去认识下蛋的母鸡吗？

不了解作者，到底能不能理解一本书？

当然可以理解。英国人对莎士比亚，知道得并不多，却不妨碍大家爱莎剧，爱《哈姆雷特》。对《金瓶梅》的作者，我们又能知道多少呢？我们知道他叫兰陵笑笑生，其他几乎是一片空白：他是哪里人？真名是什么？几乎一无所知，还不如对曹雪芹了解得更多。但这有没有妨碍我们理解《金瓶梅》呢？显然没有。

罗兰·巴特有一个观点：认为文本写出来，作者就死了。作者对作品没有主宰权，没有解释权。作品的意义面向读者，面向时间，是流动的、叠加的、开放的，不同时代的读者赋予不同的意义，跟作者没有关系了。

周汝昌先生在考据方面下了很多功夫,他澄清了一些问题。不过,好像搅浑了更多问题。

另外,他有一些观点,让人有点哭笑不得。比如,他非常喜欢史湘云,最爱湘云。很多人爱黛玉,爱宝钗,又叫拥黛派、拥钗派,但他是爱云派,他认为史湘云是绝对女主角,光芒四射。至于黛玉和宝钗,那都是来衬托湘云的,完全比不上湘云。正是倚天一出,谁与争锋!这下子,喧嚣已久的"红学"江湖,就更热闹了。有个网友这样戏谑:尘归尘,土归土,拥林二百五;道可道,非常道,拥薛大傻帽;史湘云才是天命女主角!

其实我理解他热爱史湘云的心态,老先生也是性情中人,喜怒形于色。湘云豪爽健朗,又不失天真,又青春又明快,谁不喜欢呢?人见人爱,车见爆胎!只是周汝昌对湘云的爱,太强烈了,太超乎寻常了——他甚至为了让湘云名正言顺地当上女主角,非说黛玉还错了泪,应该还给甄宝玉,而不是贾宝玉。说神瑛侍者下凡后是甄宝玉,而不是贾宝玉,黛玉找错人了!

后来他大概觉得自己一个人喜欢湘云还不够,必须让更多的人喜欢!更多的人喜欢也还不够,重要的是贾宝玉也要喜欢。他写了一篇文章,叫《和贾宝玉对话》,他穿越时空,跟怡红公子名人面对面,学苏格拉底的"助产术",引导宝玉认识到自己爱错了人:原来我对林妹妹的爱,不是爱,是同情和怜悯!既然黛玉是错爱,真爱当然是湘云啦!

都这样了,说什么好呢?《红楼梦》真的太有魔力了,它是一场大梦,也是一个巨坑,多少人就这样前赴后继地掉进去了。

然而,一生只看一本书,陷进去出不来,是可怕的,即使这本书极其伟大。

大家都很熟悉刘心武吧?他喜欢对《红楼梦》里的人物寻根究底,

比如秦可卿到底是谁？元春是怎么死的？妙玉跟贾府是什么关系？他的追问，大致遵循一个原则，"《红楼梦》的每个设定、每个人物，都一定对应着现实"，即小说里有的，现实生活中一定也有。

刘心武揭秘《红楼梦》系列里，曾专门研究过秦可卿这个形象，江湖上称为"秦学"。他说秦可卿的原型是康熙朝的废太子胤礽的女儿，被曹家隐匿并养大，以期作为政治靠山，东山再起。至于为何这般猜测，他也有证据，从书中找了不少。

一是贾家是钟鸣鼎食之族，诗书簪缨之家，怎么会娶秦可卿这样一个媳妇呢？因为秦可卿出身太平常，只是小官秦业从育婴堂抱来的弃婴，但她居然嫁给了宁国府贾敬的长孙贾蓉，这不科学啊！

二是秦可卿的卧室摆设得富丽堂皇，都是皇室用品，这里面大有文章，一个普通的女性怎么可能有这样的卧室！必定有皇家血脉啊！

三是秦可卿的葬礼，来了这么多显赫的人物，连北静王都来了，她的出身如此低微，而且只是贾蓉的太太而已。这说明什么？说明秦可卿必然有很大来历啊！

这是典型地把小说当历史书、当密码书看。他是先有了结论，再从《红楼梦》里寻找证据。"手里拿个锤子，看什么都是钉子。"其实，他找出的这些证据，或者疑点，完全可以从文学的角度来解释，而且更有说服力，更有意思。

首先，秦可卿出身很平常，这是真的，但贾家的媳妇里，她不是唯一一个出身平常的。她的婆婆，贾珍的太太尤氏，娘家也是普通人家，尤姥姥是她继母，还带来两个拖油瓶——尤二姐和尤三姐，生活艰难，要靠贾珍接济。荣国府的贾赦太太邢夫人，也是普通家庭出身。她的兄嫂过得很寒酸，侄女岫烟甚至连一件像样的衣裳都没有。

这么看来，四大家族虽然联络有亲，一损俱损，一荣皆荣，扶持遮饰，俱有照应，却并非都一定会娶门户相当的媳妇。

第二个，秦可卿卧室的摆设。第五回写了宝玉梦游太虚幻境，那么，在太虚幻境里，宝玉看见了什么，又做了什么？他看见了命运，还跟警幻仙姑的妹妹可卿做了儿女之事。这两件事，对整部书、对他个人都非常关键。

曹公在这里搞了剧透。从来没有一本书敢这么写，敢这样不按常理出牌，他告诉我们：最后"食尽鸟投林，落了片白茫茫大地真干净"。书中人物，尤其是金陵十二钗的结局也都透露了。薄命司里有很多册子，有金陵十二册正册、金陵十二册副册和又副册，里面有画，也有文字，说的就是她们的命运。宝玉第一个翻开的是一本又副册：满纸水墨瀚染的乌云浊雾，后面有几行字迹："霁月难逢，彩云易散。心比天高，身为下贱。风流灵巧招人怨。寿夭多因毁谤生，多情公子空牵念。"我们知道，这写的是晴雯，但宝玉却不知道。他又翻了副册和正册，仙姑恐怕天机泄露，便带他去别处游玩，还让他听了十二首《红楼梦》曲子。

另有一种剧透的方式，是开篇第一回。青埂峰下，被弃的顽石灵性已通，听见一僧一道谈论红尘之事，不禁打动凡心，央求二位大师带自己去红尘世界，但一僧一道告诉它：其实，红尘之中很多烦恼的，不过是好事多魔，美中不足，最后还到头一梦、万境归空，没什么意思。但顽石凡心已炽，说自己不见识不经历，怎么知道是好还是不好呢？最后它还是去了。

曹雪芹为什么这样写？我一开始以为这是他艺高人胆大，对自己的文字有自信，不怕你不往下看。后来才觉得，这体现了曹雪芹对生命的态度：重要的不是结局，而是过程；或者说怎么死并不重要，重要的是如何活着。人终有一死，生命的尽头就是死亡，在死亡面前人人平等；但如何活着，活着的姿态，可就不一样了。

黛玉是怎么活的？她爱宝玉，写一手好诗，又明媚又忧伤，又孤独又自由。宝钗呢？她活得非常小心，藏愚守拙，雍容大度，长得鲜艳妩媚，但她很复杂。她俩一个玉带林中挂，一个金簪雪里埋，都是悲剧。至于她们到底是投湖而死还是病死，这重要吗？不重要，重要的是她们的生命状态，以什么样的姿态活过。

回到宝玉的梦境里来。在太虚幻境，宝玉除了与命运擦肩而过，警幻仙姑还安排他和自己的妹子可卿，去领略了男女之事。此时的宝玉十二岁左右，虽是一个懵懂少年，却正是一个微妙的年龄：性意识刚刚懵懂，对男女之事有了感觉甚至向往。

宝玉的这个梦如此重要，不仅关涉整部书的走向，也是他生命里的重要节点。正是在这场梦里，他在身体上告别了男孩，成了一个男人。梦境发生的地点，恰是秦可卿的卧室。

既然卧室是刘心武重点关注的，我们不妨一起来看看这个卧室到底有何玄机。

这天午后，宝玉和王熙凤在宁国府里吃饭喝酒，宝玉想午睡，贾蓉的太太秦氏便带着宝玉去房间休息。论辈分，宝玉是贾蓉和秦氏的叔叔，也是秦氏的长辈。秦氏做事一向十分妥当，由她来安排最合适。她先是带着宝玉来到一个房间，宝玉却非常不喜欢，嚷着要出去。因为墙上挂了一幅画，名为《燃藜图》，旁边又有一副对联，写着"世事洞明皆学问，人情练达即文章"，都是劝学励志，好好学习，天天向上。宝玉不喜欢，他一生最讨厌的就是这种调子。

秦氏说：你不喜欢这个屋子，那喜欢什么样的呢？好吧！那就去我的房间吧。旁边的婆子说：不好吧？哪有叔叔去侄子房间里睡觉的啊？秦氏说：他才多大呀，我兄弟还比他高点呢，没关系。然后，就带着宝玉来到自己的卧房。

刚到房门，便有一股细细的甜香袭来。宝玉一下子眼饧骨软，这是很陶醉、很迷离的意思。房间里也有一幅画，叫《海棠春睡图》，唐伯虎画的，画上的杨贵妃半睡半醒，慵懒迷离，衣衫不整，是不是很香艳？旁边还有一副对联："嫩寒锁梦因春冷，芳气笼人是酒香。"

再看桌子上摆着的是武则天用过的宝镜，赵飞燕跳舞用过的金盘，盘子里还放着安禄山当年掷过去伤了太真乳的木瓜，卧榻是寿昌公主在含章殿用的榻，挂的是同昌公主制的联珠帐。

宝玉笑着连声说：这里好极了。秦氏便笑道：我这屋子，连神仙都能住得了。说着便亲自展开了西子浣过的纱衾，拿过红娘抱过的鸳枕。

这是宝玉眼中的秦氏的卧室。

刘心武说：看，这些摆设不是武则天用的，就是跟赵飞燕有关，还有杨贵妃、寿昌公主、同昌公主什么的，都是皇家人！秦氏这样一个出身的女性，怎么可能有这般皇室待遇呢？这太不寻常了，曹雪芹一定暗示了什么，暗示秦氏不凡的来历，而她的出身一定跟皇室有关！

但这其实是一种文学的渲染手法，不可能真的是武则天等用过的。渲染了什么呢？是宝玉此刻的情绪和心态。彼时，宝玉刚刚有了性意识，在某种程度上，秦氏可以说是他梦中渴望的女性，完美的梦中情人。秦氏长得非常美丽，乳名"可卿"，既有黛玉的风流袅娜，又有宝钗的鲜艳妩媚。在梦里，她成了警幻仙姑的妹妹，又名兼美。在潜意识里，宝玉对这样的女子是有向往的。

那么此时此刻，这间卧室对宝玉来说，就意味深长了——处处皆是性的意味，处处香艳撩人。事实上，武则天、赵飞燕、杨贵妃、西施，还有寿昌公主，都曾是民间传奇艳情小说的女主角。

宝玉心满意足地躺下了。恍恍惚惚中，秦氏在前，他就随了秦氏，来到了一个地方，即太虚幻境。看了卷册，听了曲子，又被警幻仙姑领到一"香闺绣阁"之中，早有一女子在内，"其鲜艳妩媚，有似乎宝钗，风流袅娜，则又如黛玉"。仙姑告诉他：这是吾妹，"乳名兼美，字可卿者，许配于汝。今夕良时，即可成姻……领略仙闺幻境之风光"。并授以云雨之事，于是，宝玉恍恍惚惚，便依警幻之言，与可卿未免有儿女之事。

从这个角度看，宝玉其实是做了一个性梦。这个梦，处处有铺垫，秦氏的卧室如此香艳，一方面隐喻了秦氏的风情、风流；一方面是宝玉心情的映射，是心理的外化。是言情版的"感时花溅泪，恨别鸟惊心"，是王阳明所说："你未看此花时，此花与汝心同归于寂；你来看此花时，则此花颜色一时明白起来。"一句话，你心里有什么，眼里便看见了什么。

你是喜欢这样文学化的解释，还是刘心武版"废太子的公主"？人人都说，一千个读者眼里有一千个哈姆雷特，每个人都有自己的视角，文学是多元化的。但不是每个人眼里的哈姆雷特都是文学的哈姆雷特，有的人偏偏要把他当成真人真事，去研究哈姆雷特是历史上的谁谁……这就已经不是文学了。

不把《红楼梦》当小说读，却喜欢各种猜谜。猜谜的根据也五花八门，不是捕风捉影，就是移花接木，总之是穿凿附会，认定书里另有一套密码。这种微言大义的读法，怎么看都有点像雍正，他就是这么读"清风不识字，何故乱翻书"的！

曹公呕心沥血几十载的作品，就这样成了流言和秘密的集散地。

我经常怀疑：他们跟我读的，到底是不是同一本书？在我的心里，《红楼梦》就是《红楼梦》，它就是一部小说，只是一部小说而已。

再看秦可卿的葬礼。确实非常隆重，来了不少达官贵人，连北静王都来了，来宾规格很高。贾珍还执意要用一种叫"樯木"的珍贵木材做棺材，这樯木极罕见，出自潢海铁网山，原本是一个亲王给自己准备的。倒是贾政劝贾珍：此物恐非常人可享，用上等杉木就行，但贾珍不听。刘心武便猜测道：这棺木非一般人可用的，葬礼规格又这么高，可见秦可卿实非平常人物。

其实并不难解释。来吊唁的，都是贾家的关系户，作为一个钟鸣鼎食之家，宁国府是有来头的。贾珍的官职是"世袭三品爵威烈将军"，他的祖父贾代化是"世袭一等神威将军"，地位虽然一代不如一代，但底子和架子都在。来参加葬礼的也都是这种祖上显赫的家族，里面还有一个我们熟悉的名字：神武将军公子冯紫英。所以，数来数去，也就是北静王最高级。

我们都知道，中国传统的葬礼仪式，来参加葬礼，是看在生者的面子上，并非为了死者。葬礼、婚礼、生日这些场合，社交功能最重要。至于贾珍要用珍贵棺木，也不过体现了他伤心过度，一心想把葬礼办得体面罢了。

《金瓶梅》里的西门庆，安葬第六个小妾李瓶儿，也是花了三百二十两银子买了罕见的"桃花洞"做棺木的，参加葬礼的，吊唁的，从大户到官家，多了。西门庆死了以后，葬礼却冷冷清清，来者稀稀落落。这就是人情世故。

还有"张太医论病细穷源"一回里，秦氏病了，张太医来看病并开了药方。里面有十四味中药，前面五味是"人参、白术、云苓、熟地、归身"，连起来就是"人参白术云，苓熟地归身"，意思是：倘若大事不好，就在宁国府结束自己的生命，所谓"熟地归身"！所以秦可卿就自杀了。

这是典型的索隐了——先有一个观点，再去找文字来佐证。《红楼梦》的阅读历史中，索隐派读法一直盛行不衰，真是步步惊心，脑洞大开。其中一个原因，是汉语有大量多音多义词、同音多义词，如果不尊重具体的语境，解释起来有很大的空间。

但是，这样的读法，却让《红楼梦》局限于文字和历史的游戏里，反而变得狭隘了。它不再是虚构的、想象的和审美的，反而成了隐藏政治秘密的密码书，其实，这是对文学的伤害。

还是让文学的归文学，历史的归历史吧。

二、我们如何读小说，为何要读经典？

课堂上，经常有学生来问我类似的问题："老师，宝钗送给黛玉的燕窝里，是不是放毒药了啊？""老师，向王夫人告密的是不是袭人？是不是她害死了晴雯？"

我的天哪，真是每个人心里都有一本《红楼梦》啊！

鲁迅先生说过，中国人往往不太会读小说，读着读着，就一不小心钻进去成了其中的一个角色，有的就成了冷子兴。冷子兴在第二回对着贾雨村八卦荣国府，差不多是流言家了。

成冷子兴倒也不可怕，成了王善保家的，满脑子不满和阴谋，就麻烦了。

王善保家的是邢夫人的陪房，因邢夫人不受贾母待见，她也没什么存在感，内心很不平衡。一次，贾母的丫头傻大姐在园子里的假山旁，捡到一个绣春囊，被邢夫人碰见，邢夫人就让王善保家的交给王夫人。王夫人很惊慌，很愤怒，王善保家的就趁机告黑状：大观园确实该整治一下了！别人倒也罢了，惟有那个晴雯，仗着自己标致，整天立着两个骚眼睛骂人，妖妖趫趫，很不像样子！她为何要说晴雯的坏话？大概晴雯对她不够客气，她心有不忿，而且这样的人也看不惯漂亮张扬的女孩子。

如果成了她，就会整天陷在鸡毛蒜皮的小事里，患得患失，永远不懂大观园的美好了。

《红楼梦》这本书，曹雪芹批阅十载，增删五次，"字字看来皆是血，十年辛苦不寻常"。如果我们只读出了八卦，读出了阴谋，是不是太暴殄天物？

事实上，我相信有什么样的读者，就有什么样的《红楼梦》。阅读对象是经典，读者的智商和理解力也应该与之匹配。所以，我们要"养成良好的阅读习惯"。

很多人更愿意去读那些没难度比较轻松的书。比如网络小说、流行小说，或者一些娱乐性强的小说，它们可归类为"轻小说"。阅读轻小说，不费脑细胞，没有阅读障碍，整体上又轻松又愉快。这当然没问题，我们需要娱乐，问题在于只读"轻小说"，稍微有点难度，就大呼"看不下去"。

第五十四回"史太君破陈腐旧套"，贾母就逮住重点，痛批才子佳人故事全是套路。那天元宵节，女先生说书，说起了《凤求鸾》：书上说，残唐之时，有一个乡绅，这乡绅有一个儿子叫王熙凤。王公子上京赶考，遇见大雨，到一个庄子上避雨。这庄子上也有一个乡绅，姓李，有一个千金小姐叫雏鸾，琴棋书画，无所不通……贾母赶紧喊停：别说了，我猜到了，一定是这王熙凤要求这雏鸾小姐为妻！其实，这些书都一个套路——有一个公子，就有一个小姐，这公子必然遇到这小姐，这小姐身边也只一个丫鬟，然后这公子就求这小姐为妻，等等。

这就是"陈腐旧套"了！开篇第一回，曹公便借顽石之口批评那些传统的才子佳人书，不过是满纸的潘安子建，西子文君，"千部共出一套"，满满的套路！读一本就等于读了几百本。

美国的文学评论家哈罗德·布鲁姆说：有些小说读起来，总有种似曾相识之感，因为它不能提供新的东西。而经典，则相反，它总能提供崭新的经验、思想和审美。

生也有涯，在有限的生命里，读十几本非原创的"轻小说"，跟"啃"一本《红楼梦》，花的时间差不多，你会选哪个呢？

我们需要"轻盈"，也需要"沉重"，这样生命才会有丰厚的质感。经典是"沉重"的，我们需要它。

我很愿意跟大家分享意大利作家卡尔维诺对经典的定义，一共十四条：

1. 经典是那些你经常听人家说"我正在重读"，而不是"我正在读"的书。

2. 经典作品是这样一些书，它们对读过并喜爱它们的人构成一种宝贵的经验；但是对那些保留这个机会，等到享受他们最佳状态来临时才阅读它们的人，它们也仍然是一种丰富的经验。

3. 经典作品是一些产生某些特殊影响的书，它们要么本身以难忘的方式给我们的想象力打下印记，要么乔装成个人或集体的无意识隐藏在深层记忆中。

4. 一部经典作品是一本每次重读都像初读那样带来发现的书。

5. 一部经典作品是一本即使我们初读也好像是在重温的书。

6. 一部经典作品是一本永不耗尽它要向读者说的一切东西的书。

7. 经典作品是这样一些书，它们带着先前解释的气息走向我们，背后拖着它们经过文化或多种文化（或只是多种语言和风俗）时留下的足迹。

8. 一部经典作品是这样一部作品，它不断在它周围制造批评话语的尘云，却也总是把那些微粒抖掉。

9. 经典作品是这样一些书，我们越是道听途说，以为我们懂了。当我们实际读它们，我们就越觉得它们独特、意想不到和新颖。

10. 一部经典作品是这样一个名称，它用于形容任何一本表现整个宇宙的书，一本与古代护身符不相上下的书。

11．"你的"经典作品是这样一本书，它使你不能对它保持不闻不问，它帮助你在与它的关系中甚至在反对它的过程中确立你自己。

12．一部经典作品是一部早于其他经典的作品；但是那些读过其他经典作品的人，一下子就能认出它在众多经典作品的系谱中的位置。

13．一部经典作品是这样一部作品，它把现在的噪声调成一种背景轻音，而这种背景轻音对经典作品的存在是不可或缺的。

14．一部经典作品是这样一部作品，哪怕与它格格不入的现在占统治地位，它也坚持至少成为一种背景噪声。

《红楼梦》这部经典，可以在任何年龄走进它。在不同的年龄读，会读出不同的味道。它会随你年龄的增长，而不断焕发出新的意义。它是召唤，是邀约，期待你的参与，常读常新。

书和人也有缘分，但前提是：有阅读它的欲望。

三、《红楼梦》是本什么样的书？

我上中学的时候，老师这样介绍《红楼梦》：《红楼梦》写了四大家族的衰亡史，通过四大家族的衰亡，体现了封建社会的本质；通过描写贾宝玉和林黛玉的爱情悲剧，体现了封建社会的自由思想遭遇旧势力的残酷打压。当时，课本上还节选了"宝玉挨打"，说贾政代表了封建的腐朽的旧势力，而宝玉则是新人类的典型，贾政打宝玉就是旧势力对新生力量的镇压。

现在看，这种说法不仅枯燥，而且太独断了。用几个大词、几个概念，就能概括一部《红楼梦》？这些词，好像说了一切，其实又什么也没说。到底什么是文学？文学的意义何在？这些大词当然不会告诉你。即使告诉你了，也不能信。

歌德说："理论是灰色的，生命之树常青。"文学是人学，它写的是人，是生命，是你、我、他，是我们自己，是芸芸众生。

当我们轻而易举地下了结论，说《红楼梦》写的是封建社会，这给人的感觉好像这本书很遥远、很古老，写的是几百年前的人和事，跟我们没有关系。只是一些没有温度的文字，是一个死去的经典。

根本不是这样。就我个人的阅读经验，每次读，都好像在读一本新书，这感觉极其美妙！我小学时候就翻《红楼梦》，虽然查着字典背下了《葬花吟》，但什么也不懂，只知道向小伙伴炫耀。中学时候再读，也懵懵懂懂，似懂非懂，被灌输了"封建社会"这套话语体系后，更懒得用心读了。大学时代，重新打开它，它其实是一本新书，好像自己从来没有读过它一样。

每次读它，都有不同的感受。就连那些耳熟能详的细节，也能生发出不同的含义。

宝玉在书中做过好几次梦，先是梦游太虚幻境，在梦里，他看到了命运，也从一个男孩变成一个男人；第三十六回，他躺在床上睡午觉，宝钗坐在旁边绣他的鸳鸯肚兜，他却说了一句梦话：和尚道士的话如何信得！谁说金玉姻缘，我偏说木石姻缘！宝钗在一旁听怔了……

日常生活做不了的，说不出的，在梦里就可以。

传统的中国文学作品里，梦并不罕见。比如"南柯一梦""黄粱一梦"。在梦里，主人公完整地经历了一生，荣华富贵、财色妻儿，一个也不少，醒来却只是一场梦。这场梦极短，短得只有一顿饭的工夫。这是绝好的隐喻——人生如梦，虚幻而荒凉。庄周梦蝶之时，到底是庄周梦见了蝴蝶，还是庄周是蝴蝶所梦，到底谁在谁的梦里？何为真实，何为虚幻，自我的界限又在哪里？

第五十六回，宝玉做梦，梦见了甄宝玉；奇怪的是，与此同时，甄宝玉在梦里也梦见了贾宝玉。前八十回里，甄宝玉的真身从未出场，他的名字只在众人的言谈中闪过。宝玉听江南甄家的人说，他们家也有一个宝玉，长相、性格跟自己都一模一样。他不信，回到怡红院，疑惑中忽忽睡去。梦里来到了一座花园，这花园跟大观园一般无二，又遇到几个丫鬟，她们跟袭人、平儿不相上下，美丽可爱。众丫鬟见了宝玉，还以为是她们家的宝玉，见到宝玉行礼，才知道原来是另一个人。

宝玉心中纳闷：难道真有另一个我不成？

他顺步走至一所院内，却见一人卧在榻上，旁边几个女孩在做针线。榻上之人叹口气，一个丫鬟笑道："宝玉，你不睡又叹什么？想必为你妹妹病了，又胡愁乱恨呢。"外面的宝玉吃了一惊，只听榻上少年说："我听见老太太说，长安都中也有个宝玉，跟我一样性情，我只不信。我才作了一个梦，竟梦中到了都中一个花园子里，遇见几个姐姐，都叫我臭小厮，不理我。好不容易找到他房里头，偏他在睡觉，空有皮囊，真性不知那去了。"

宝玉忙说道："我因找宝玉来到这里，原来你就是宝玉？"榻上的少年过来拉住："原来你就是宝玉？这可不是梦里了。"宝玉道："这如何是梦？真而又真了。"两人正说话，只听有人喊："老爷叫宝玉！"两个宝玉都慌了神，一个宝玉要走，另一个宝玉便叫："宝玉快回来，快回来！"

袭人听见宝玉梦中自唤，忙推醒他。

那么，为什么会有一个甄宝玉？曹公为什么要安排他们梦中相见？

有人说，江南甄家是书中暗藏的一条线索，隐伏了曹公的真实家世，因为政治原因，不能明说，只能暗写。周汝昌先生甚至说：

甄宝玉才是神瑛侍者下凡，贾宝玉不过是顽石转世，所以林黛玉还错泪了……

不妨再借用法国哲学家拉康的镜像理论，来分析这个梦：甄宝玉是贾宝玉欲望的投射，是想象的另一个自我，他想寻求自我的认同，寻求一种默契和理解。在梦中，他见了甄宝玉，后者是他的镜中影像，水中倒影。梦里的相互寻找，其实是一个孤独的个体，对自我的渴望和确认，是自我成长的一个阶段。毕竟，一个人在世上行走，太孤独了。

拉康的理论还有一层意思：个体呈现给世界的，永远是一个"不真实"的自我，或者说其他人总是"在我们之外"认识我们，对每个个体来说，自己和对方都互为"镜中人"。所以，人生来孤独，很难获得足够的、真正的理解。

这么一想，孤独真是人类的宿命。但如果拒绝承认这一点，人类将承受更多的痛苦。

曹雪芹当然不认识拉康，但他说："假作真时真亦假，无为有处有还无。"真与假，有与无，纠缠成一团，竟是说不清了，跟拉康岂不是两相呼应？

我们再来看贾宝玉梦见甄宝玉，同时甄宝玉也梦见了贾宝玉，两人又在梦里相见，到底是谁梦见了谁？梦里有梦，环环相扣，盗梦空间一般，充满了象征和隐喻，这是超现实主义的艺术手法了。

接下来，我们要见证曹公另一个大手笔了。

袭人推醒宝玉。原来宝玉是对着镜子睡着了，所以梦迷了。麝月解释道：怪不得老太太说小孩子屋里不可多有镜子，躺下后照着镜子，合上眼，自然胡梦颠倒。要不然，怎么会自己喊自己的名字？明儿赶紧把床挪开吧。

就这样，轻轻一笔，宝玉瞬间从梦境降落到人间，魔幻回归了现实。《红楼梦》是小说中的小说，仅从形式来看，便在不动声色中做到了千变万化，呈现了小说所能抵达的无限可能。当代的先锋作家总习惯从欧美现代小说偷师，却多对自家的宝贝视而不见，实在可惜。

伟大的小说是一座迷宫，内部有无数交叉的小径，每个人选择的入口不一样，看见的风景也不一样。

所以，读书真的是在读自己。

我们中国人，几乎每个人的性格里都藏着一部《红楼梦》。

《红楼梦》还是一部大百科全书：饮食、风俗、建筑、服饰、诗词歌赋、医药、园林、谚语、灯谜、酒令，还有绘画和诗评。形形色色的人物，有名字的就有四百多人，从贾府到社会，从大观园里到大观园外，从主子到奴仆，从官宦到侠客……这是一个庞大的世界。横看成岭侧成峰，每个人都能找到自己感兴趣的东西。甚至可以按图索骥，用科学方式来研究，就连书中的美食，都可以写出一本食谱来。

读文学，固然千姿百态，本质上是个人与作品的对话。这种对话，不会让我们获得生活的技能，也不会让我们变好或变坏，而是获得一种审美的力量，让我们懂得如何与自我相处，如何理解这个世界，从而实现自我成长。

文学是虚构的，但它有时却比现实生活更真实、更深刻、更有力量。

因为我们所看到的世界，只是世界的表象，是现象的世界。我们看到，但不一定"看见"，"看见"世界的另一面，"看见"世界的内部。但是，文学，尤其是伟大的经典，却能呈现这一切，呈现普遍的人性。

所以，那些一定要把《红楼梦》当成历史书来读的人，错过了文学世界最辽阔、最迷人的风景。

那么，《红楼梦》到底是怎样一本书？

今天只谈《红楼梦》里的一个小人物。

这一天，怡红院有点不寻常，袭人不在家，麝月病了回家休养去了，秋纹和碧痕出去抬水了，宝玉身边没人伺候。他一时口渴，可是外头只有几个老婆子，只好自己去倒茶。正在这时，忽然听见有人说话：二爷，别烫到手，让我来吧！

宝玉吓了一跳，扭头一看：原来是一个小丫鬟，黑鬒鬒的头发，穿着半新不旧的衣服，头上挽了一个鬏，容长脸面，细巧身材，却十分俏丽干净。但宝玉却不认识，他问：你也是我屋里的人吗？我怎么不认识你啊？这个丫鬟一边倒水，一边说：我没在二爷身边递茶递水，拿东拿西，您哪里会认识我呢？宝玉奇怪了：那你咋不在我身边干活呢？小丫鬟说：这可不好说了。

正说着话，秋纹和碧痕抬着水回来了，这丫鬟赶紧去接水。她俩看见她却很不高兴：小红，你怎么进来了？刚才你说什么了？做什么了？

原来这个丫头就是小红。她本来是怡红院最低等的粗使丫头，按规矩是不能贴身伺候宝玉的。秋纹把小红臭骂一顿：没脸的下流东西！正经活儿不干，倒等着到这里来捡便宜卖乖。你也不拿镜子照照自己，配不配来这里倒茶。碧痕也说：明儿个咱都走，让她来伺候好了。

有人的地方，就有江湖，怡红院也不例外。在怡红院里，丫鬟们是有等级的——袭人和晴雯是贾母的人，等于是空降的。袭人是首席大丫鬟，后面是晴雯，再接着就是麝月、秋纹和碧痕。小红是最边缘的、最没地位的，相当于清洁工。

在书中，"倒茶"是个极小的事件，但对小红来说，却是唯一一次可以走近宝玉的机会。曹公写她：因有三分容貌，痴心妄想想攀高，每每想要在宝玉面前表现一下，却一直没有机会。如今，她倒是抓到了机会，却被秋纹们骂了一顿。说实话，宝玉身边没人的时候，是极少的。这说明小红倒茶并非偶然事件，她一定悄悄观察很久了。

宝玉对小红印象也不错，但他心细，一来怕提拔别人太快，寒了袭人等人的心，二来也想再观察一下。这事就这么黄下去了，但小红似乎并没沮丧下去，她又等到了机会。

这天，小红在滴翠亭跟坠儿说悄悄话，坠儿说贾芸捡到了她的手帕等等。小红在宝玉这里灰了心，又注意到了贾芸，丢手帕事件多半是她有意制造的机会。刚说完话，听见王熙凤在山坡上叫人，她连忙弃了众人，跑到凤姐跟前：奶奶什么事啊？凤姐上下打量了她一下：我有事，不知道你行不行？说话利落不利落？

小红笑着说：奶奶只管吩咐我，我要做不好，您就罚我。王熙凤说：你去告诉平姐姐，外头屋里桌子上汝窑盘子架下放着一卷银子，给张材家的。再把里头床头我的一个荷包拿来。小红办完事回来，说事情已经办好，另外，旺儿来讨奶奶的话，平姐姐已经按奶奶的主意打发他去办事了。王熙凤问：怎么按我主意打发的啊？接下来小红说了一段话：

"平姐姐说：我们奶奶问这里奶奶好。原是我们二爷不在家，虽然迟了两天，只管请奶奶放心。等五奶奶好些，我们奶奶还会了五奶奶来瞧奶奶呢。五奶奶前儿打发了人来说，舅奶奶带了信来了，问奶奶好，还要和这里的姑奶奶寻两丸延年神验万全丹。若有了，奶奶打发人来，只管送在我们奶奶这里。明儿有人去，就顺路给那边舅奶奶带去的。"

这段如何？

旁边的李纨听晕了。嗳哟哟，什么奶奶爷爷一大堆。凤姐笑着说：

你听不懂，这可是四五门子的话呢。可不是，我们奶奶、这里奶奶、五奶奶、舅奶奶、姑奶奶，真是五家子的奶奶呢。

这个细节就叫"小红传话"吧。这个丫鬟太伶牙俐齿了，这个时候的她，一定是发着光的！大观园有很多美好的事件，比如黛玉葬花、晴雯撕扇、香菱学诗、宝钗扑蝶、湘云醉卧芍药裀，真是遍地芳华，各有其美。"小红传话"也美得很。

王熙凤喜欢上了她：这孩子不错，说话利落，说得又齐全，不像别人那样，总是哼哼唧唧扭扭捏捏，跟蚊子一样，急得我直冒火。以后你跟着我混吧，明儿我跟宝玉说，把你要过来。至此，小红成功跳槽——从怡红院的清洁工，成了王熙凤的贴身秘书。

值得一提的是，小红把握的这两次机会，都非常明白、敞亮，丝毫不鬼鬼祟祟。去宝玉房里倒茶，她也没趁机说别的丫鬟坏事。帮王熙凤跑腿，也是靠自己腿脚快，反应快，靠的是自己的真本事，明明白白，坦坦荡荡。

王熙凤要提拔她，问她愿不愿意，小红这样回答：愿不愿意，我们也不敢说。只是跟着奶奶，我们也学些眉眼高低，出入上下，大小的事也长长见识。这话，说得不卑不亢，很得体。

这个丫头不简单。第二十六回有个情节，说的是小红和另一个小丫头佳蕙，在聊天。看小红满腹心事，有点不开心，佳蕙就说：宝玉病了这么一阵子，伺候他的人，都得了赏赐。姐姐你却没得，我不服。想起来就生气。小红却说：也没有什么可气的。俗话说："千里搭长棚，没有不散的筵席，谁又能守谁一辈子呢？！不过三年五年的，个人干个人的去了，谁还管谁呢？

看这见识，这做事的气派，在今天，小红能当个职场精英。她身上有一种现代性，非常独立，绝不被动。萨特说，人之所以为人，是因为摆脱了自在的状态，可以做到"自为"。什么是自在？是随波逐流，人云亦云，没有决断，没有主见。在这个意义上，我们可以说小红，在某种程度上做到了"自为"，她改变了自己的"境遇"。

说起来，小红是《红楼梦》里最普通、最平凡的一个角色，一个小人物。

可是谁又不是小人物呢？世界那么大，我们那么小。但小人物也有自己的活法，有自己的尊严。是文学，是《红楼梦》，让小红拥有了不一样的人生。

小红甚至还收获了自己的爱情。

她无意中撞见来找宝玉的贾芸，便留了心：小红知道贾芸是"本家的爷们"，于是"下死眼把贾芸钉了两眼"，劝贾芸改天再来，因为宝玉今儿个回家一定很晚。她的机灵，也吸引了贾芸的注意。接着，贾芸来大观园种树，小红恰好丢了手帕，贾芸恰好捡到，丫鬟坠儿无意中起了穿针引线的作用……各种机缘巧合。

这个故事听起来蛮套路的，但曹公写出来却不落俗套，而是雾里看花。小红的手帕，丢得十分蹊跷，到底是有意还是无意？他不明写，只是呈现生活本身，他恪守"石头"旁观者的身份，让读者猜谜。我们必须调动自己的阅读经验、人生阅历来分析判断，于是，每个人眼里都有一个小红。同理，每个人眼里也都有一个宝玉，一个黛玉，一个宝钗。

有意思的是，在书中，曹公给我们提供了几个视角。一个是王熙凤的视角，她欣赏小红，还破格提拔了她；一个是宝钗的视角，她对小红的判断却完全不同，"滴翠亭杨妃戏彩蝶"，宝钗无意中听见小红和坠儿说悄悄话，暗想：这个丫头，一向"眼空心大，头等的刁钻古怪"，这是妥妥的差评了；另一个视角则是晴雯、秋纹和碧痕，总是讽刺小红攀高枝，同为怡红院的丫头，其实她们也并不了解小红。

这就是人性，就是生活！我们习惯固守自己的道德立场，去评判他人。所以哲学家萨特说："他人就是地狱。""地狱不是另外一个空间，不在彼岸，而在日常生活中，在人与人的关系中。"他人的眼光与评判，构成了一种外在的压迫，深刻地影响着个体的观念、选择和行动。

脂砚斋也评判过小红，在小红成功跳槽后，他发了一个弹幕："奸邪婢岂是怡红应答者，故即逐之。"意思是，这样差劲的人怎么配在怡红院当差呢？畸笏叟随后加了一条解释："此系未见'抄没''狱神庙'诸事，故有是批。"说评者倘若知道小红后来的表现，就不会这么批评了。结合其他脂评，可以推测：贾家败落后，小红和贾芸离开，两个人结了婚，但不忘旧恩，又去狱神庙探望宝玉和王熙凤等人。

什么是"草蛇灰线，伏脉千里"？这就是了。草蛇灰线，是比喻，意思是事物留下隐约可寻的痕迹和线索，在这里，则用来形容《红楼梦》的写法：没有一个人物没有意义，没有一个细节是多余的，没有一处是一个闲笔，前后文彼此勾连，相互呼应，有始有终。

一个小角色，贯穿始终，参与并见证了贾家的兴衰。《红楼梦》这本书，既庞大，又极其精微；有众生相、世相，更有个人的悲与喜和对个体生命的深情观照。就这样，曹公写尽了人性，也写尽了中国人和中国生活。

《红楼梦》是一本生命之书，浩瀚无边。

林黛玉是诗人，孤独而自由，她的明媚与哀愁，是自省，也是超拔的姿态；湘云写一手好诗，还会醉卧芍药裀，围火炉吃烧烤，真名士自风流，但她也是一个懵懂的宝宝，是宝钗的跟屁虫；王熙凤气场强大，管家理政精明能干，泼皮破落户，高级段子手，彪悍的人生不需要解释；探春"才自精明志自高"，能作诗，也能做事，有见识，有情怀，放在今天就是一个霸道总裁；而宝钗可以说是复杂的现实主义者，可以姐妹情深，兰言款款，也可以藏愚守拙，明哲保身，"一问摇头三不知，不干己事不张口"，惊人的冷静与冷酷；还有栊翠庵里偷偷爱着宝玉的妙玉，"僧不僧，俗不俗"，一身的洁癖，满脸的纠结；也有长得最好看，做一手好针线，却嘴贱傲娇，不屑走捷径的晴雯……

当然，还有前无古人后无来者、独一无二的怡红公子贾宝玉。最开始读《红楼梦》，宝玉于我，是模糊的。后来读得多了，才明白这个说"女儿是水作的骨肉，男人是泥作的"的宝玉，原来是一个温柔的"情僧"。

读书就是读自己，愿我们都能领略文学和自己的美好。

（整理自 2016 年 9 月 10 日　于西安知无知文化空间的演讲）

读了《金瓶梅》，更觉《红楼梦》的好

我算是资深"红迷"，爱《红楼梦》很多年了。六年前，我觉得自己该读《金瓶梅》了，然后，断断续续读了两遍，绝对被惊艳！袁宏道说《金瓶梅》"云霞满纸"，确实如此，我甚至有黛玉读《西厢记》"余香满口"的感觉。

当时我又惊喜，又失落，惊喜的是没有错过这样一本奇书。但这本书在我心里，居然有赶超《红楼梦》的趋势，所以又有点失落。这种纠结，大概延续了两年左右吧。

终于有一天，我一下子豁然开朗：两本书，各有各的伟大，无可替代。

我喜欢在《金瓶梅》和《红楼梦》之间穿梭往来，这种读法，乐趣无穷。事实上，充分阅读《金瓶梅》之后，再回头看《红楼梦》，更能体会它的伟大与精妙了，好像又重新发现了《红楼梦》一样。

一、《金瓶梅》与《水浒传》：一个故事，两种讲法

和《红楼梦》一样，《金瓶梅》也有两个版本系统——词话本和

绣像本：《金瓶梅词话》和《绣像批评金瓶梅》（也叫崇祯本）。另外，还有一个本子，叫《张竹坡评点金瓶梅》（张评本），底本是绣像本。那么，词话本和绣像本，哪个版本更好呢？

20世纪20年代，即"五四"新文化运动时期，因为那个时代更重视民间文学，所以词话本更受欢迎。词话本比较像传统的话本，有说书的痕迹，文风比较活泼，有大量的口语，显得有些粗糙。书里保留了大量的戏文内容（类似现在的歌词），绣像本就删掉了大部分歌词，有的只保留了歌名。绣像本的语言，也更精简干净，像一个文学素养很高的人，对词话本进行了删改和润色，重新加工了一番。

这两个版本，开篇就不一样。词话本的第一回回目"景阳冈武松打虎，潘金莲嫌夫卖风月"，上来就写武松打虎，潘金莲嫁给武大郎。绣像本第一回是"西门庆热结十兄弟，武都头冷遇亲哥嫂"，写西门庆和应伯爵等结拜，中间夹带着武松打虎。《金瓶梅》的主角是西门庆，不是武松。很显然，绣像本的开头更合理一些。

词话本的前五回，几乎全盘移植《水浒传》，武大、武松、潘金莲和西门庆的故事，跟《水浒传》的几乎一模一样。但绣像本做了一些修改，潘金莲的形象更加丰富了。比如王婆对西门庆说了一番"挨光计"，就是教他如何勾引潘金莲，词话本没再具体重现这个勾引的过程，二人很快勾搭成奸，而且金莲表现得很主动，基本照搬《水浒传》。但绣像本添了西门庆撩潘金莲的过程，语言、动作，描写得很细致，写金莲老是不停地低头、脸红、扭头，并没那么主动，那么急切。

这样的细节改动，绣像本里有很多。那么，绣像本为何这样改动增删？改得好不好呢？

我个人更喜欢绣像本——除了语言更简练隽永，在思想观念和美学趣味上，绣像本比词话本也要高一大截。

词话本喜欢道德训诫，喜欢点明主旨，总是提"善有善报、恶有恶报"。总在说：各位看官，不要像书中的人物一样哦，要知道"二八佳人体似酥，腰间仗剑斩愚夫"，酒色最坏人心。明代艳情小说基本都是这种套路，明明写的是艳情小说，却要戴个"文以载道"的帽子。说自己这么写，不是诲淫诲盗，而是为了警醒世人，不要被欲望所惑。大概这样做，显得比较正经吧。

绣像本不怎么喜欢教育人，它也在警醒世人，但强调的是"尘世万物的大痛苦和大空虚"，有更深厚的佛教背景，着力于"色"与"空"，并不只是"财"与"色"，多了一个"空"，就大不一样。

我们来看两本书的卷首诗。

词话本第一回的卷首诗："丈夫只手把吴钩，欲斩万人头。如何铁石打成心性，却为花柔！请看项籍并刘季，一似使人愁。只因撞着虞姬、戚氏，豪杰都休。"谆谆教诲读者，不要被女色所惑，贪淫必有恶果。

而绣像本第一回的卷首诗是："豪华去后行人绝，箫筝不响歌喉咽。雄剑无威光彩沉，宝琴零落金星灭。玉阶寂寞坠秋露，月照当时歌舞处。当时歌舞人不回，化为今日西陵灰。"说万事万物、红尘乐事，终会烟消云散。这是更广大的悲哀，更深刻的痛苦。

一比较，两首诗的境界高下立判。

绣像本有深深的感喟和哀伤：生而为人，都逃不了贪嗔痴，被色欲、口腹之欲紧紧裹挟、绑架。像西门庆和潘金莲这样的人，就终日在欲望的洪流中沉浮，最后必然是毁灭。

《水浒传》对这两人，当然是毫不留情的批判，并且最后让武松杀了他们，就地正法。但绣像本的作者，却没让武松杀死西门庆，而是让西门庆死于纵欲，这种安排自有深意——自己杀死自己，比别人杀死自己，不更让人悚然心惊吗？当武松举刀杀死潘金莲后，作者也忍不住喊：武松这汉子端的好狠也！这里面有作者深深的慈悲。

《水浒传》的作者，不会这么说，他会喊："杀得好！"

《金瓶梅》不是审判台，而是人性的世界。作者不批判，只是呈现，他把自己的价值判断深深地隐藏起来。一个伟大的作家，一定善于隐藏自己，比如《红楼梦》的作者曹雪芹。

接下来，我们来看《金瓶梅》，到底是怎样的一本书。

先从主角说起。暂时把西门庆放在一边，来谈谈女主。《金瓶梅》这个书名，包含了三个女主角：潘金莲、李瓶儿和庞春梅。春梅的戏份较少，李瓶儿多一些，戏份最多的当然是潘金莲。

我们知道，《金瓶梅》的故事，创意来自《水浒传》。虽然是借用，但《金瓶梅》的世界跟《水浒传》的世界，完全不一样。名字一样，但人物的性格与命运都不一样，西门庆是另外一个西门庆，潘金莲是另外一个潘金莲，武大也是另一个武大，就连武松也大不一样了。两部书的思想和审美完全不同，这里不一一细说了。

先谈谈潘金莲。在《水浒传》里，潘金莲一出场就是淫妇，脑门上被贴了一个标签——淫妇，喜欢偷情。潘金莲勾搭武松不成，邂逅西门庆，勾搭成奸。武大捉奸，反被西门庆踢伤，后被潘金莲毒死。武松回来后，给武大报仇，杀死潘金莲，杀得理直气壮，因为她是淫妇，该杀！

但兰陵笑笑生，把潘金莲的出身小小修改了一下，说她很小的时候，被母亲卖给王招宣家，学吹拉弹唱，学识字，她是《金瓶梅》世界里唯一一个懂文艺的女生。后来王招宣死了，她母亲又把她卖给张大户。潘金莲非常漂亮，又会打扮，张大户收用了她，但张大户的老婆有意见。大家注意——《水浒传》里的张大户想勾搭潘金莲，但她不同意，还告诉了大户的老婆，大户一气之下就把潘金莲嫁给了武大郎。这里就有一个问题：作者认为潘金莲是淫妇，但张大户勾搭她，她不同意，后来忽然变得喜欢偷情了！这样，潘金莲的性格就存在一个断裂，一个突变，缺乏一个合理的过渡。

当然，《水浒传》的作者主要是写英雄好汉，对女性不甚在意。

但《金瓶梅》里的潘金莲，性格就比较合理。张大户把金莲嫁给了武大，还给武大本钱去卖炊饼。潘金莲嫁给武大之后，无论如何都不甘心——一来武大长得太寒碜；二来金莲本来对爱情是有期待的，长得又漂亮，人又聪明。兰陵笑笑生也为她惋惜，叹息"卖金的偏偏撞不到买金的"，这就是一个伟大作家的慈悲。

如果人生至此，没有别的诱惑，也就罢了，但是，武松来了。武松颜值高，又是肌肉男，是打虎英雄。潘金莲一见武松，马上就沦陷了：天哪！一个妈生的，怎么这么不一样呢！她激动，一连喊了好多声"叔叔"，还邀请他回家住。武松当晚就把行李拿过来了。

值得注意的是，在《金瓶梅》的世界里，武松的形象不再单纯了，不是那个单一的英雄好汉，他也有另外的一面。

潘金莲早起，服侍二人洗漱吃饭，一个去上班，一个去卖炊饼；又做好饭等他们回家。这表面平静的日子，大概过了一个多月。武松还送给嫂子一匹锦缎，潘金莲是喜出望外。这天，外边下着雪，武松中午就回家了。潘金莲便邀请武松喝酒，打算今天就挑明心迹。武松说：等哥哥回来。潘金莲说：哪里等得他，咱俩先喝吧！

这两个人便围着火盆喝酒，潘金莲开始显出撩汉的本事了。说实话，这个场景，并不淫荡，只有风情，因为金莲心里是有爱的，她也有点小羞涩。但这个场景放在《水浒传》的背景里，味道就不一样了，因为作者的态度很明显，就是勾引，就是淫荡。

经过一番试探，武松已经有所察觉了，但他不说，只是心里焦躁，不耐烦，他一声不吭地喝酒，还给潘金莲斟酒。这样的局面，甚至让我们怀疑,他是在等恰当的时机,给潘金莲致命的一击。果然,潘金莲拿起一杯酒,喝了一半,要递给武松:你要有心,喝我半盏残酒……武松怎么回应的?武松大怒,把酒杯打翻在地,把潘金莲推开,说:我认得你,我的拳头认不得你。不要做这般猪狗不如的事!

兰陵笑笑生说"他是一个硬心的直汉",这大概就是我们现在说的直男癌了吧。

这样的拒绝,确实特别直接,一点面子也不给潘金莲。其实,武松完全可以选择另一种方式,以比较委婉的方式拒绝,不用撕破脸,没准一家三口还能像以前一样。但武松不仅粗暴拒绝,甚至举起了拳头,有人说武松大概是一个"厌女症"患者,或许也有些道理。

后来直男武松要出差,走之前还召开了一次家庭会议,对武大千叮咛万嘱咐,以后早点回家,关好门放好窗帘。还对潘金莲说:希望嫂嫂好好看家,篱笆扎好了野狗也进不来。

然而,正是武松的叮嘱,引出了后面的一系列问题。

武松走后,武大果然听话,每天早早回家,回来就把门关好,帘子放下。潘金莲开始很抗拒,后来就习惯了,看时间差不多了,就去放帘子。对!就是因为放帘子,竹竿掉下去,砸到了一个人,那个人就是西门大官人。

这就是偶然性,也就是命运,命运其实是由无数的偶然性构成的。如果武松不嘱咐,武大不早回家,潘金莲就不会这么早去放帘子,就不会邂逅西门庆。接下来,大家都知道了,西门庆看见了一个绝色少妇,而潘金莲看见了一个少妇杀手,潘驴邓小闲一个不缺的西门庆。

如果没有别的渠道,西门庆是无法接近潘金莲的。但是,潘金莲有一个邻居,叫王婆,真正的隔壁老王。王婆这人,越想越觉得她可怕。在《金瓶梅》的世界里,所有的人都是破败的,每一个人都是一个江湖。这个王婆，更是一个老江湖，而且，她的心里藏着一个更深更黑的江湖。

这个王婆是一个老油条，好像什么都懂，连杀人都会，让人细思极恐。她帮西门庆设圈套，去算计潘金莲。为什么？因为她想赚西门庆的钱花。对王婆来说，做坏事就这么简单！而潘金莲却完全不知情。这时的她，还是一个良家妇女，她不知道隔壁老王正和西门庆密谋拉她下水。王婆和西门庆，是潘金莲命运的转折点，也是她生命黑化的开始。

绣像本《金瓶梅》，写了潘金莲如何在西门庆和王婆的算计下，一点点地沦陷，这个过程比词话本更详细。西门庆跟她说话，撩她，她不停地笑，不停地低头。低头这个招牌动作，后来被张爱玲学走了，《倾城之恋》里女主角白流苏，老是含笑低头，尽显中国女性的羞涩、内敛，范柳原就喜欢上了她。

张爱玲说过：《金瓶梅》和《红楼梦》是我一切的来源，可见这两本书对她影响至深。

人生若只如初见，假如生命就定格在这里，一切都不会发生了。这时候的潘金莲，不过是一个偷情的少妇，但情势不由人，在爱与性的双重作用下，她很快就变了，黑化了。

杀武大，是她黑化的开始。武大捉奸，被西门庆踹在心口上，躺倒起不来了，潘金莲一心在西门庆身上，不管武大。武大说：娘子你给我弄点药吃吧。不然，我兄弟回来，我就告诉他实情。如果你给我拿药，我就不提这事了。

潘金莲赶紧告知王婆和西门庆。还是王婆出主意：杀死武大，用砒霜。接下米，潘金莲哆哆嗦嗦地把武大给毒死了，从此真的再也回不了头了。

这真是悲剧！武大的死，是悲剧。潘金莲的黑化，何尝不是一个悲剧？站在武大武松的立场上，潘金莲该杀，这是《水浒传》。但站在人性的立场上，武大、武松、潘金莲都有值得同情的一面，这就是《金瓶梅》。

武松回来之前，西门庆赶紧偷娶了潘金莲。潘金莲算是心满意足了，但她猜中了开头，没猜中结局。

二、潘金莲和西门庆：其实活得很焦虑

因为她遇到的是西门庆，一个风流浪子。他情感粗陋，女人一个又一个，永远没有尽头。潘金莲还没嫁进来的时候，他的滥情就表现得很明显了。武大死了之后，两人的交往更无所顾忌，但后来足足两个多月的时间，西门庆没来找潘金莲。潘金莲相思难熬啊。那时候，她还是一个专一的情人，不滥情，她不停地思念西门庆，掉眼泪，写情诗，打相思卦。终于等到王婆把西门庆拉过来，她一看见西门庆，就像从天上掉下来一般，真是狂喜。

注意，西门庆刚勾搭上潘金莲的时候，作者写潘金莲一到王婆家里，西门庆看见她，就像从天上掉下来的一样。而这个时候，情况有了微妙的转化，男女的心态变了，西门庆开始大大咧咧，没心没肺，已经不像开始那么稀罕潘金莲了，倒是潘金莲激动万分。

这就是作者对人性的体贴和把握，非常迷人。

这两个月没来，西门庆忙什么呢？原来他娶了孟玉楼，一个有钱的寡妇。潘金莲进门以后，西门庆就马不停蹄地梳笼了李桂姐——一个妓女，还是他二老婆李娇儿的侄女，这是乱伦了。他还爬墙跟自己结义兄弟花子虚的老婆李瓶儿偷情。从广义上说，《金瓶梅》就是一个乱伦的世界，干爹干女儿，朋友妻，都乱七八糟，人情、世情一片破败，一片灰暗。

西门庆如此这般，让潘金莲满心的焦虑、不安。她发现自己的处境，就像一个黑洞，充满了不可知的因素。

首先，西门庆有好几个老婆，老大吴月娘、老二李娇儿、老三孟玉楼、老四孙雪娥，潘金莲是第五个。后来，又娶了李瓶儿是老六。而且，西门庆找女人的旅程，似乎才刚刚开始。他接着，又找了下人来旺媳妇宋蕙莲、韩道国的老婆王六儿、妓女郑爱月，还有寡妇林太太、奶妈如意儿、贲四嫂、来爵媳妇……

不仅如此，其他老婆都比潘金莲有钱。孟玉楼是有钱的寡妇，后来的李瓶儿更有钱，带来一百颗珠子，几千两银子。《金瓶梅》这本书，也能体现明代的商业状况和价值取向，一切向钱看，有钱就是大爷。潘金莲没钱，显得特别寒酸，她屋子里的床、桌子，还有衣服都要开口跟西门庆要。

潘金莲唯一的资本，就是美貌。但对西门庆来说，漂亮不一定管用，他会喜新厌旧。对潘金莲来说，内心充满焦虑和怨恨。而且，潘金莲跟一般人不一样，她是一个文艺青年，识字、填词、写情书、吹拉弹唱都会。对爱情有追求、有期待，爱欲非常强烈。她越想独占西门庆，压力也就越大；希望越大，失望也越大。

为了笼住西门庆，她开启了战斗模式，见招拆招，见佛杀佛，战斗力爆棚。

她最大的敌人是李瓶儿。

李瓶儿也是一个有故事的女人，这个以后再谈她。她嫁给西门庆后生了一个儿子，叫官哥。官哥是西门庆活着的时候，唯一的儿子，西门庆很高兴，非常喜欢跟官哥和李瓶儿一起，从外边应酬回来，直奔李瓶儿房间，其乐融融。潘金莲和李瓶儿的屋子，是前后院，前院一家三口其乐融融，这边却是潘金莲独守空床、冷冷清清。

第三十八回"潘金莲雪夜弄琵琶"：西门庆好久没来找潘金莲了，

外面下了雪，听见房檐下铁马响，她以为是西门庆在敲打门环。半夜睡不着觉，就弹琵琶，唱"当年我错看了你"。她会填词，一边唱一边啪嗒啪嗒掉眼泪。李瓶儿听见，赶紧叫人去请她，她不去。西门庆就拉着李瓶儿来看望潘金莲。潘金莲坐在床上，一动也不动，脸色很难看，幽幽地说：你还想着过来啊？你看我都瘦了好多。

女人的幽怨、含酸、嫉妒，尽在其中。一个男作家怎么这么懂女性的心理！一个伟大的作家，一定是跨越性别的，可男可女，雌雄同体的。弗吉尼亚·伍尔夫就说过一句话："伟大的灵魂，是雌雄同体的。"

在这样的环境里，潘金莲充满了焦虑和不安全感，她的爱欲又比一般人更强烈。所以，对她来说，这样的生活简直就是地狱。

"地狱"来自两方面——一是外部环境造成的压迫感，地狱般的感觉。其实潘金莲的人生蛮不幸的。她小时候被母亲卖来卖去，又被迫嫁给武大，又遇到直男武松，隔壁老王又算计她，西门庆又这么花心，这是多重的打击。一是源于她自己，地狱就在她的内心里，她的性格里，爱欲太强大了。如果像孟玉楼那样，对西门庆淡淡的，虽然也含酸，也郁闷，但她比较有克制力，不至于让自己失态，更谈不上疯狂，顶多撺掇潘金莲去争风吃醋。但潘金莲不行，她毫无克制力，个性非常强烈，欲望也非常强烈，所以，变得越来越可怕。

先是对李瓶儿的孩子官哥下手，这个孩子被潘金莲养的白狮子猫给害死了。官哥胆子特别小，这孩子也可怜，西门庆家里整天宴饮不断，唱曲子，官哥整天吓得要命。潘金莲养了一只雪白色的狮子猫，专门用红布裹着生肉，训练这个猫去扑肉。这天，官哥穿着红色的衣服在炕上玩耍，雪狮子猫一下子扑了过去，官哥当时就昏厥了。西门庆没在家，李瓶儿找了刘婆子来，瞎治一通。孩子的病情雪上加霜，再请了小儿科的医生也不管用了。孩子死了，李瓶儿受到沉重的打击，很快也死掉了。

这是潘金莲的罪孽。她先把武大给毒死了，中间还间接地害死了一个宋蕙莲，现在官哥又因她而死。官哥死了，潘金莲抖擞精神，百般称快。这个时候，她已经丧失了正常的人性，她的内心成了地狱。后来李瓶儿死了，她倍感舒爽，少了眼中钉、肉中刺，西门庆属于自己了。一次，西门庆听曲子，想起李瓶儿来，掉眼泪，潘金莲看见，居然说：人都不知道死哪儿去了，听曲子居然会哭！我不信会把我唱哭。

你看，潘金莲已经成这样子了！那个羞涩的少妇，一去不复返了。

第二十九回，吴神仙来算命，把每个人的命运都说得非常清楚。大家都半信半疑。吴神仙说西门庆近期将有双喜临门，但三十三岁时有血光之灾，小心为好。第三十回，西门庆果然生子加官，生了儿子，当了警察局副局长，他高兴，说算得真准。问题来了，喜事能算对，可是三十三岁的血光之灾呢？这个为啥就忘了呢？

这就是人，愿意相信好的，不相信歹的，这就是执迷不悟！

潘金莲就更不信命了，好歹都不信。在第四十六回，元宵节，几个妻妾们遇到一个占卜的老婆子。给李瓶儿算的卦是"奶奶，你尽好一匹红罗，可惜尺头短了些"，意思是短命，这句话像诗一样优美。吴月娘让潘金莲也来算，她不算：我才不算，信她干嘛？哪管我以后街死街埋，路死路埋了，倒在洋沟里就是棺材。管它呢！

不信命，不信因果。不过倒是一语成谶，她后来真的是街死街埋。被武松杀死之后，尸首在街边草草地掩埋，过了好长时间，才被春梅托人安葬了。这个时候，潘金莲已经完全没有敬畏之心了，她一意孤行，就是要活在当下，是"我死后哪管洪水滔天"。

后来西门庆死了。当时西门庆喝醉了，来到潘金莲屋里，潘金莲欲火中烧，喂他吃多了胡僧药。结果就酿成大祸，西门庆挣扎了几天，死了。西门庆刚死，潘金莲就勾搭上了女婿陈敬济，她已经完全被情欲驱使。跟女婿偷情，潘金莲还怀孕了，真是造化弄人。西门庆活着的时候，潘金莲一心要怀孕而不得。她偷偷打了胎，扔到茅厕里，但外人来掏厕所，搞得别人都知道了。

吴月娘发现奸情，气得不得了，老四孙雪娥给吴月娘出主意：干脆让王婆带走得了，别败坏我们的名声。孙雪娥很仇恨潘金莲，潘金莲刚嫁到西门庆家里的时候，曾仗着受宠，激得西门庆打孙雪娥。孙雪娥趁机就撺掇吴月娘，先把潘金莲的闺蜜春梅打发走了，又叫来王婆领金莲。

潘金莲一看见王婆，就愣了，隔壁老王怎么又来了？她还不明白怎么回事呢！就这样，潘金莲又被王婆带走了。

接下来，我们要见证兰陵笑笑生的笔力是何等强劲！对潘金莲，他不指责，他只是写潘金莲又来到王婆家里，跟以前一样，"乔模乔样，站在帘下看人"。这不禁让我们想起，当年潘金莲刚嫁给武大，那时她也"乔模乔样，立在帘下看人"。这些年，她经历了这么多，兜兜转转，鬼使神差一般又回到了原来的起点，但是，她还是跟当年一样。她从来没想过自己的人生吗？她不知道自己有罪孽吗？自己又落到这个地步，是怎么回事？

她不知道自省，也看不见自己的罪孽。她还是那副样子，乔模乔样，站在帘下看人，竟像什么都没发生过一样，又勾搭上了王婆的儿子王潮。这是怎样的一个女人！

这里我要膜拜一下作者！这就是中国作家的厉害之处——他不跳出来痛斥潘金莲，也不描写她的心理活动，不旁敲侧击地渲染批判……我们想想福楼拜的《包法利夫人》，写艾玛自杀前的情绪：墙在发抖，天花板要压垮了她，天黑下来，乌鸦也乱飞……大段大段的描写，里里外外都要起狂风了，场景和心理极其饱满，充满了张力。

而兰陵笑笑生只是轻轻地写了一句：依旧乔模乔样，站在帘下看人。他几乎什么都不说，什么都没做，但我们能感觉到言语之外的风暴，扑面而来，还有深深的叹息，以及对人性的失望。

接下来，又要见证命运的无常了。王婆非要一百一十两银子才出手潘金莲，春梅已嫁给周守备，很受宠爱。一听说潘金莲在发卖，便求周守备把金莲买来，自己情愿做小。春梅和金莲关系特别好，是闺蜜，她们之间的感情很动人，虽然她们都算不上好人。周守备让手下人去王婆那里，王婆不松口，非要一百两银子，还另外要五两银子的谢媒钱。两个手下觉得这婆子太傲娇，就抻这婆子几天。还有陈敬济，就是金莲私通的女婿，因手里没钱，跟王婆说好，去东京拿银子去。还有一个人，也想买潘金莲，就是张二官（即张大户的侄子，这个人后来接替了西门庆的官职，是第二个西门庆）。但他听说潘金莲杀死武大，又跟陈敬济通奸，就放弃了购买欲望，因为他家有个儿子，怕她偷。

与此同时，武松大赦回家了，邻居告诉他你嫂子在老王那儿呢。武松盘算了一番，找到王婆，说要娶嫂子相伴侄女迎儿（书里安排武大还有一个前妻生的女儿叫迎儿）一起过日子，他手里也刚好有施恩给的一百两银子，另外还有五两碎银，一切都是这么巧。

潘金莲掀帘子出来了，她的反应，既不可思议，又合乎她的性格，她想：我这段姻缘还是落在他身上！出来就说：叔叔，可知好嘞。她还催武松："既然要娶奴家，叔叔上紧些。"

看潘金莲这样，各位有什么感觉？是啊，她好天真！她居然相信武松能娶自己！

这就是潘金莲。《金瓶梅》里的潘金莲，是一个非常丰富的、复杂的、立体的形象，一言难尽。她争强好胜，嫉妒心强，又狠毒，让人恨得咬牙。但她不贪财，自尊心很强。

有一次潘姥姥坐了轿子来，要金莲付六分银子的轿子钱。当时正好轮到潘金莲管账管家，西门庆家的财政，是妻妾轮流当管家，但潘金莲拒付轿子钱。她说手里的钱，是家里的钱，又不是私房钱！最后还是孟玉楼看不下去了，付了轿子钱。潘姥姥晚上去李瓶儿的房间里喝酒，那时瓶儿已死，奶妈如意儿在，潘姥姥抱怨金莲不疼顾自己，太过分。这时，春梅来了，对姥姥说：姥姥，你不知道，我们娘是个争强不服弱的主儿，她手里有钱，但是自己不乱花。她想要什么，一定向西门庆明着要，绝对不偷偷摸摸花这个钱。

这说明什么？潘金莲自尊心很强，不屑于偷偷摸摸，她有诸种恶，但却不贪财。现在，她居然又那么单纯，那么天真，真的以为武松会娶自己。

接下来是一场惨烈的凶杀。第二天，王婆扶着潘金莲，戴着红盖头。进了门，一看，怎么武大的灵位也摆上了？王婆就想溜，武松早吩咐迎儿把前后大门关好。很快，武松就变脸了，他先把王婆捆起来，然后开始审潘金莲。潘金莲吓得全招了，武松就下手杀潘金莲，这是第八十七回，"武都头杀嫂祭兄"。

武松先把潘金莲衣服剥光，用香灰塞到她嘴里，然后用脚踢她，双脚踏在她的两个胳膊上，一刀划下去，剖开胸膛，把她的心肝五脏扯下来，血淋淋地供到武大的灵前，一刀又把头割下来。写到这里，兰陵笑笑生都忍不住说了一句话：武松这汉子，端的好狠也！

然后武松又杀了王婆。他亲侄女迎儿，一直在旁边看着说：叔叔，我害怕。他把迎儿关在房间里，说：孩儿，我顾不上你了！然后，去王婆家里拿了银子，搜罗了金银细软，就逃往梁山去了。

在《金瓶梅》的世界里，没有一个值得赞扬的好人，武松这样一个英雄，也暴露了另一面，置自己的亲侄女于不顾的武松，是一个冰冷无情的人。

至于潘金莲，我们看到她一步步黑化、作恶，最后走向毁灭，禁不住唏嘘，却恨不起来。

这就是伟大的文学。伟大的文学，不是道德审判台，而是有对人性无限的哀怜与慈悲。

作者写了潘金莲的恶，也写她可爱的一面。她听得懂各种小曲，非常聪慧，能看透人心，是水晶心肝玻璃人。她最了解西门庆，西门庆出门，别人都不知道他去干啥，她知道：一定又去李桂姐那儿了！一定去王六儿那儿了！

潘金莲聪明无比，智商高，又有情趣，有文艺修养。在西门庆的女人群里，简直是鹤立鸡群。大老婆吴月娘，特点就是贪财，一心想保住老大的位置，别的都不在意。谈不上爱西门庆，不懂爱情。

李瓶儿倒有点意思，也是一个非常复杂的人物。她爱西门庆，但和金莲不一样，她在意的是婚姻、社会关系，她是一个社会中人。而金莲的身上，原始的本能更多。她有的是激情，活得很热烈。

至于老三孟玉楼，评点《金瓶梅》的张竹坡，就非常喜欢她，认为她是理想化的人，身上集中了中国传统女性的美德。我觉得孟玉楼有点像薛宝钗，很克制，很理性，藏愚守拙，也会悄悄撺掇潘金莲，让金莲当枪头，自己则在旁边架桥拨火。她最后的结局是几个妻妾里最好的，嫁给了比自己小六岁的李衙内，李衙内对她也很好。这就是理想的人生吗？

如何评价一个人的生命质量？衡量一个人的幸福指数？我认为，是否懂得爱，能否遇到一场爱情，是很重要的一个标准。爱情对生命来说，是很关键的部分。一个人从来没有过爱情的冲动，这个人的生命质量不会太高。

老四孙雪娥和老二李娇儿，基本上是无趣之人，贪财且愚钝。然而，李娇儿被张二官花了三百两银子买走了。在《金瓶梅》的世界里，李娇儿和吴月娘都善始善终，孟玉楼也有了平凡的幸福。但是，像潘金莲这样一个有趣的、聪慧的，对爱情有要求、有期待的，却死得这么惨！真的很让人唏嘘。

潘金莲的人生是一个悲剧，各种合力造成了她的悲剧。到了最后，她又回到王婆那里等候发卖，看着真让人唏嘘。兰陵笑笑生说过："劝人莫做妇女身，百年苦乐由他人。"这是一个伟大作家的慈悲。

我们来谈谈男主角西门庆。西门庆也是一个焦虑的人。《金瓶梅》的世界里，人人都很焦虑。为什么高晓松认为《金瓶梅》的生活很真实？是因为我们这个时代也很焦虑。赚了一百万还想赚二百万，赚了二百万还想赚一个亿。富人焦虑，因为没有其他的寄托，心灵无处安放。普通人也焦虑，一心想要成功，想变成富人。大家都焦虑。

西门庆是怎样一个人？他每天都要有女人，不能自己一个人睡。有一次去了东京，一个人住难受得不行，把小厮叫过来泄火。他欲望特别强烈，也因此特别焦虑。

他娶了潘金莲，又找了李瓶儿，还有妓女李桂姐、郑爱月。又有宋蕙莲、王六儿、奶妈如意儿，下人贲四嫂、来爵媳妇……他并非传说中欺男霸女的恶人，在男女关系上，他乱来，但不硬来。西门庆不是坏人，《金瓶梅》里没有一个纯粹的坏人，也没有一个纯粹的好人，只有人。

有一个帮闲、打秋风的，叫应伯爵。这个人没什么品格，靠着西门庆讨生活，赚几两银子花。富人需要这么一个破落户，在身边插科打诨，时刻提醒自己有多富有，不然就是锦衣夜行了。但应伯爵也不是坏人，他是一个有趣的人。他虽然经常来蹭饭吃，蹭银子花。但他也有一点自尊，有帮闲的基本修养。一次，应伯爵来了，西门庆问：你吃饭了没？应伯爵不好说自己没吃，蹭饭的意图太明显了，他说：哥，你猜？西门庆说：我猜你吃过了。应伯爵说：哥，你没猜着。

好玩吧？应伯爵的小聪明、小幽默、小自尊，跃然纸上。西门庆说：那就在这儿吃吧，上菜！应伯爵说：哥，有件新鲜事，一个叫武松的，打了只老虎，在街上游行呢，咱们去看吧。边上那个大酒楼，一边吃一边看热闹。于是，他们就一起吃喝玩乐看热闹去了。

《金瓶梅》的世界里，就是这样，所有的人都活得特别接地气，特别复杂。看他们这样，你会感慨：哎，我们人就是这样子吧？我们身边的人也是这样子吧？我们有时候也是这样子吧？潘金莲、西门庆的身上，也有我们的影子。因为我们也如此焦虑，甚至也如此可笑。这就是真实。我相信高晓松说《金瓶梅》很真实，大概就是这种真实，真实地呈现了人性中非常压抑、非常暗黑的那部分。

接着说西门庆。其实，他是有机会停下来反思一下自己的人生的。他很喜欢李瓶儿，但李瓶儿在第六十二回死了。西门庆非常痛苦，哭得一跳三尺高，嗓子都哭哑了。花三百二十两银子给瓶儿买了棺木，叫"桃花洞"，一种珍稀木材。又做了七七四十九天的道场，和尚、道士们都来了，念经的、吹打的、吊唁的，人来人往，特别热闹。

一个人想要活得明白，需要自我救赎，那么，至亲之人的离去，是一个恰当的时机，让我们看清生命的状态。此时此刻，我们终于与死亡亲密接触，既然人终有一死，就应该停下来，反观自己的生活，珍惜爱的人，更加认真地活。

但是，西门庆没有这种意识。他不懂得这其实是一场考验，对生命的考验。他很痛苦，想起李瓶儿来就掉眼泪。第六十五回，他在李瓶儿的屋里吃饭，专门放了一副碗筷，空出一个位置，旁边放着瓶儿的画像，他吃饭的时候，对着画像说：你请吃，你请吃一口。太深情了，旁边的丫鬟、奶妈都哭了。

但这个深情的男人，当天晚上的举动会让你大跌眼镜。

　　晚上他躺在床上睡觉，半夜里，奶妈如意儿起来给他掖被子，他一把搂过来上了床，这是"守孤灵夜半噙齿香"。这个男人，到底是怎样一个男人？他不知廉耻吗？一言难尽。这就是《金瓶梅》的"可怕"之处，它拒绝简单的道德判断，它要我们放弃道德偏见，代之以理解和体贴。

　　兰陵笑笑生从不谴责。相反，对他笔下的人物，有很深的慈悲。他让我们看见西门庆的痛苦、孤独和寂寞，他最爱的一个女人死了，这个时候，他是无助的、软弱的、寂寞的、空虚的、焦虑的。他一个人承受不了，他要填补这种空虚，他要发泄，而奶妈填补了这个空缺。

　　空缺填满了。他一如既往，还是马不停蹄地找女人。他就这样，放弃了生命中难得的一个反思的机会，他就是这样一个男人。西门庆如此，潘金莲如此，其他人何尝不如此？我们也何尝不如此？读《金瓶梅》，读这些人盲目的生，盲目的死，常常让我悚然自省，我是不是也这样？

三、读了《金瓶梅》，更能领略《红楼梦》的美好

　　这里有一个题外话，明代一度出现资本主义萌芽，西门庆这样的人，在那个时代，是富人阶层的缩影。他死了，张二官也是大户，接了他的班。首先他从事的商业活动，非常低级，就是利用运河的运输途径，去南方贩卖丝绸等物品，低买高卖赚取差价，没什么技术含量。发了财后，就想着怎么盖更大的房子，找更多的女人，怎么去勾结更多的官员，没什么文化追求，这样的人怎么可能萌芽出资本主义？这样的阶层是不可能成为资产阶级，开创一个新时代的。

　　《金瓶梅》的世界是如此的辽阔，里面不只是男女之事，不只是

人性，还有广阔的时代背景，而那个时代，跟我们所处的这个时代太像了。为什么那么多人说《金瓶梅》特别真实？因为我们就是里面的人，每个人都被欲望、被成功所驱使，马不停蹄，都静不下心来读一本书。有了钱，想有更多的钱，也没心思做文化事业。

一个社会的文化水平道德水准，不能靠穷人来担当，他们已经够苦够累了。而是需要有钱的人，富有的人，去关心文化，关心公益。有人说，有文化追求有担当的人，在一个社会里也就 5%。那么，如果 5% 的人可以影响更多的人，产生更多的裂变，社会就是这样进步的。

啊，是时候来谈我的旧爱了。

在我的心里，《红楼梦》和《金瓶梅》是两座高峰，站在《金瓶梅》这座高山上看《红楼梦》，感觉格外不同；而站在《红楼梦》这座高峰，再去看《金瓶梅》，同样感触良多，两座高峰，相互之间不可替代。

《金瓶梅》是《红楼梦》的老师，《红楼梦》里有不少情节，是对《金瓶梅》的模仿和致敬。比如两本书都有剧透，《金瓶梅》是给每个人算卦。而《红楼梦》的剧透方式更华美、恢弘，更有想象力。

还有，李瓶儿快死的时候，身边的丫鬟都睡了，一个叫迎春的丫鬟，蒙眬中看到李瓶儿过来推了她一下，说："你们看家，我去也。"然后，迎春醒来，就发现李瓶儿已经死了。大家想到了《红楼梦》的哪个情节？对，晴雯之死！宝玉也是在梦中，看见晴雯笑眯眯地走来说："你们好生过罢，我从此就别过了。"

一个大师模仿另外一个大师，往往别有一番趣味。珠玉在前，《金瓶梅》是高峰，《红楼梦》则是拔地而起的另外一座高峰，两座高峰，风景完全不同。

《金瓶梅》的世界是暗黑系。人情、世情、人性，都极其灰暗和破败，看不到希望和光亮。我们会叹息：人怎么可以这样？到了最后，兰陵笑笑生似乎也受不了了。他写了一个韩爱姐,让她在第九十八回,全书快要结束的时候出现,她跟书里其他人都不一样。

韩爱姐是韩道国和王六儿的女儿,王六儿是西门庆的情人,而丈夫韩道国不仅知情而且默许鼓励。这两口子图的是西门庆的钱财,靠着西门庆,换了好房子,发了财。西门庆死后,韩道国和王六儿拐了一千两银子,去东京投奔女儿爱姐。爱姐是东京翟管家的小妾,当初还是西门庆做的媒。这两口子,确实毫无节操,但作者对他们的态度,并无谴责。

但他们有一个女儿韩爱姐,却格外与众不同。后来太师府陷落,一家三口逃亡到临清,爱姐便跟母亲一起卖淫度日。在临清,她邂逅了陈敬济,并热烈地爱上了他。拒绝接客,一心等他。后来陈敬济被杀,她无论如何要为他守节。尽管她只是一个妓女,和陈敬济是露水姻缘,况且陈敬济也有妻子。最后,她把头发也剃了,眼睛毁了,守节到底。这个人对爱情,非常热烈,非常坚贞。

为什么要写这样一个人?张竹坡点评说,爱姐,"爱"通"艾",作者是要用爱姐去烧炙那些破败的人,疗治她们。

尽管人性很复杂,总是一言难尽。但作为个体,还是希望有尊严地活着,渴望爱情,有精神追求,每个人都有伤口和深渊,也会有光荣和梦想。《金瓶梅》,呈现的是伤口和深渊,而光荣和梦想,则在《红楼梦》里。

《金瓶梅》和《红楼梦》哪个更真实?都真实,各自呈现了人性不同的方面。我们有时候是潘金莲,是西门庆,但是有时候是黛玉,是宝玉。

《红楼梦》主要写了两类人。

一类是无用之人。宝玉就很无用,他不走经济仕途,不走金光大道,家族败落,他无能为力。甚至连金钏、晴雯,也救不了,只能眼睁睁地看着她们死于非命。大厦将倾，末日图景，他只是悲伤。开头那三万六千五百块石头，都去补天了，惟有一块顽石，被遗弃在青埂峰下。就是他的写照，无用至极。

我有一个学生，非常激动地说：宝玉这么没用，什么都干不了，老师，你喜欢他什么呀？我说：正因为他没用，我才喜欢啊。这个世界，从古到今，有用之人太多了，打仗的、争夺权力的、建功立业的、阴谋诡计的……这些有用之人这么努力，世界似乎也没有变得更好。或许，大家都太追求有用了，反而忽视了爱与美，忽视了无用之大用。如果一个人，坚持只有金钱或权力，以及丰富的物质才算是有用，那必然看不见宝玉的美好，可能永远都看不见。

黛玉也是无用之人。黛玉葬花，葬花又有什么用呢？不能带来面包，不能让她过得更好，也不能带来一个美满的婚姻，不能让她和宝玉最终成为一对……几乎没有任何好处，只是葬花而已。她和宝玉都哭得泪流满面，为什么？这两个没用的人，不能去种庄稼，不能谋生，却躲在这里哭泣！但是，这是生命中异常光辉的瞬间。

我们每个人的生命，其实都是一场悲剧，因为我们都会死。既然人终有一死，生命终将一场虚空，一场空无，那么生命的意义是什么？我们应该怎样活？

《金瓶梅》的世界里，没有一个人是有能力去思考这个问题的，《红楼梦》里却有这样两个人——宝玉和黛玉，他们思考生与死，思考生命的意义，这是哲学的时刻。

什么是哲学？蒙田说：哲学，就是学习死亡。卢梭说：意识到死亡及对死亡产生恐惧，是人类脱离动物的一个标志。但只有恐惧是不够的，还要问：既然终有一死，那么，什么样的人生才值得一过？这是古希腊的哲学家苏格拉底的发问，这是永恒的发问。

曹雪芹不是哲学家，他生活的那个时代也没有什么哲学。但是所有的天才，所有的大师，在思考人生的时候，都会不约而同聚焦到一个问题上，他们会问：既然人终有一死，我们应该怎样活？

存在主义哲学告诉我们：如果不理会"死"，不思考死亡问题，就不会有真正有价值的"生"。他们的回答是，既然人终有一死，那就"向死而生"吧！在死亡悲剧的底色上，让生命爆发应有的激情和热烈。

宝玉和黛玉，就是这样，决心要把有限的生命托付给爱，要为美好的事物而活。

可是，《金瓶梅》里的人，没有一个人是有能力觉解的，相反，他们是盲目的、焦虑的，充满着恐惧和不安。他们被肉体的欲望驱使，停不下来，无暇思考人生。这就是"无明"。"无明"是佛学的一个名词，就是不觉悟的意思。无明就是盲目，就是像动物一样活着。

在《红楼梦》里，不只是宝玉和黛玉有觉悟，其他人也有不同程度的觉悟。如果我没有读《金瓶梅》，读懂那样一个暗黑的世界，可能还不认为这种觉悟有多珍贵。但现在知道了，《红楼梦》里有太多可爱的人，让我充满了向往。

大观园为什么要起诗社？就是要创造一个闲暇、一个空间，让大家去读无用的诗，做无用的事，做无用的人，去感受生命应该拥有的美和尊严。

对普通人来说，生活就是日复一日，年复一年，庸常又琐碎，平淡又无聊。但透过曹公的笔，我们看到的却是一个截然不同的世界。

我们看见了海棠社、菊花诗，还有争联即景诗、雅制春灯谜、偶填柳絮词，众人作诗、联诗，一派诗意盎然。看见"憨湘云醉卧芍药裀"：湘云喝多了，躺在一块大石头上睡着了，四面芍药花落了一身，满头脸衣襟上全是花瓣，红香散乱，手里的扇子落在地上，也被落花埋了一半，一群蜂蝶闹嚷嚷地围着她。

我们看见香菱学诗，"情解石榴裙"，香菱的裙子拖在泥水里，弄脏了。宝玉心疼她，担心她回去被薛姨妈埋怨，便让袭人把自己的裙子拿来。她让宝玉扭过头，自己换上裙子。看见"勇晴雯病补雀金裘"：这个心高气傲的丫头，不顾病体熬了一夜补好了宝玉的雀金裘。她力尽神危，哎了一声：我也再不能了！看见她"撕扇子作千金一笑"，娇俏可人。

还看见"龄官划蔷"，看见"杏子阴假凤泣虚凰"，是藕官满面泪痕，烧纸钱祭奠她的同性恋人。芳官告诉我们藕官的故事：原来藕官是扮小生的，在戏台上跟菂官做夫妻，演的都是真正温存体贴之事，假戏真做，你恩我爱起来。后来菂官死了，她又爱上了蕊官；并说自己不是喜新厌旧，只要不把死去的忘记不提，就是情深意重了，况且如果一味死守，死者反不安了。宝玉听了，又是欢喜又是悲叹。

要用这爱、这美，去对抗庸常的生活之流。

宝玉和黛玉、大观园的女儿们，都是无用之人，做的也不是什么大事，有用之事。但正是无用之大用。有些东西不能立刻变现，变成可见的功业或物质。但正是这样无用的时刻，无用的事，照亮我们的生命，让心灵不再灰暗。

除了无用之人，《红楼梦》还写了有用之人。我简单地分成两类：一类是宝钗这样的有用之人，另一类是王熙凤和探春这样的有用之人。

我更喜欢第二类有用之人，就是王熙凤和探春，她俩都是做实事的人。黛玉是我的女神，王熙凤就是女王，探春也有女王气质。

大家都知道，王熙凤是能人，第十三回，她的闺蜜秦可卿死了，宁国府乱成一锅粥，宝玉向贾珍推荐王熙凤。这就是"王熙凤协理宁国府"，大家都知道，我就不赘述了。这个情节非常治愈，心情不好的时候，去读一下，绝对神清气爽。能做事，而且做事非常漂亮的人，谁不喜欢？

可惜，王熙凤不识字，从小没读过书，她也知道自己的局限。所以，当探春当代理管家的时候，平儿告诉她，探春如何如何做事，她是连声夸赞，还说：她有文化，比我厉害！并叮嘱平儿：你一定要好好辅佐她，帮她！她夸探春，我就更喜欢她了，多么自信，多么霸气！

但王熙凤的存在有点尴尬，很多人一提到她就怕。她有什么可怕的？如果没有她的努力，荣国府早就垮了。如果我们不怕这样的人，让她大胆做事，同时限制她作恶的机会，她会发挥更大的能量。这样的人，一定是历史发展的基石。

探春更棒！她有文化，有素养，高屋建瓴，发现了很多问题。《红楼梦》里，那些最有远见的话都是探春说出来的。抄检大观园的时候，她看见自家人抄检自家人的丑态，又伤心又气愤，说：百足之虫死而不僵，大家族从外面杀进来，一时是杀不死的。可是，自己家里内讧，自家人杀自家人，那就很快要倒了。她也含泪说过：但凡我是个男人，我早就出去做一番事业了！

还有一类有用之人就是宝钗，我一直不喜欢她。我认为她把做人、把人际关系看得太重了，缺乏必要的专业才能，也缺乏现代社会所需要的现代素质。

人人都说她做人很成功，很完美，我却看见了她的恐惧和焦虑。她表面上很从容，很大度。其实，她有很多顾虑，她活得很小心，并不信任这个世界，也不信任其他人。所以，她有很多朋友，但没有一个知心朋友。而且，她似乎有很深的执念，希望这个世界上的人都能接受自己，承认自己，恨不得让所有人为自己点赞。

有人说她看透了生活的真相，选择了在红尘中修炼，好像她是一个很厉害的隐士。这种智慧，恕我难以理解——入世没什么丢人的，但挂着一个出世的幌子，就显得很怪。

我有一个学生，给我写过一封长长的邮件，谈她的人生困惑，谈她对黛玉和宝钗的认识，我愿意跟大家分享一下。

她原来很喜欢宝钗，但上了大学，经历过一些事，看法有所改变。她认为林黛玉和薛宝钗其实是同一个个体的两个方面，而且，林黛玉是根本不能存活于这个世界上的，她一定会被《金瓶梅》的世界所残害。像黛玉那么干净、那么纯粹的灵魂，那种天真、可爱，是不被这个世界所容忍的。她这样说的："我们之所以喜欢黛玉，是因为我们做不了她。"对宝钗，她说宝钗其实也曾经是林黛玉，但宝钗最后看透了，心中的黛玉就死了。宝钗早就看透了命运，就是说，宝钗比黛玉和宝玉走得更远，最后活下来的是宝钗。

这个学生所表达的，其实也曾经是我的心路历程。我的内心也住着一个黛玉，但我刚接触到社会的真实与残酷的时候，也曾经认为这个社会只接纳宝钗这样的人。

其实，不用这么悲观，黛玉不是一定就会被黑暗的现实吞没。黛玉没那么惨，在今天，她可以做一个艺术家，一个诗人，也可以过得很好。

但我理解这样的困惑和痛苦，因为我也是过来人。

有情怀的年轻人，被复杂的社会当头一棒，甚至挨好多棒后，会对自己产生怀疑。但，请不要轻言放弃，等经历再多一些，走的路再多一些，见到的世界更辽阔一些，那个时候，你一定会看见更多的黛玉，而且她们活得很好。就我目前所接触到的，黛玉们并不比宝钗们活得差，甚至可以说，她们的人生更丰富、更精彩。

我想再简单分析一下黛玉。

黛玉很美，很纯粹，但没你想象中的那么脆弱。

她不是一个处处跟世界作对、很容易被生活击垮的人，她只是比别人更关心精神生活、更关注灵魂，她也比别人更相信爱情。更重要的是，她也比别人更有勇气。她跟宝钗不一样，她不需要这个世界来成全自己，她能自己成全自己。正如曹娥江上，雪夜泛舟的王子猷，"乘兴而来，兴尽而归，何必见戴？"内心有另一个世界，这就是自由。

还有，我们刚才说了，黛玉其实并不是处处跟世界作对。在《红楼梦》里，我们能看见她的成长，她是一个善于学习的人。她也懂得人情世故——看见赵姨娘含笑让座，对送燕窝的婆子嘘寒问暖，还赏给她五百钱，随手抓给佳蕙一把钱……她只是不想在人情世故上花太多心思罢了。

曹公并没有把黛玉写成仙女，不食人间烟火。世人对黛玉误解太多，总以为她和这个世界格格不入。

黛玉只是更愿意捍卫自己的爱情，更愿意跟这个热腾腾的世界保持一定的距离。她有自己的世界，有诗和远方，保持着一定的独立和自由。

宝钗呢？她会做人，圆融理性，口碑好，看着很顺滑流畅，但她内心，有深深的恐惧与焦虑。她活得很小心，很谨慎，想讨好整个世界，甚至如履薄冰，也不敢有爱情的小火苗。为什么那么多人认同宝钗？是因为大部分人都这么过来的。是恶劣的生存环境，让很多人变得小心翼翼，不得不活成宝钗。

他们有他们的坚韧、忍耐和智慧，他们也获得了掌声和鲜花，这就够了啊。难道非要把这套生存方式推广开来，证明是宇宙法则？还要唱赞歌，给他们颁发中国脊梁奖、最美中国人吗？

做黛玉还是做宝钗？归根到底，还是选择问题。

你最在意什么，就选择什么。有的人追求现世的安稳或所谓圆满，有没有爱情无所谓，那就祝君成功。只是埋头走路，不肯仰望星空，不知道能走多远？有的人要怀揣梦想走天涯，那就勇敢地走下去。况且，这个时代有更多的机会去实现梦想，比黛玉那个时代机会多吧？

《红楼梦》的大结局，是彻底的败落，我们说这是悲剧。其实，我们的人生也都是悲剧，因为我们也都会死，人终有一死。但有的人，因为恐惧，不敢热烈地爱，因为焦虑，从没抬头看过星空；而有的人，生命中有过那么多闪亮的时刻，看过繁星，走过草地，尽管最后没有获得世俗意义上的成功，那有什么关系呢？！

到底哪一个更好呢？每个人都有自己的答案吧。

如果你是黛玉，无论如何也变不成宝钗。就像宝玉不会成为秦钟，晴雯也成不了袭人。

如果你是黛玉，最终选择了做宝钗。那其实你不是黛玉，只是错觉。

如果你心中还有黛玉，只是有时候做了宝钗，请不要杀死心中的黛玉！因为总有一天，你会放下一切，去迎回她。

对了，为啥要跟宝钗较劲呢？还可以做王熙凤，做探春啊。

生命有那么多的可能性。做王熙凤这样的霸道总裁，当探春这样的职业人，不也很好？王熙凤和探春，身上有更多的现代性，她们的能力、见识，她们做事的身段，直到现在，也是光彩照人的呀。命运一定会善待真正有能力、有见识的人。

说来说去，我只是想说，除了宝钗，其实生命还有很多可能性，还有很多活法。

不要被吓倒，不要自己吓自己。你比你想象中的更自由。

也正因为如此，宝玉、黛玉、王熙凤和探春这些勇敢的人，才更让人倍感珍贵。这个世界需要更多的宝玉、黛玉、王熙凤和探春。至于宝钗，我相信已经够多的了。

我们身边有很多宝钗，有时候我们也是宝钗，活得小心翼翼；

我们有时候也像西门庆，有软弱贪婪的一面；有时候像潘金莲，有时候像李瓶儿……但是，我们可以让自己更靠近黛玉和宝玉，靠近香菱，靠近王熙凤和探春，靠近尊严、独立、自由和美。

《金瓶梅》不是一本黄书，而是一个暗黑的世界。了解这个世界，可以帮助我们更全面地理解人性。对年轻人来说，如果早点了解人性的复杂，就不会那么容易受挫。会对自己，对人性，对世界，有更全面而丰富的了解，拥有包容心和理解力，也更有承受力，会更坦然地面对这个复杂的世界。

我们必须了解深渊，才能拥有真正的美好。

不过，尼采说过一句话：当我们凝聚深渊过久，深渊会回以凝视。如果置身于黑暗太久，有被黑暗吞噬的危险。所以，我们需要《金瓶梅》，也需要《红楼梦》。

《金瓶梅》是一部佛经，《红楼梦》也是一部佛经，每一个人都可以从中得到启发。读经典，就是读自己。在读经典的过程中，可以见自己，见众生，见天地。

（整理自 2017 年 9 月 16 日　于南京永慕庐的演讲）

后记

　　这本书的大部分内容，都发表在《文汇报》"笔会"副刊上，是我的"闲话红楼"专栏文章。

　　开设"闲话红楼"专栏，纯属偶然。我依然记得，那天著名作家、《文汇报》首席编辑潘向黎联系上我：你写一篇文章吧！关于《红楼梦》的，可从对比贾宝玉和西门庆开始。我好惊讶：啊？我写？我可是十几年没写过东西了呀！坦白讲，除了学位论文和几篇期刊论文，我也没写过别的。

　　她却说：你一定行！请相信我这资深编辑的眼光！这气派，不由得我不信。于是，就有了"闲话红楼"专栏，这都源于她的"奇思妙想"。

　　我的文章产量极低，且不稳定。每次交稿给她，她总是第一时间发来略显夸张的赞语，比如"过瘾极了！要浮一大白"！还把读者来信转给我，告诉我邵燕祥先生也很喜欢——他目力不济，不能多用灯光，但有两个人的文章，他一定要拿到窗前借着自然光线读，一个是我的，一个是毕飞宇的。谢谢邵先生！还有读者朋友把文章做成了剪报……就这样，在她的鼓励下，专栏渐渐沥沥地开了三年多。

为了让我多写一点，她是费尽了心机。不仅帮我定时间表，还千方百计督促。怕给我压力，督促的方式又别致又温暖。一次，她一声不吭"BIU"地发来一个链接，原来是郑绪岚唱的《红豆曲》！

跟生活·读书·新知三联书店，跟张荷女士结缘，也是她做媒，没想到，她"做媒"也是一把好手。张荷姐接了盘，向黎笑言：终于把你嫁了个好人家！她眼光好，张荷确实特别负责，为我操碎了心。在她的建议下，我对专栏文章作了深度修改，有的精简，有的扩充，以便更适合书的体例。

这本书是我的孩子，潘向黎就是她的教母，书名都是她起的呢。

我要特别感谢我的博士生导师丁帆先生。我毕业多年，也远离本专业。但先生一向关爱小辈，一直鼓励我"不务正业"写"红楼"，还督促我结集成书。我常常庆幸自己是丁先生的学生，他的性情、思想和人格魅力，明亮、有力而温暖。有这样的老师，这样的爱护与鼓励，亦复何求！

在《文汇报》"笔会"副刊开专栏，让我收获了很多素不相识的朋友。《文汇笔会》微信公众号上的留言，我都认真地读，是你们，让我不再对着虚空写作，谢谢笔会！也谢谢你们！

我还要感谢我的先生蓝京华。他是我文章的第一个读者，总能提出各种意见。如今结集成书，有他的功劳。

写专栏的同时，我也在不断重读《红楼梦》，这个过程充满惊喜。文字是房屋，生命栖居于此。读《红楼梦》，即是读这些生命如何生活，如何恋爱，如何焦虑，如何辛劳，如何超越。

读书总是在读自己。有人看见绯闻，有人看见富贵，有人看见命运；我更愿意让自己看见爱、美和自由。

《红楼梦》已深深嵌入我的生命。我读，我写，同时也是对个人生活的检视，对世界的回应。文学不能让我们物质丰盛，却能让我们更清晰地看见自己的"境遇",过更自觉、更丰富、更有活力的生活。毕竟,我们所生活的世界,如此模糊,又如此复杂。

时间流逝,万物生长,伟大的文学终不朽。

愿我们都能进入《红楼梦》的世界,见自己,见众生,见天地。

后记,要拉名人来壮胆,我选潘向黎!毕竟她是我的女神很多年!以下摘自她的新书《万念》:

"刘晓蕾说红楼,其实是说人生——说感情,说性灵,说处世,说人的高下,说梦想的差别。

"特别喜欢听晓蕾说《红楼梦》,因为她说得爽利痛快,酣畅淋漓,肝胆相照,活色生香。还因为她让现代人文理念照进红楼,谈笑之间抵达中西合璧的风雅之境,令人心驰神往。

"听晓蕾说《红楼梦》,最好是有一张桌子和好酒,听到会心处,可以痛快地拍案叫好,满饮一杯。因为她实在说得太好了,所以桌子宜木质,且厚实,才经得住猛拍;酒须大坛,方得畅饮尽兴。"

我读着居然不觉害臊,因为她总说实话。